Obras de Mário de Carvalho

Um deus passeando pela brisa da tarde

Mário de Carvalho

Porto Editora

UM DEUS PASSEANDO PELA BRISA DA TARDE
Mário de Carvalho

Publicado por
Porto Editora, Lda.
Divisão Editorial Literária — Lisboa
E-mail: dellisboa@portoeditora.pt

© 2013, Mário de Carvalho e Porto Editora, Lda.

1.ª edição: Abril de 2013
Reimpresso em Março de 2014

Esta obra teve 13 edições anteriores, a primeira em Outubro de 1994

Por vontade expressa do autor, a presente obra não segue as regras do Acordo Ortográfico da Língua Portuguesa.

NOTA DO AUTOR: As traduções de Virgílio são de Maria Helena Rocha Pereira, *Romana*, Coimbra, 1986; a de *O Satíricon*, de Jorge de Sampaio, PEA, 1973; as da Bíblia, de João Ferreira de Almeida, *Bíblia Sagrada*, 1968.

Porto Editora

Rua da Restauração, 365
4099-023 Porto | Portugal
www.**portoeditora**.pt

Execução gráfica **Bloco Gráfico, Lda.**
Unidade Industrial da Maia.

DEP. LEGAL 354853/13
ISBN 978-972-0-04433-4

Ao meu neto João,
que passou de nascituro a cidadão pleno
enquanto este livro corria

NOTA DO AUTOR: Este não é um romance histórico. Tarcisis, ou, mais propriamente, o município de Fortunata Ara Iulia Tarcisis, nunca existiu.

*«... Aperceberam-se de que o Senhor Deus
percorria o jardim pela frescura do entardecer...»*
(*Génesis*, 3, 8)

Prefácio à 14.ª edição

Na nota aposta à presente edição — que reproduz a da primeira — afirma-se que este livro, situado no «Portugal romano», *não é um romance histórico*. Trata-se, claro, de uma indicação irónica. Mas sendo a ironia uma figura perigosa e esquiva, houve quem não a descortinasse, ou lhe assinalasse tortuosidades especulativas. É evidente que a minha leitora e o meu leitor — por natureza ilustrados e precavidos — captaram logo o viés de sentido. Mais distraídos andaram certos responsáveis por livrarias que, em excesso de obediência, o pouparam às companhias da secção respectiva. Ironicamente (sempre esta rebarbativa feição), devo estar-lhes grato por isso.

Eu procurei distanciar-me da tradição, renovada pelo nosso Romantismo, de recuperar as raízes nacionais, em especiosa rebusca (lanterna ao sol) da identidade portuguesa. Também não quis expor quinquilharias de bricabraque romano numa espécie de feira de antiguidades. E, se a narrativa é — ouso dizer — o mais possível sustentada, à luz dos conhecimentos que, na altura, me estavam disponíveis e que tanto abrangiam os factos históricos do período de Marco Aurélio, como os atinentes às mentalidades, relações sociais, religiões, ritos, comportamentos, imaginários, objectos, etc., isso deve-se mais ao respeito por uma certa «ética» do romance histórico (*et pour cause*) do que à ilusão revivalista. No que respeita à linguagem, também me pareceu que a matéria exigia uma certa toada e, bem assim, um símile de adequação que, sendo acessível, não se confundisse com o uso corrente nosso contemporâneo.

As cláusulas do «pacto com o leitor» e os trilhos difusos da verosimilhança são contos largos, que ficam para outro dia, e para quem melhor os conheça.

É do homem de sempre, colocado perante os paradoxos da História e da cidade, que eu quero falar. O livro vem tendo edições sucessivas, o que significa que as mesmas perplexidades se mantêm. E que esta atávica dificuldade dos homens na decifração dos sinais nunca mais passa.

Fevereiro de 2013

Capítulo I

Brilha o céu, tarda a noite, o tempo é lerdo, a vida baça, o gesto flácido. Debaixo de sombras irisadas, leio e releio os meus livros, passeio, rememoro, devaneio, pasmo, bocejo, dormito, deixo-me envelhecer. Não consigo comprazer-me desta mediocridade dourada, pese o convite e o consolo do poeta que a acolheu. Também a mim, como ao Orador, amarga o ócio, quando o negócio foi proibido. Os dias arrastam-se, Marco Aurélio viveu, Cómodo impera, passei o que passei, peno longe, como ser feliz?

Mara, mais além, borda, sentada numa cadeira alta de vime, junto aos degraus da porta. Há pouco, ralhava com as escravas. Agora ri-se com as escravas. Em breve ralhará com as escravas. Do local em que me encontro não consigo ouvi-la, mas quase adivinho as razões dos risos e dos ralhos. É-me agradável saber que Mara está perto, e reconhecer-lhe tão bem, desde há tantos anos, os trejeitos e os modos.

Momentos atrás, sem nenhuma razão especial, veio até junto de mim, com o seu animal de regaço que é agora um gato cinzento, depois de, em hora nefasta, ter perdido a rola, muito alva, que lhe vinha comer à mão. Este bizarro animal, que dizem de origem egípcia, é uma espécie de pantera em miniatura que conserva todos os rompantes da fera e que, como ela, se compraz na crueldade e no rasgo imprevisto. Ora se relaxa, pacificado, em languidez esparramada, num convite ao sossego universal, ora salta de garras prestes, orelhas derribadas, pêlo tufado, colmilhos em ameaça. Não responde pelo nome e, apesar da sua pequenez, põe em respeito os cães de guarda quando os enfrenta. Foi um mercador que o deixou aí, como reconhecimento pelas compras avultadas, porventura excessivas, a que Mara se prestou. Eu confesso que encaro este animal estrangeiro com alguma desconfiança. Ainda não faz parte da casa, nem sei se algum dia fará...

Mara admira-se de eu estar às voltas com a *Tyrrenika*, infindável anedotário etrusco do imperador Cláudio. Que proveito me trará o esforço, pergunta, se temos tão raros convidados a quem deslumbrar? Num gesto faceto, desdobra um dos rolos, soletra umas palavras ao acaso, ri e deixa-o rebolar pelo tampo da mesa. Logo as unhas afiadas do gato ressaltam, aduncas, e se preparam para grifar o papiro, como já tinham antes marcado os braços de Mara. Protesta. Mara aconchega o bicho ao colo e deixa-me, numa pequena corrida. Rito quotidiano, conhecido, trivial e amável. Mara, aprazível, afirmando-me a sua solicitude...

Preserva Mara uma vivacidade juvenil que ainda me espanta, ao fim de todos estes anos. Nunca teve paciência para desenrolar um livro; boceja e adormece quando chamo um escravo para ler algum trecho, mesmo solerte e ligeiro. Aborrece-se nesta pasmada villa, mas nunca admitiria que se aborrece. Não lhe ocorre queixar-se. «Onde Gaio está, Gaia estará.» Assim foi educada. Sob aquela futilidade alegre e volátil, velam soli-díssimos princípios, ancestrais, e uma recôndita lucidez que só se expõe quando motivos ponderosos a convocam. Sempre contei com a estrénua lealdade de Mara, embora ela não saiba definir o vocábulo lealdade, nem dissertar sobre ele, nem use nunca o termo «estrénuo».

Em boa verdade, os Etruscos de Cláudio interessam-me de somenos e a prosa dele flui tão entaramelada como dizem lhe saía a fala. Mas vou lendo, folha a folha, passo a passo, com uma aplicação de discípulo em tormentos de trabalho mar-cado e férula à espreita. Não tenho outra razão para isso, senão entreter brandamente o meu tédio, que ainda mais se avanta-jaria naqueloutros portes de caçador ou arroteador de solos ou edificador de pedras, ou diligente administrador de agros, ou praticante de qualquer actividade própria à minha condição... Começada um dia a leitura, impõe-se-me levá-la até ao fim. Assim me educaram e nessa pertinência me reconheço. Pro-pus-me um livro? Há que lê-lo!

No mármore verde da mesa redonda a que me sento, uma lasca quadrangular, estilhada, obscena, macula o perfil sorri-dente do rosto de Baco, carregado de uvas, meticulosamente lavrado. Não se desvaneceram de entre os sulcos do buril, por mais tratos de esfrega e lavagem, as cinzas negras dos fogos que aqui um dia estalaram. Marcas da fúria dos bárbaros. Teria sido esta mesa o altar escolhido para os ritos primitivos deles, suporte das chamas, escorredouro das vísceras? Ou nem isso, apenas desamparado objecto de raiva, ferido porque humano, sinal de uma perfeição que a boçalidade abomina?

Vi chegar um dia esta mesa, numa recova de carros, embalada em tojos e palhas, era o meu pai ainda novo, eu catraio de brincar ao arco. Ele tinha orgulho naquela pedra verde, raiada, única, vinda de muito longe. Recordo o esforço de um grupo de escravos fazendo rolar o pesado mármore redondo, lanço após lanço, até este caramanchão que, já na altura, vicejava, folheado de videiras. E a satisfação do meu pai, orgulhoso, a acariciar com as mãos as linhas do buril, enunciando a genealogia, feitos e atributos de Baco, para eu aprender.

Passados os anos e os angustiosos trabalhos que serão relatados, vi de novo levantar aquela pedra a poder de braços, vi-a rolar por lanços esforçados e ser teimosamente recolocada na sua base, com a ajuda de cordas e alçapremas. Não era já o mesmo mármore: havia sido profanado, fendido, abrasado. Assim, como está, permanecesse doravante, pelos séculos dos séculos, livre de maiores agravos e aleives. Mas, de cada vez que a minha mão lhe corre sobre a superfície danificada e sinto a rugosidade dos golpes, o oleoso das cinzas, chega-me um rebate de ameaça, indefinido, mas brutal.

A grande pedra, rolando, lembra-me a daquele rei de Corinto, fugaz aprisionador da morte, eterno prisioneiro do destino. Quem pode asseverar que este mármore verde, algum dia derrubado, não voltará mais a sê-lo e se deixará apenas esbater naturalmente, lentamente, mansamente, pelo desgaste compassado das erosões dos tempos? Quem me garante que estas tardes campestres, tão paradas e tranquilas, não serão mais uma vez sobressaltadas pelo atroo de brados malignos? O que passou, passou? Deixem-me cultivar esta despreocupação, a ilusão de que o mundo seguirá para sempre imperturbado e imperturbável, após um desassossego passageiro na sua ordem. Sou um senhor da terra, sou um romano, leio, cultivo-me, marco os tempos com o meu porte, os meus gestos, os meus ditos, as minhas maneiras, a minha fleuma, o meu trajo togado. Dignidade. Gravidade. Romanidade. Humanidade. Convulsos temores e angústias resolvam-nos as legiões, e de rijo, que é o que lhes compete. A mim, agora, os livros...

Mas que deu àquela gente bisonha, mesquinha e bruta, para deixar, ululante, os seus desertos, a companha dos escorpiões e serpentes, atravessar o mar, nas suas naves tosquíssimas, desprovidas de olhos e de altares divinos, e vir desabar sobre a Lusitânia em correrias de sangue, talando fazendas, casas e gentes? Que ímpeto foi aquele que algum deus obscuro e ressabiado lhes comunicou e que não perdoava madeira nem pedra, culpado nem inocente, livre nem escravo, e que trazia o único escopo de destruir e volver em deserto as cidades e os agros talentosamente erguidos por gerações que falam latim, cultuam os deuses e praticam o direito? Um exército conquistador pilha por turnos, poupa os vencidos, reconstrói as cidades, cobra o tributo, restabelece a ordem. Faz seu o subjugado, e como seu o preserva. Desfeito o turbilhão, zelam as patrulhas pela aplicação de uma norma. Mas, quando passa uma horda, deixa na terra a marca da pura irracionalidade, o restabelecimento do caos original, que faz do engenho ameaça, do labor perversão, da beleza monturo. Assim as colunas quebradas, as termas conspurcadas, os cadáveres esventrados ao claror dos incêndios. Não corre entre eles um único homem capaz de bradar: poupem, que o que aqui está já nos pertence! A salteada demoníaca tudo faz raso, até que a detenham os primeiros ferros duma legião.

15

Nesta villa trucidaram animais e escravos que ficaram a inchar pelos campos; quebraram as colunas, arrancaram as telhas, desfeitearam os lares; rasparam as velhas pinturas dos interiores; serviram-se de móveis e estofos como lenha; as mesmas mós, de duríssima rocha, britaram. Desenraizaram as árvores, devastaram as vinhas, pisaram as flores. Todos os livros foram esfarrapados ou queimados. Até nesta inofensiva mesa de mármore apuseram as suas marcas bestiais. Porquê? Em nome de quê? Se tal eu soubesse, seria o mais sábio dos homens e poderia aconselhá-los com proveito. O porquê daquela ânsia dementada de destruir deve ser, de todos, o mistério mais bem guardado. Não quis a divindade revelar-mo, apenas que lhe sofresse as consequências.

Quando regressei, já destacamentos de cavalaria auxiliar da VII Legião Gémina patrulhavam os valados, remetendo a seus amos os servos tresmalhados e crucificando sem piedade, em qualquer azinheira, os mouros retardatários ou quem com eles houvesse conluio. Restabelecia-se a ordem do Senado e do Povo Romano, entre as ruínas, os gemidos, os miasmas e os rolos persistentes de fumo. Voltou o meu vílico, longo tempo escondido num cabanejo longínquo. A pouco e pouco, deram de si outros escravos, acoitados pelos campos, à espera que viessem as legiões restaurar a ordem que, por mais dura, seria sempre menos temível que as cimitarras tresloucadas que fendiam por fender. Algum gado foi recuperado no mato, como se o tivesse protegido um deus pastor.

Piedosamente, o intendente colou os pedaços dos lares e fê--los dispor por ordem, com ternura, no seu altar do vestíbulo. Depois instalou esteiras no único cubículo quase intacto que restava, alumiou um fragmento de lucerna, e só então nos deixou entrar, a mim e a Mara. Era o regresso dos senhores. Os servos formaram no átrio, quais deles estropiados ou ensanguentados das ruins contingências sofridas. Oito soldados aboletaram-se no que restava do celeiro. Ouvíamos, à noite, o resfôlego das mulas e o estalo dos couces no empedrado. Mas estávamos em segurança. Pela janela, sem madeiros, estrugia o crocitar longínquo de aves torvas. A lua branca fazia mais desolados os sinais da destruição. Mara e eu, apertados um contra o outro, debaixo do meu manto, decidimos que havíamos de refazer tudo, exactamente como estava antes. E nisto Mara falava e falava e falava e falou até que nascesse o sol.

Poucos vestígios da razia são hoje aparentes. É difícil acreditar que estas casas foram reconstruídas, após terem sido em grande extensão arrasadas. Quando esta geração morrer não ficará memória das alterações que em dias de desgraça ensanguentaram estas paragens. Restarão talvez anotações em livros que ninguém lerá, até serem, eles próprios, destruídos, pela crueza do tempo e desatenção dos homens, na melhor das hipóteses. Gozemos agora a paz, Mara e eu, e oxalá não se repitam até ao fim das nossas vidas as depredações que tivemos a desdita de presenciar. Ainda hoje olho com desconfiança quem venha do lado do oceano. Mas será das praias que acorrem todos os perigos?

Outro dia fiquei estarrecido com o que vi. Era uma manhã agradável e fresca e, contra o meu costume, dei comigo a afastar-me e a deambular pela margem do rio. Debruçado sobre uma sebe, um escravozito apanhava amoras para uma sacola.

Nem todas iriam parar à minha mesa, decerto. Habitualmente fecho os olhos a estas pequenas transgressões. As silvas dá-as a natureza, não exigem despesas nem cuidados. Procurei apenas manter-me à distância para que a criança não me visse e não ficasse inutilmente embaraçada. Em dado momento o garoto parou, sentou-se, encheu a boca de amoras, puxou de uma cana e começou a desenhar na areia: uma linha oblonga, outra linha oblonga com a mesma origem e que se afastava e curvava para seccionar a primeira. Uma terceira linha a unir o remate das duas outras. Um ponto: o olho do peixe.

«Quem te ensinou a desenhar isso?» O rapaz sobressaltou--se e olhou-me aterrorizado, com a boca entreaberta, arroxeada do suco das amoras. Nunca tinha visto o seu senhor tão ao perto. Eu devia parecer-lhe terrível, ameaçador, como Júpiter Trovante levantando-se de entre as nuvens. Ajoelhou-se e, com uma mão, estendeu-me instintivamente um punhado de frutos, enquanto com a outra protegia a cabeça: «Perdão, senhor!» Competia-lhe sentir-se em falta e não sabia bem de quê. «Responde: Quem te ensinou esse desenho?» Que tinha sido um cardador que passara por ali. «Dos meus?» Que não, meu senhor, que era homem forasteiro que ia de longada, com destino certo. E o gaiato tremia, continha o choro com esforço. A boca, tinta de amoras, dava-lhe um ar lastimoso, de mimo trágico. «Vai--te!» Desapareceu, correndo, por entre as urzes, deixando um rasto de bagas esbarrondadas pelo chão.

Pisoteei meticulosamente o desenho com as minhas botinas cardadas, até restar apenas uma lavra de areia remexida. Acto inútil. Não se apagam as realidades destruindo-lhes os símbolos. Talvez muitas milhas além, no caminho do cardador,

outros desenhos aparecessem e outras memórias fossem rea-
vivadas. Estava extinta a congregação do peixe? Eu procurava
convencer-me de que sim. Que sabia eu?

Foi pouco depois que Proserpino me propiciou a surpresa
da sua visita. Eu estava no meu pouso habitual, à mesa de mármore verde, e fazia contas. Tinha vendido dois júgeros numa
estrema da propriedade, para me livrar de um conflito de
demarcação com um dos meus vizinhos, de comportamento
demasiado rústico para o meu trato. O preço ajustado era
misto, quantificado em áureos, medidas de azeite e fardos de
linho. Quis verificar tudo, com cautelas amiudadas, porque a
confiança não sobrava. Conferi os preços dos géneros e decidi-me a passar a manhã de volta do ábaco e das tabuinhas.
Quando os cães romperam a ladrar e esboçaram uns arremes-
sos em direcção ao portão do muro, e um escravo estranho
entrou e fez menção de os afastar com um pau ferrado, julguci
que era o meu vizinho que aí vinha, uma vez mais, a lamuriar-
-se e a implorar reduções no clausulado. Mas logo atrás do
escravo, meio curvada, e muito temerosa dos cães, apareceu
aquela figura alta, adunca, nervosa, que eu tão bem conhecia e
desprezava algum tanto. Senti uma incomodidade quase dolorosa: Proserpino! Ergui-me, alarmado: que faria Proserpino
aqui?

Já Mara se velava, descia os degraus da casa, muito serena,
sossegava os cães e deixava que o intruso a saudasse. Não mani-
festou qualquer surpresa e sorriu para Proserpino como se o
tivera visto no dia anterior. Mara estava sempre à altura das
situações. Ele vinha enjorcado num grande manto asiático,

bordado, cheio de pó, e trazia na cabeça um chapeirão de viagem, que logo tirou, respeitosamente. Pelos gestos largos, percebi que pedia a Mara autorização para que a sua comitiva entrasse. Mara disse qualquer coisa em voz alta, escravos acorreram, afastaram os batentes do portão. A liteira e os acompanhantes de Proserpino passaram entre mim e Mara e foram conduzidos à cavalariça. Enquanto o cortejo desfilava, imundo e cansado, Proserpino procurava-me com os olhos inquietos. Distingui perfeitamente o seu olhar ansioso e a contracção da cara, num esforço de atenção, quando, ao longe, se apercebeu da minha presença. Deu dois passos, fitou melhor. Sorriu. Tinha--me reconhecido. Atirou um gesto indeciso a Mara, numa cortesia atabalhoada, e quase correu na minha direcção.

— Lúcio, Lúcio, saúde! Que bom ver-te, ao fim de todos estes anos...

Aí estava Proserpino, aos tropeços no seu disforme manto, quase a rojar-se a meus pés. Que havia eu de fazer? Não podia maltratar um hóspede que se mostrava solícito, embora não convidado. Dissimulei a contrariedade. Propus-lhe restaurar--se no balneário, fiz-lhe companhia, pedi-lhe conselhos sobre aquela minha transacção, admiti-o à mesa de mármore verde, escutei-o com paciência e urbanidade.

Depois, mandei que selassem duas mulas e acompanhei-o num passeio pelos meus domínios. Proserpino não era muito afeiçoado ao campo, escapava-lhe completamente a beleza de um sobreiro isolado numa clareira amarela de restolho, nunca tinha lido Hesíodo, passava indiferente por um santuário. Mas não deixou de citar Virgílio: «Feliz é aquele que conhece os deuses campestres...»

Quis impressionar-me, discorrendo sobre Magão e o seu tratado de lavoura. A um cartaginês, como Magão, assistiria a sensibilidade bastante para se pronunciar sobre a agricultura do lado de cá do Mediterrâneo?

Ao falar, Proserpino atirava a mão direita, bruscamente aberta, para diante, quase tocando as orelhas da montada, como se procedesse incessantemente a lances enérgicos de dados. Exprimia-se, minucioso e arredondado, mesmo sobre matérias de que nada sabia, como um professor de retórica.

Como é que um cartaginês havia de aspirar à universalidade, ainda que fosse a dissertar sobre vinhedos? Ademais, toda a gente sabe que o feliz crescimento das plantas supõe encomendações aos deuses locais, nos tempos e lugares próprios. Os rituais púnicos, afeiçoados a deuses púnicos, haviam de convencer alguma vez as divindades de Itália ou as que tinham jurisdição sobre os campos da Hispânia?

Lembrei-lhe que Magão foi o único autor cartaginês traduzido para latim, por determinação do Senado, e, por isso, algum mérito havia de ter. Proserpino lançou-se numa apurada dissertação sobre os púnicos que, como é sabido, têm a particularidade de ser completamente destituídos de virtudes.

Deixei-o discorrer, procurando adivinhar a que vinha realmente o meu visitante. Estava convencido de que Proserpino me procurara, tão inopinadamente, para conseguir qualquer proveito para si. Não concebia que o próprio conceito de desinteresse lhe fosse acessível. Calhava-me estar enganado neste particular. Nunca mostrou visos de me pedir o que quer que fosse ou de pretender tirar uma vantagem de mim. Também não quis ferir-me ou magoar-me. Costuma ser característica dos espíritos inferiores servirem-se da situação de desgraça em que alguém se encontre para exercerem a sua condescendência. Como têm em pouca conta a sua valia própria, julgam acrescentá-la com o sofrimento que sabem extrair de evocações, ambiguidades, ou inoportunas referências que incomodem os interlocutores. Esse avivar da infelicidade do próximo alevanta-lhes a alma e dá-lhes prazer, por qualquer razão estranha ao meu entendimento. Mas, de Proserpino, no entanto, nenhuma agressão: conselhos traquejados, aliás úteis, sobre os meus negócios, disparates sobre questões agrícolas, vitupérios contra os púnicos, algumas citações dos gregos colhidas no ordinário da retórica, embevecimentos fingidos com a natureza, e, assim, pelo dia fora... Sempre em estilo forense, rebuscado, imagético e pomposo. Nunca quis lembrar-me o meu exílio nem diminuir-me com a memória dos meus infortúnios. Conhecendo-o como conhecia, não pude deixar de lhe ficar grato. E isto pela segunda vez na vida.

— Repara — fui dizendo —, não foram os púnicos que nos invadiram desta vez. Foram os mouros da Tingitânia.

— Tudo a mesma gente: púnicos, mouros... Farinha do mesmo saco. O lado errado do Marenostro.

À ceia, Proserpino esmerou-se no sumpto das sedas escuras e na especiosidade dos perfumes. Era a sua maneira de nos prestar homenagem, ainda que soubesse que costumamos ser frugais e comedidos às refeições. Mara conserva o antigo hábito, que já sua mãe lhe transmitiu, de comer sentada, junto ao triclínio, tão natural para ela como o costume arcaico de me tratar por «amigo». À mesa vieram apenas coelhos, cogumelos, pardelhas do rio, pão e gárum da região. Vinho, do nosso. A servir-nos, o velho escravo que já servira a meu pai. Uma lucerna tripla, não mais. Apenas ordenei que a cratera e os talheres fossem de prata, e que dispusessem paus de canela numa taça, a condizer exoticamente com as sedas de Proserpino, para que ele não tomasse a nossa simplicidade por exibição de avareza.

Ao instalar-se, fez-me uma oferta e, com a oferta, um pequeno discurso, agradecendo a hospitalidade. Num estojo de couro trazia-me uma cópia de *Catão* de Curiácio Materno, que me estendeu solenemente. Agradeci, com palavras de conveniência. Mara acrescentou umas amabilidades, depois de dar uma volta distraída aos rolos.

— Nunca li, mas calculei que te desse prazer — disse Proserpino.

Era, de facto, uma boa prenda. E aquela cópia, aqueles rolos, de punhos de madeira exótica lavrada, aquele estojo, deviam ter-lhe custado bom dinheiro.

No decorrer da conversa contou-nos que tinha viajado de Tarcisis a Vipasca para tratar de formalidades legais respeitantes a negócios duma viúva, sua cliente. As minhas propriedades não ficam no caminho de Vipasca. Proserpino, no regresso, abalançou-se a um grande desvio, fora das estradas patrulhadas, só para me visitar. Viera a medo. Esperava, certamente, ser recebido com altanaria ou brusquidão, e a nossa franqueza, nas suas palavras, sensibilizava-o muito.

Contou-nos pormenores da viagem e não nos poupou à descrição dos assuntos que motivavam a sua deslocação. De vez em quando, eu olhava disfarçadamente para Mara, como perguntando: «Que nos quer este?» Mara, sempre arguta, percebia o que me incomodava e apressava-se a não deixar morrer a conversação. Mal Proserpino fazia uma pausa, logo ela acudia com perguntas e comentários, mantendo a prática arredada do assunto que sabia capaz de me ferir: Tarcisis.

Que tacto, o de Mara... Mas confirmei também em Proserpino a vontade de nunca abordar os eventos de que eu tinha sido comparte, anos antes. E não foi apenas por falta de oportunidade, devido à atenção cerrada de Mara. Foi por não ter, manifestamente, querido. Em boa consciência, não me ocorrem muitos elogios a Proserpino. Sempre senti por ele um incomodado desdém e não duvido de que ele o saiba. Mas vejo-me forçado a reconhecer, debaixo daquela natureza volúvel, interesseira e manhosa, uns restos de nobreza que o impediram de me embaraçar.

Se eu não estava com curiosidade das notícias de Tarcisis? Por dentro, embora não o deixasse transparecer, eu ardia em curiosidade. Mas, contraditoriamente, apavorava-me a ideia de que o assunto fosse sequer mencionado e ainda por cima por Proserpino. Queria preservar a minha paz, ganhara o direito ao pântano. Seria uma grande crueldade se alguém, comigo inteiramente indefeso, viesse remexer nas feridas antigas.

Mas Mara e Proserpino, cada um por seu lado, como se houvesse entre eles um conluio secreto, apenas mencionaram Tarcisis como mero sinal geográfico: ponto de partida, ponto de chegada, referência espacial, nada mais. Calculo como Mara haveria de querer saber de tanta coisa, e como Proserpino haveria de estar ansioso por brilhar, ali no meu triclínio, exercitando a sua mordacidade, à custa da vida dos outros. Mas deu-se o milagre. A minha curiosidade, é certo, não foi satisfeita, mas o meu orgulho — o que mais conta — não foi atingido.

Em dada altura, Proserpino, já de voz entaramelada, dispôs-se a fazer o meu elogio:

— Nunca, ouviste, Lúcio?, nunca encontrei pela frente um juiz tão recto e tão sabedor como tu. E já não sou nenhuma criança...

— Não ganhaste muitas causas no meu tribunal...

— Não ganhei eu, mas ganhou a justiça! Não, naquela cidade nunca houve julgador mais íntegro, Lúcio.

E Proserpino estendeu-me a taça, numa saudação sentida, com a mão já tremente. Não insistiu em rememorar os pleitos de outros tempos, um dos quais, sabia-o ele melhor que ninguém, foi causa da minha amargura e do meu desconforto... Embrenhou-se antes em considerações elevadas sobre o sentido da existência e os preceitos de vida adequados a desfeitear as incertezas do destino.

Acabámos o serão com Proserpino a interrogar-me sobre pontos de Mitologia. Só nessa altura, com algum alívio, me convenci de que ele não faria qualquer alusão a Iunia Cantaber...

— Achas, Lúcio, que Minos, quando poupou o Minotauro e o encerrou no labirinto, antevia já, por inspiração dos deuses, os feitos de Teseu, ou, pelo contrário, queria preservar o monstro, para manter sempre viva a materialidade da culpa de Pasifaé?

Eu ia respondendo, como me ia ocorrendo. Fui submetido a um interrogatório cada vez mais obtuso sobre Aquiles e Próculo, Morfeu e Alcíone, e os Sete contra Tebas. Proserpino já não ouvia as minhas últimas opiniões. Os acenos de cabeça com que apoiava as minhas palavras fixaram-se, numa postura rígida de queixo colado ao peito. A respiração tornou-se-lhe regular e pesada. Mara chamou os escravos dele, que o levaram, em braços, para o cubículo destinado.

Mara e eu ainda conversámos sobre banalidades. Nenhum de nós fez menção a Proserpino ou a Tarcisis. Mais tarde, no meu leito rememorei as perguntas que gostaria de ter formulado e que o meu orgulho e a deferência amável de Mara e Proserpino frustraram. Dormi pouco e revolto, ansioso por que o meu hóspede se fosse embora.

Quis ser o primeiro a levantar-me, como é de norma: o senhor deve estar a pé antes dos seus escravos. Sempre assim foi em minha casa e na de meu pai. Mas já as servas acendiam o lume nas cozinhas e a comitiva de Proserpino se aprestava para seguir viagem quando apareci no átrio. Ordenei que lhe fornecessem alimentos para a jornada e reforcei-lhe a escolta, até meio caminho, com quatro latagões armados. Proserpino foi tão efusivo que quase beijou o meu chão, antes de partir.

Nessa manhã não recebi ninguém. Mandei que distribuíssem a espórtula, lá fora, aos poucos clientes que se fizeram anunciar e instalei-me à minha mesa de mármore verde, com cálamo, tinteiro e papiro novo. Depois da visita de Proserpino, talvez em compensação do que ficou calado, resolvi escrever sobre os acontecimentos que ocorreram em Tarcisis, durante a minha magistratura. O que não conseguir recordar, comporei, sem qualquer escrúpulo. A imaginação também é amparo da verdade. Pode ser que, escrevendo, se me apazigue o espírito, com manifesta utilidade para mim. Mais quero, porém, que este livro sirva de lição a quem o ler. Seja eu, então, claro, preciso, atento, verdadeiro, hábil, imaginativo, e assim me inspire a Providência. E não recusarei sequer a intercessão de certo deus que, nos primórdios, ao que parece, passeava num jardim, pela brisa da tarde...

Capítulo II

Aos 213 anos da era de Augusto, 928 da fundação da Urbe, sob o império de Marco Aurélio Antonino, era eu duúnviro em Tarcisis, pela segunda vez, e exercia a magistratura juntamente com Gaio Cecílio Trifeno, cidadão sobremaneira estimado, que deixou de viver subitamente e em circunstâncias extravagantes.

Trifeno foi um magistrado jovial, expendedor, benévolo e amador de jogos. Passava mais tempo às refeições que nas termas, para não mencionar o pretório, mas dava-se bem com a sua obesidade e o estilo de vida que a mantinha e engrossava. Dormia muito. Lia pouco. Pensava menos. Discorria abundantemente. Deixava sempre para amanhã as questões difíceis. Sabia tirar bom partido das cumplicidades do curso do tempo. Furtava-se bem às traições dele. Não interferia nunca com as minhas funções, mas mostrava-se-me grato se eu interferisse nas dele. Mantinha boas relações com o governador, Sexto Tigídio Perene, o que revelava bom tacto, paciência e elasticidade de espírito. Tudo o recomendava para a razoável popularidade que granjeara e que, em parte, sobrava para mim.

Os jogos que tinha organizado, anos antes, num dos seus anteriores duunviratos, para comemorar a primeira vitória do Imperador sobre os Marcomanos, foram, é certo, catastróficos. À falta de circo, e na urgência da festividade, mandou construir um redondel de madeira, semelhante na aparência, que não no tamanho, ao que Vespasiano erigiu um dia em Roma, nos jardins da mansão dourada. Vieram feras e gladiadores de Emerita, aurigas de Miróbriga e cortejos de funâmbulos de todos os cantos da Hispânia. Os jogos não chegaram a realizar-se no recinto, porque a bancada abateu logo que Trifeno atirou o lenço para a arena, como se fosse esse o sinal para a revolta dos materiais. Houve muita gente morta, e, até alta noite, a exígua coorte urbana andou desajeitadamente a caçar ursos e mastins pelas ruas de Tarcisis. Os empreiteiros desapareceram e nunca mais foram vistos.

Uma carta do governador tratou a cúria com severidade e vinculou-a a indemnizar os familiares dos sinistrados, em conformidade com a categoria de cada um, embora os jogos não fossem, em rigor, da iniciativa pública. Houve protestos e reclamações. Pior acontecera em Roma, quando a bancada do Circo Máximo abateu sob os olhos do imperador Antonino Pio, trucidando 1112 espectadores inocentes. Mas o município cumpriu e pagou.

Correram, entretanto, uns epigramas, supinamente grosseiros, que, jocosamente, atribuíam ao peso de Trifeno o colapso das bancadas. Desde essa altura, mais ele assentou no seu feitio de não tomar decisões. Eu firmei no precedente um bom pretexto para me furtar à organização de jogos e mandei construir um teatro, que não chegou a ficar concluído, no decurso das minhas magistraturas, porque todas as pedras e mesmo as estátuas e lápides haveriam de ser desviadas um dia para a reconstrução da muralha.

A morte inesperada de Trifeno suscitou comentários desencontrados: uns entenderam que era vindicta divina contra os excessos de boa vida que ele ia levando; outros disseram invejá--lo, por um trespasse tão fulminante e isento de dores, nítida intervenção de Apolo. De um modo geral, todos lamentaram o desaparecimento de um magistrado que provinha de boas famílias, era risonho, dado a despesas, amigo do governador e que ninguém odiava particularmente.

O decesso ocorreu durante uma leitura pública em casa de um decênviro chamado Ápito. Como era de norma, um dos duúnviros presidia. Habitualmente, calhava-me essa honra, ou, para ser mais sincero, essa mortificação. Naquele dia, porém, eu havia preferido receber um certo Airhan, recém-chegado a Tarcisis, que, muito à puridade, e com apelos de urgência, me mandara pedir alvíssaras por notícias que trazia do Sul. Repoltreou-se então Trifeno, em meu lugar, no cadeirão oficial que, sobre o estrado, era reservado ao duúnviro.

Segundo me contaram, a sessão decorreu com absoluta e morna normalidade. O primeiro orador anunciou que procederia à leitura de uma variação em torno da célebre questão que Demóstenes propusera em Atenas sobre a venda do burro ou da sombra do burro, e que tem sido glosada com minúcia por todos os jurisconsultos.

Tudo se acomodou para sofrer a questão do burro, a que se seguiriam um diálogo sobre a munificência dos césares e um poema heróico sobre a queda de Numância. Muito se bocejou e dormitou naquela audiência e, por isso, ninguém estranhou que a cabeça de Trifeno resvalasse e pendesse bandeada, mal sustida pelo espaldar da cadeira, nem que os seus pés, muito estendidos, tivessem feito derivar o tamborete para longe do assento. Só quando, horas depois, a sessão chegou ao fim e quiseram acordar Trifeno, primeiro com blandícia, após com violência, chegaram à conclusão de que a morte — como diziam — se tinha apiedado dele e o poupara ao dilúvio de palavras e gestos que ali se produzira.

Ainda assim, o último orador — Proserpino — foi acusado, por uma maledicência risonha, de proferir apóstrofes mortais para ouvidos curuis e alguns jovens estroinas inventaram-lhe até uma alcunha formada com um neologismo grego que significava: «O do fatídico verbo.»

Não me dá para sorrir quando relato estes acontecimentos, com a sua forma burlesca, nem pretendo divertir quem quer que seja. Quero apenas acentuar a despreocupação um tanto irreverente, de algum modo tola, e, em absoluto, ímpia, que então campeava em Tarcisis. Os mais notáveis nada tomavam a sério; a plebe não tomava a sério os notáveis. E, nesta leviana irresponsabilidade, todos se julgavam protegidos por uma grande redoma, diáfana mas sólida, velada por benévolos deuses guardiões. A ninguém ocorria que a divindade do Imperador apenas fosse válida nos templos, que a autoridade do Senado e do Povo fosse escassamente garantida pelo acampamento da VII Legião Gémina, a novecentas milhas de distância e que, adentro das próprias muralhas, a corrupção da cizânia já lavrasse, depois que por elas entrou um certo homem de fraca aparência, mas de palavras aladas.

Foi Airhan quem me chamou a atenção para ele, de passagem, por forma vaga e como distraída:

— Parece que anda por aí um estrangeiro, que diz ser mercador de nozes...

— Nome?

— Mílquion ou Mélquion, não sei bem...

Logo mudou de assunto, sem acrescentar mais pormenores. Também não dei grande importância ao peregrino. O que me preocupava na altura, razão da minha convocatória a Airhan, eram os rumores de perturbações e correrias do outro lado do Estreito. Ao que parecia, pelas meias palavras dele, a situação aconselhava cautelas.

Este Airhan era meu informador, informador dos meus antecessores, e de mais não sei quem. Nunca gostei dele, situação que lhe convinha perfeitamente, desde que o remunerasse e não caísse em curiosidades minuciosas sobre aquilo a que se pode chamar — simplificando — a sua maneira de estar na vida. Acostumado a que o detestassem, Airhan não esperava diverso sentimento dos outros, ainda que fossem relativamente poderosos, como eu era então.

Cheirava asperamente a torpes couros curtidos e a animais de estábulo. Mal ele entrava, a minha estância era logo impregnada daquele fedor que, persistentemente, continuava a contaminar os mais ínfimos e descomprometidos objectos, mesmo após a sua abalada. Durante muito tempo, a própria cera das tabuinhas denunciava o contacto com este homem.

Eram muito confusas a nação a que pertenceria, as actividades a que se dedicava, e as próprias palavras com que se exprimia que, embora sem a solenidade das dos oráculos, raramente apontavam num sentido só. De vestuário compósito, quase andrajoso, barba caótica, tronco espesso, braços curtos, fazia lembrar um desses trabalhadores dos portos, embrutecidos pelo trabalho pesado e pelas bebidas fermentadas. Não parava quieto, ali, na minha frente, no meu tablínio do pretório. Ora dava um passo para a janela, ora um passo para mim, prestes me voltava as costas, para depois quase me bafejar com o seu hálito salitroso. Os olhos saltavam, continuamente, de um canto para outro, deste objecto para aquele, como se receasse existir algures, nalgum refego sombrio, qualquer ameaça oculta. Entretanto, nunca aproximava os braços do corpo, mantendo as mãos sempre num volteio, abertas e afastadas, em grandes gestos teatrais que contrastavam uma fala de tom baixo e monocórdico.

Depreendi que multidões haviam confluído das montanhas do Atlas e dos confins desérticos, impulsionadas já pela fome, já pela pressão de povos guerreiros, derramando-se pelas planícies da outra margem do Galpe. Volubilis e Septem Fratres não se sentiam seguras, levantavam milícias e clamavam por reforços. As praias e os mares eram assolados por pequenos barcos, de fraca construção, pejados de gente, que, ao que constava, tinha saqueado e queimado um navio de carga, e ousado, até, abordar uma birreme ao largo de Lixus.

Mas Airhan tinha ouvido os rumores em Gades, onde a vida ia decorrendo com normalidade. Nada havia visto com os seus próprios olhos. Os relatos circulavam, a gente dos portos comentava, mas ao meu informador, dado a divagações coloridas, faltavam dados precisos e exactos. A história da birreme tinha-a ele ouvido em Vipasca, já muito no interior. As outras poderiam ser rumores daqueles que, não se percebe bem porquê, correm, de vez em quando, os campos e as cidades para satisfazer o prazer humano de inventar, a partir dum estímulo ínfimo, e logo são esquecidos e trocados pela primeira novidade que apareça.

Em segredo, lembrou-me, com um trejeito inquieto, como se fora grande revelação, aquilo que eu sabia melhor que ele: as forças militares disponíveis em todo o Sul eram escassas, quase inexistentes. Vigilantes, janitores, escravos públicos, pouco mais. Confirmando-se a rebelião berbere, encontraria a Península desguarnecida. No entretanto, em eu querendo, ele prontificava-se a partir para as bandas de África, a recolher informações mais de pormenor.

Era-me evidente que este oferecimento de Airhan tinha a marca de um regateio. Ele, na verdade, tencionava abalar de qualquer forma, por mor dos tais negócios mais que obscuros que eu nunca quisera aprofundar, e que provavelmente teriam a ver com veniagas de metais preciosos, em prejuízo do erário público. Mas pretendia convencer-me de que seguia em missão desinteressada, a bem da cidade. Dei-lhe o equivalente a duzentos e cinquenta sestércios. Ficou à espera, remexendo-se com embaraço e olhando-me com um ar suplicante. Entreguei-lhe mais cinquenta sestércios. Airhan suspirou, e enfiou as moedas, uma a uma, no cinto de couro largo, que dispunha para o efeito de uma engenhosa abertura. Foi enquanto procedia a esta meticulosa operação que, distraidamente, mencionou de novo o tal forasteiro, mercador de nozes.

— Dizem que é protegido de Máximo Cantaber.

— E então? Que há com ele?

— Nada de especial, duúnviro. É muito supersticioso e bem-falante. É só para ficares ao corrente...

Perorou sobre o tempo, sobre as encomendações que tinha de fazer aos seus deuses protectores, saudou, atirou um aceno cortês ao busto de Marco Aurélio e deixou-me. No dia seguinte, soube que tinha abalado, muito cedo, com os seus escravos e os seus animais.

Trifeno contemplara meia cidade no testamento: libertava uma mão-cheia de servos, deixava dinheiro aos templos e santuários e multiplicava liberalidades. As suas cerimónias fúnebres foram vastamente concorridas. A mim, legava-me três livros gregos da sua biblioteca, sendo dois de Medicina, de autoria obscura, e o outro a *Tirrenyka* de Cláudio. Também me elogiava, com exuberantes palavras, que me propiciaram ainda maior prazer que os livros. Embora o testamento de Trifeno houvesse já sido lido publicamente, repetidas vezes, no seu triclínio, nas termas, no fórum, nunca eu iria imaginar que, falecido ele, me agradariam tanto aquelas laboriosas frases que, não sem exagero, me colocavam em benemerência logo a seguir ao Imperador. São assim estas pequenas vaidades humanas. Denuncio-as e renego-as, mas confesso-as. Ufanava-me de palavras ditadas por Trifeno, eu, que me impacientava sempre com as suas divagações e que tinha feito um grande esforço de sisudez quando ele me comunicou, certo dia, que tencionava acrescentar o título de «filósofo», e talvez o de «santo», ao seu epitáfio... Mas, enfim, Trifeno finara-se, as suas cinzas seriam lançadas lá longe, no Anas. Que descansasse em paz e com honras de filósofo, mesmo de santo, porque não?

O decênviro Pôncio Velutio Módio produziu um arguto e prolongado elogio fúnebre, inspirado em exemplos conhecidos, com uns toques de Plutarco, duas frases inteiras de Tibério Graco e abundantes furtos de Cícero, muito descarados. Se Trifeno o não tivesse merecido em vivo, não o desmereceria totalmente em morto. Que importa, se uma oração fúnebre não se adapta exactamente ao homenageado? Quem sabe como foi, realmente, um homem? Se a morte o não tivesse soprado tão cedo, talvez ainda Trifeno viesse a efectuar as benfeitorias que lhe eram atribuídas. Não é, verdadeiramente, ao homem que viveu, e cujos despojos ali jazem, sobre a pira funerária, na sua inerme materialidade, que se dirigem os elogios. Antes ao projecto de homem que as circunstâncias poderiam ter revelado. Todos, incluindo o interessado, prefeririam ter sido íntimos deste último. É, pois, legítimo e mesmo obrigatório que se o convoque. Uma elaborada homenagem, como aquela, lustra quem a profere, lustra quem a ouve e lustra a cidade, acrescentando-a com a revelação de mais um cidadão distinto, agora infortunadamente falecido, em que antes — com culpa — ela nem havia atentado.

Foi com este estado de espírito — ou outro equivalente — que os circunstantes ouviram, compenetrados, os encómios fúnebres. Embora Pôncio tivesse uma voz roufenha, sabia modular as frases em conformidade com os assuntos, dosear os gestos em consonância com a emoção, e manejar os textos alheios em sustentação da glória própria. Pena que não lhe desse para a brevidade...

Quando, finalmente, um dos libertos de Trifeno, com uma tocha longa, largou fogo à pira, houve um acontecimento que eu atribuí a mera casualidade, mas que suscitou em muitos dos presentes gestos de recuo, e mesmo um clamor sobressaltado de inquietação. Dois dos toros superiores da pira, que sustinham o ataúde, resvalaram, sem que ninguém lhes tocasse. Meio corpo descaiu ao comprido da lenha, um braço soltou-se, pendeu, e Trifeno acabou por ser cremado naquela posição descomposta.

Não conferi muita importância aos rumores que logo ali junto à muralha circularam e que qualificaram o ocorrido de mau prenúncio. As almas simples estão sempre dispostas a agoirar, a tirar ilações de qualquer mínimo evento, escapando-lhes não raro os verdadeiros factos premonitórios só acessíveis aos áugures, quando verdadeiramente dotados, ou a quem saiba lidar com os livros sibilinos.

Ainda os toros crepitavam e o coro das carpideiras uivava os seus lamentos arrepiantes, já eu, quer pessoalmente, quer através dos lictores, convocava os decênviros da cúria para o pretório, aproveitando a presença de todos eles na cerimónia. Em surdina, remoeram-se protestos e tentativas de escusa: que o dia era funéreo e nefasto; que as togas de luto eram impróprias para o exercício de funções públicas; que seria grande desfeita furtarem-se ao banquete funerário; que a reunião não estava a ser convocada com as formalidades do costume. Não quis saber de pretextos nem de incómodos e mantive a citação com firmeza. Que viessem todos ao pretório, na próxima hora.

Aguardei, numa das janelas do andar superior da basílica. O povo foi-se amontoando em grupos dispersos pelo fórum. Passou uma formatura de vigilantes, armados, com qualquer destino, ritmando as botinas cardadas no empedrado. Aulo Mânlio, centurião ao serviço da cidade, cargo que acumulava com o de prefeito às ordens do pretório, veio da Decumana muito direito, ostentando todas as fáleras sobre a couraça, cruzou o fórum, respondeu regularmente à saudação da patrulha, e encaminhou-se, devagar, para as escadas da basílica.

Uma instituição da cidade, este Aulo. Tinha servido com o pai de Trifeno nas campanhas da Dácia. Um dia, durante uma investida dos bárbaros, um cavaleiro inimigo adregou galgar a tranqueira do acampamento, para ser logo trespassado de dardos. O cavalo desabou sobre Aulo, centurião hispânico da décima coorte, a mais subalterna, que ficou com o braço esquerdo esmagado. O braço recompôs-se, não teve de ser amputado, mas nunca mais se moveu. O pai de Trifeno, que não regressaria daquela campanha, condoído do centurião, enviou-o para Tarcisis, com uma recomendação à cúria. Fizeram-no prefeito e comandante da coorte urbana que ele, à sua maneira, ampliou e estruturou. Era um homem muito alto, esguio, de poucas falas e considerado de uma lealdade férrea aos magistrados. Tanto, que as más-línguas lhe chamavam o «cão de Sabino», numa alusão ao animal que se atirou ao Tibre atrás do seu dono, lançado das Gemónias, por instigação de Sejano.

O fórum reanimava-se. Mercadores instalavam as suas tendas. O poeta Cornélio Lúculo apareceu a um canto, no seu andar arrastado, apreçou um frango, suspendendo-o muito tempo contra o sol, para o devolver ao tendeiro e ir arengar, a grandes gestos, junto de um grupo de farnientes como ele. Chegaram pregoeiros, saltaram funâmbulos. Num ajuntamento, deu-se uma altercação, um corrupio, uma zaragata, uma reconciliação. E os meus magistrados tardavam...

Ei-los que vinham, enfim, liteira após liteira, atraindo comitivas de escravos, libertos, clientes e basbaques. Os tons cinzentos e castanhos das togas de luto formaram uma diagonal escura em contraste com a garridice da multidão que já deambulava no fórum. As vestes sombrias acumularam-se, por fim, ao rés das escadas, como azeitonas ao fundo duma talha. As liteiras foram apeadas, o fórum retomou o garrido das cores, e os homens-bons vieram subindo os degraus, cabisbaixos, graves, circunspectos, saindo do meu olhar.

Quando entraram na sala da cúria já eu os esperava, de pé, junto à minha cadeira oficial. A meu lado, o assento vago de Trifeno. Em torno, como de ordinário, uma roda de escabelos. Vinham agora conversando, em pequenos grupos informais. Contrariados por uma convocação tao inesperada, afectavam não me conceder grande importância. Alguns não chegaram a sentar-se. Os que o fizeram, depois de Pôncio me ter dirigido um vago aceno, não esperaram que eu os convidasse a tomar os seus lugares. Erravam ainda, na sala, uns restos de frases soltas, quando Pôncio se ajeitou no assento, pigarreou e me sorriu, condescendente:

— Então, Lúcio Valério, que mandas tu?

Ia responder, mas Pôncio voltou-se, de súbito, para trás. Os gémeos Gobiti interromperam o bichanar, fizeram-se sérios, compuseram as togas e as atitudes. Naquele relance, não pude ver a cara de Pôncio, mas adivinhei que acentuara o sorriso, naquele seu jeito muito próprio de quem ordena, sem nada dizer. Sempre admirei a forma serena como Pôncio se impunha, pelo mero efeito da sua presença, e fazia mansamente com que todos acatassem a sua palavra, sem precisar mais do que olhar ou sorrir. Um dom que os deuses lhe concederam, para balancear, sem dúvida, os defeitos com que o carregaram. E foi com uma nova variação do mesmo sorriso que Pôncio, de novo, me interpelou:

— Dizias, então, Lúcio?

— Não disse ainda nada. Mas parece-me evidente que, desaparecido um dos duúnviros, se impõe a sua substituição.

Pôncio passou a mão pela barba, como reflectindo. Os outros entreolharam-se. De repente, começaram a falar quase todos ao mesmo tempo, e no mesmo sentido:

Que não, que não era necessário, que louvavam a minha honradez, mas a questão não tinha cabimento. Faltavam seis meses para o fim do mandato, não valia a pena a cidade entrar em despesas, em cerimónias, em perdas de energia e agitações. Não escasseavam os precedentes. Houve quem lembrasse o caso de Tibério Nero que, a partir de certa altura, em circunstâncias semelhantes, exercera o consulado sozinho.

Sintetizando, Pôncio expôs, demoradamente, as desvantagens duma cooptação intercalar. A cúria secundou Pôncio...

Lembrei as ocorrências do outro lado do Estreito, a ameaça que elas podiam representar e a necessidade de um governo firme para Tarcisis. Todos minimizaram a gravidade das razias mouras em África. Circunstanciei as informações de Airhan. Ninguém lhes deu importância.

Que África ficava longe, que o meu informador exagerava, que os mouros não se atreveriam a invadir a Lusitânia, depois da lição que, antes, tinham aprendido à sua custa, que as novas muralhas de Volubilis os travariam, que, em último caso, sempre uma esquadra lhes afundaria os barcos...

— Não te preocupes, Lúcio, não havia de acontecer logo no teu mandato uma desgraça dessas... — concluía Ápito, com um grande gesto circular.

Pôncio, arteiramente, aproveitou a balbúrdia para inverter o meu argumento:

— Mas, admitindo, Lúcio... por mera hipótese, claro, que havia ameaças para a cidade, é óbvio que o mínimo sobressalto político seria inoportuno.

— A lei é para se cumprir!

— Ora, Lúcio, a lei que conta aqui é a do bom senso!

— Há outros cargos a preencher...

— Os edis? Mas meu caro Lúcio, quem quer saber dos edis? A esta edilidade só aspiram filhos de libertos... que, ainda assim, se calhar, serão mais competentes que os dois inúteis que estão agora formalmente em exercício.

— Não estou nas boas graças do governador.

Todos riram. Jocosamente lembraram a resposta que eu tinha enviado a Emerita, citando Tibério, quando Sexto Perene exigira de Tarcisis um tributo exorbitante e ilegal: «Um bom pastor tosquia as suas ovelhas; não as esfola.» Simultaneamente exigira um curador imperial, prática que vingava então no Império e que agradava pouco aos governadores. Perene calou-se. Mas fez saber que não queria ouvir falar muito de mim.

— Há caminhos para Roma que não passam por Emerita — filosofou Pôncio, tranquilamente, de mãos cruzadas sobre a rotundidade do ventre.

Mostravam-se absolutamente dispostos a contrariar-me, chefiados, com habilidade, por Pôncio Módio. Instalara-se um estado de espírito de indiferença quase chocarreira, em relação ao que eu entendia dever afligir-nos a todos. Talvez tivesse procedido precipitadamente ao convocar a cúria daquela forma, naquela ocasião, sacudindo os comodismos e levantando as más vontades. Mas eu era o magistrado máximo da cidade, e entendia levar essa circunstância muito a peito. Havia deveres a cumprir, um direito a regular os meus actos, um vínculo de lealdade para com o Imperador, e ameaças a enfrentar.

Percebi que teria de fazer alguma concessão, embora sem prescindir da ordem constitucional do município:

— Talvez escreva, entretanto, ao Imperador, para que confirme o que for decidido...

— Isso, vai escrevendo para Roma. Não esquecemos que tens acesso privilegiado ao Príncipe — ponderou Pôncio, preguiçosamente. — Depois, numa próxima reunião, voltamos ao assunto.

— Já!

Pôncio tinha enrolado a toga em torno do braço esquerdo e esboçara um movimento para diante, como se fosse levantar-se, quando foi surpreendido pelo meu grito. Deixou-se cair de novo no escabelo, contrariado, e olhou-me fixamente, medindo-me bem. Eu devia parecer encolerizado e pronto a forçar vontades. Confesso que os dedos me tremiam. Pôncio deu um grande suspiro de complacência, levantou ambas as mãos num gesto tranquilizador e entrou nas escusas:

— Vamos, Lúcio, não contarás decerto comigo. Já fui duúnviro nesta cidade e quase me arruinei. Esta basílica, quem é que a reconstruiu à sua custa, pelo menos em parte, hem?

Circunvaguei o olhar. As faces estavam agora crispadas. Todos se afundavam nos assentos ou se colavam mais às paredes. A pouco e pouco, um a um, foram invocando as munificências que a cidade lhes devia, generosamente exageradas, e o desgaste que a carreira das honras havia provocado nas suas fortunas, nas suas saúdes, nas suas harmonias familiares. Este tinha mandado pavimentar o fórum e erguer as estátuas a Marte e Minerva, aquele tinha reparado o templo de Júpiter Óptimo Máximo, aqueloutro oferecera jogos por três dias, com quatro gladiadores e sete feras... Todos declararam Roma mais devedora a eles do que eles a Roma. Quando fixei os Gobiti, as lamúrias estouraram em frouxos de riso, sucederam-se as chalaças sobre os hábitos efeminados dos dois gémeos.

— Bem — observou Ápito —, é altura de irmos andando. A minha mulher espera na liteira, os escravos ainda não comeram...

Pôncio observava-me de esguelha. Reparou que eu estava cada vez mais impaciente e entendeu que a paródia descambava. Fez-se sério, alçou os braços e impôs silêncio. Todos, naquela sala, obedeciam aos gestos de Pôncio. Ele fincou as mãos no peito e começou a falar, baixo, tristemente, comovidamente, fixando um ponto do pavimento em que o mosaico figurava Laocoonte debatendo-se com as serpentes.

— Ah, Lúcio... Tu bem sabes. Estou coberto de cicatrizes: no corpo, do ferro dos bárbaros; na alma, das incompreensões e desconsiderações dos romanos; na fazenda, de gastos abundantes, generosos e, por vezes, tão mal entendidos... Estou triste, amigos, estou desiludido, caminho para a velhice. Vejam estes cabelos brancos. Alguém me pode censurar por querer, no fim da vida (sem deixar de responder, sendo necessário, aos apelos do dever), gozar, enfim, a tranquilidade doméstica que os patriarcas bem-nascidos merecem?

Precipitei-me. Interrompi-o. Foi um erro. Disse o que ele queria ouvir:

— Eu também me tenho sacrificado, Pôncio...

Pôncio olhou-me de viés, mantendo o mesmo porte desconsolado e o tom reflexivo da voz:

— Dizes bem, Lúcio, és um homem íntegro. Não é verdade, cidadãos?

Ondulou pela sala um rumorejo de concordância respeitosa. Eu percebi a armadilha em que tinha caído. Tarde de mais. Pôncio ergueu-se, arrebatado, arrastando o escabelo, alçou a mão direita com dois dedos levantados, no gesto solene do orador, e fulminou a assistência com um olhar imperativo.

— Peço a palavra! Permites, Lúcio? — e insistiu, trovejando:
— Permites, Lúcio?

E logo, com inflexões de retórico:

— Proponho, cidadãos, que o duúnviro Lúcio Valério Quíncio, aqui presente, modelo de piedade, de moderação e de sageza, assuma com aprovação da cúria o duplo mandato, substituindo nas suas funções o duúnviro Gaio Cecílio Trifeno, que já viveu!

Estalaram aplausos. Pôncio sorria, com enlevo, as mãos pousadas sobre o peito largo, bandeando a cabeça para um e para outro, como se agradecendo. Ninguém me prestava a mínima atenção. Eu estava gelado. Só uns instantes depois repararam que eu tinha a cabeça coberta com a toga, sublinhando o meu silêncio e o meu protesto. Os aplausos e as felicitações cessaram. Senti a mão de Pôncio que, suavemente, me puxava a toga e tentava descobrir-me a cabeça:

— Lúcio, Lúcio, então?

Outras vozes concorreram a convencer-me. Alguém chegou a afirmar que a confiança em mim era tal que não repugnaria conferir-me a ditadura. Esse não foi contrariado. Todos tinham a decisão por assente e definitiva. A ninguém ocorreu opor qualquer dúvida ou reserva. A pouco e pouco, com acenos equívocos, e desculpas engroladas, foram saindo e abandonaram-me.

Deixei-me ficar muito tempo sentado àquela mesa, abatido. O que me preocupava não era apenas a legalidade duvidosa da situação, nem o acréscimo de esforço e responsabilidades que ela me traria. Era que havia sido decidida pelos meus pares por pura comodidade, num acesso de leviano egoísmo, a que os problemas da cidade, os interesses de Roma eram completamente alheios. Como é que aquilo se tinha tornado possível? Não haver sequer uma voz que chamasse à discussão o interesse público, nem um raciocínio que ponderasse as ameaças que impendiam sobre Tarcisis, nem um gesto mínimo de renúncia à ociosidade e pusilanimidade gerais... Estavam então assim os meus concidadãos? Os meus súbditos, como eu quase poderia agora dizer com propriedade?

Nessa noite, escrevi até altas horas, não para Roma, mas para mim próprio, na intimidade do meu cubículo. Quis tomar nota de tudo, antes que sobreviesse o esquecimento. Mara sentiu luz e veio para junto de mim. Nada disse. Pousou no chão a lucerna que trazia e foi-se deixando estar, sentada no meu leito. Depois adormeceu, enquanto eu escrevia. Mara fazia questão de me demonstrar que estava a par da minha inquietação e se solidarizava comigo. Discreta, como sempre, vendo-me concentrado não fez quaisquer perguntas nem alusões. Mas quis ficar ao pé de mim, naquele momento, que me era grave.

Mara!

Capítulo III

— Aproximo-me do altar do deus!

O coro de jovens togados, ainda de pretexta, circularmente alinhados à minha volta, escandiu as palavras rituais que ressoaram pelas cantarias escurecidas do templo:

— Ei-lo que se aproxima do altar do deus!

Jorrou vinho espesso de um gomil de prata que encheu a taça lavrada que eu trazia na mão. O tocador de flauta rompeu numa música estridente, que parou, de súbito, quando acabei de verter o vinho sobre o altar.

— Fiz a libação!

O coro:

— Ei-lo que procedeu à libação!

Dei dois passos atrás e, com as palavras apropriadas, anunciei delegar o sacrifício em Aulo, que já se debruçava sobre as vítimas com os instrumentos cerimoniais. De novo irrompeu a estridência das flautas que abafou os breves assomos de agonia do primeiro animal.

Nunca gostei de sangue. Cumpri sempre escrupulosa e minuciosamente, evitando o mínimo erro ou o mínimo gesto em falso, todas as prescrições dos ritos, quer os públicos, quer os domésticos, quer os do Império, quer os da cidade. Quando chegava o momento de trucidar as vítimas e do manuseio enjoativo de carnes e vísceras ensanguentadas, habituei-me a delegar, como a regra permite. Mais tarde, de cabeça coberta, aproximar-me-ia do altar para a consulta ao deus, com o formulário próprio. Como de habitual, o deus respondia, sempre pelas mesmas palavras, porque assim deve ser.

Nas paredes do templo, uma grossa mancha de humidade repassava a pedra e parecia escurecer ainda mais o ambiente e agravar a frialdade do recinto, embora lá fora fizesse tempo aprazível e o sol se não rogasse. Não me lembrei de ter antes visto aquela mancha esponjosa e negra, e ficou ela para mim como um sinal, porventura preliminar dos que se revelariam após, mais impressivo que a exibição das entranhas fumegantes, que ali me era oferecida. Cósimo, arúspice decrépito e manhoso, levantou a cabeça enrugada e fez-me um meneio, desconsolado, indicando que aquelas entranhas nada prenunciavam de bom. Não era a primeira vez. Nunca me recordo de o velho Cósimo ter extraído das vísceras dum animal prognósticos de tempos felizes. Que será isto nos homens que se prezam tanto de ser portadores de más notícias? Porque é que o anúncio da desgraça lhes vai mais natural e lhes confere maior gáudio? Talvez porque as infelicidades sejam mais facilmente confirmáveis pela vida e perduráveis na memória... No entanto, pensando bem, tudo isto, em si, não tinha grande importância. Tratava-se apenas dum rito, dum simulacro, de gestos consagrados.

*

Um mês decorrera sobre a minha confirmação como duúnviro e único magistrado supremo da cidade. Eu ia-me conformando com as minhas funções e trabalhava além do que me competia. Os dois edis, cooptados mais por rotina que por critérios avisados, nunca tinham sequer pisado o pretório. Eu chamara também a mim a edilidade. Pude, de dia para dia, aperceber-me de que a própria indolência do falecido Trifeno me fazia falta e que a sua simples presença, pacata e passageira, me teria sido um apoio e um estímulo.

Os rumores sobre as movimentações dos bárbaros do Sul chegavam, entretanto, cada vez mais insistentes. De uma forma geral, os viandantes, mercadores ou recoveiros, traziam notícias esparsas sobre correrias e piratagens marítimas, às vezes aligeiradas, nos mais dos casos exageradas sobremaneira. A boa conversação ajuda ao negócio e, quanto mais fantasiosa for, melhor dispõe o favor do cliente. Os acontecimentos corriam lá longe. Eram objecto de curiosidade geral, tanto como os da Germânia ou da Dácia. Os meus concidadãos acolhiam os relatos com vezo bisbilhoteiro e efabulador. Olhava-se em volta, e os campos ondulavam sossegados, voejavam os pássaros, velavam os pastores, curvavam-se os agricultores sobre o arado, carros iam e vinham, pesadamente, pela via empedrada. Mas eu todos os dias me lembrava de que a guarnição de Tarcisis não chegava a cem homens, entre vigilantes e janitores, envelhecidos, bisonhos, amolecidos pela paz e pouco afeiçoados a firmezas de braço. E tinha bem presente que as muralhas da cidade, erigidas no tempo de Augusto,

COMC_DPBT-4

nunca mais haviam sido reparadas. Nos troços em que não se esboroavam, destruídas, acusavam o desleixo e as depredações consentidas por edilidades acostumadas, em demasia, à paz romana.

Por essa altura, do ponto de vista dos cidadãos, o mais irritante factor de desassossego manifestava-se para além dos montes. Campeava então um salteador chamado Arsenna, com o seu bando de ribaldos, arrastado para o saque, ao que contavam, pela ruína do progenitor, em resultado duma demanda judicial desastrosa. O perigo próximo, que se traduzia em carros desviados e bolsas esvaziadas, mais indignava as imaginações do que o rumor distante e incerto de bárbaros canhestros e boçais, sem limites na sua fúria, mas respeitadores das legiões. Ninguém parecia perceber, tomados que estavam todos duma confiada cegueira, que entre nós e os bárbaros não acampava sequer uma coorte. Um minúsculo destacamento auxiliar vigiava as minas de Vipasca, a poente; desprezíveis guarnições urbanas, tão ineptas como a nossa, preguiçavam em alguns municípios. Nada mais.

Após o sacrifício, terminada a cerimónia, a gaiatada dispersou-se, de roldão, radiante por se ver livre das solenidades e ansiosa por se desembaraçar das togas. Tive de ocultar o sorriso quando reparei nos olhares de górgona com que o arúspice queria petrificar os miúdos. Era mais que certo que Cósimo iria bater à porta de cada um, a fazer queixa aos pais. O assunto não deixaria de ser comentado com Múlnio, o professor, que prometeria ralhetes e chibatadas, em frente de dois copos de indignado vinho quente.

Regressado ao pretório, o episódio alegre das crianças e as evocações da escola infantil cederam à inquietação dos últimos tempos, agravada pela sensação de desconforto que me conferia aquela sinistra mancha de bolor na parede. Não sei nada de prodígios, nem de presságios, tirando os óbvios, cujo significado toda a gente conhece: uma estátua que ri, uma serpente que cai do tecto, uma águia que pousa no templo, um raio que fere uma sepultura... Mas senti, por instinto, que tinha sido advertido de que as coisas não me iriam correr bem. Preferi não consultar os arúspices da cidade. Dava-lhes para o catastrofismo, assombravam-se em visões escatológicas e não me parecia que, de um modo geral, fossem competentes. É difícil, aliás, acreditarmos num adivinho que surpreendemos a discutir o preço dos pepinos no mercado ou entrevemos em libações pouco sagradas na escuridão duma taberna. Ninguém é profeta na sua terra, costumam dizer os judeus... Admito que se pense o mesmo do sacerdote — Sévir que sou, por inerência de funções — que, após ter presidido ao sacrifício, embiocado na toga, surge a dirimir questões de partilhas no tribunal... No fundo, vamos cumprindo as formalidades sem acreditarmos em nada, mesmo quando o sentido cívico nos leva a proceder como se acreditássemos... Mas o destino porfia em congeminar sempre situações imprevistas, imunes aos nossos ritos, gesticulações e esconjuros.

No dia do meu aniversário, Mara surpreendeu-me, logo pela manhã, com um presente raro que encontrei aos pés do leito: um camafeu de ónix, com efígies incrustadas de Marco Aurélio, Vero Lúcio e Faustina. Tomei uma decisão inesperada, pelo seu mundanismo, para aqueles que me rodeavam e me conheciam o feitio: resolvi, inopinadamente, fazer convites para a ceia, transgredindo a norma que me impusera, após ascender ao duunvirato, de não convidar ninguém para minha casa. Não fazia visitas nem recebia visitas. Limitava-me, pela alvorada, a admitir os clientes — cada vez mais raros, desde que o meu testamento fora conhecido — e a seguir os preceitos de cidadania que essa circunstância impunha. A magistratura dispensava-me — considerava eu — da prestação de preitos a quem quer que fosse, dentro dos limites da cidade. E pouco me importava a galhofa que vinham fazer à minha porta durante as saturnais: «Lúcio, desvenda os teus covis, que escondes tu?...»

O senador Énio Calpúrnio não aceitava bem esta maneira de ser e não perdia nenhuma oportunidade de me tratar como se fora seu cliente, como já meu pai o era. Eu condescendia em manter a ambiguidade da situação, como acedia a outras concessões ditadas pelo múnus que exercia. Não raro, para não contrariar os outros, via-me obrigado a forçar o meu íntimo. O próprio Marco Aurélio me tinha ensinado isso. Mas aprendi mal, pelos vistos...

Pouco me atraem os jogos e as festas, afasto-me quanto posso dos rituais sangrentos, mas procurei sempre abster-me de descontentar o povo, transgredir ostensivamente os costumes, ou confrontar os maiores. A nossa cidadania, que tantos motivos de orgulho nos deu, funda-se neste subtil e complexo sistema de equilíbrios e de hipocrisias. Eu era um magistrado, não um filósofo. Sendo preciso dissimular para manter a paz e a tranquilidade, eu dissimularia. O Imperador era um filósofo, e não tinha ele de se empenhar em guerras e intrigas, sanguinolentas e perversas? Com que vontade, fora da que o dever impunha, partilhava Marco Aurélio do queijo tosco dos solda-dos, sofria ventos e sóis, assistia à decapitação de bárbaros hir-sutos? E desmantelava, vingador, a conjura de Avídio Cássio? E presidia a espectáculos cruéis que nunca logrou substituir pelos jogos gregos? Nenhuma, presumo. Tinha apenas de ser. Tinha de se suportar! Mas, com que limites?

Mais tarde contarei do «claríssimo» Calpúrnio, o único na cidade a usar laticlávio e anel de ouro e a fazer-se acompanhar de três lictores, quando eu dispunha de apenas dois. Hoje falo da ceia para que convidei Aulo, a sua mulher, Galla, e ainda Cornélio Lúculo, o tal poetastro vagabundo, frequentador do fórum e das tabernas, que ultimamente andava por todo o lado a recitar versos em meu louvor.

Recebi-os como se fossem meus iguais, com as mesmas deferências por parte dos servos, a mesma qualidade do vinho e da comida. Não creio que Aulo se tivesse sentido particular-mente honrado. Era um homem simples. Limitava-se a cum-prir. Foi convidado? Obedeceu. Aposto que preferiria a sua rotina quotidiana a esta ceia que lhe impunha o magistrado, com quem convivia a toda a hora. Já o poetazito se mostrava deliciado: matava a fome, uma fome cava, devoradora, ances-tral, e poderia vangloriar-se pela cidade de que tinha sido admi-tido ao triclínio do duúnviro. Talvez isso lhe granjeasse o prestí-gio suficiente para que um benemérito lhe mandasse copiar as poesias...

Se, por um lado, eu precisava de me distrair, após aquele es-tranho mal-estar no templo, cabia-me ainda comprazer Mara, a quem, imerecidamente, nunca propiciava convívios e diversões.

Não era exactamente a isto que Mara aspirava. Preferiria, adivinho, embora nunca mo tivesse confessado, a conversação à mesa de Calpúrnio, na companhia dos decênviros e dos proprietários mais honrados da cidade. Ler-se-iam então pequenas peças de oratória, rodopiariam bailadeiras e flautistas e, no meio de ditos de espírito, Mara saberia fazer brilhar a sua encantadora frivolidade. Mas eu não queria dar tamanha honra a Calpúrnio, agravada do convencimento, por parte dele, de me honrar antes a mim. Nunca conversei com Mara sobre este assunto, mas estou bem ciente de que ambos sabíamos adivinhar as motivações um do outro. Encontrou-se uma via intermédia. Não disse eu que a nossa vida é sabiamente composta de equilíbrios e de subentendidos? O que é o casal senão uma das ínfimas malhas dessa emaranhada teia?

Mas, também, porque não confessá-lo?, creio que o convite ao centurião e à mulher se deveu muito à minha gratidão egoísta. Nunca esqueci o comportamento de Aulo logo após a reunião em que fui investido — atrevo-me a dizer — como ditador. Ainda o último decênviro não tinha saído, já Aulo entrava pela sala da cúria e, meticulosamente, se dedicava a uma tarefa que nem lhe competia e que era a da recolha e arrumação de tábuas e papiros espalhados. Num relance, trocámos olhares; ficámos fixados um no outro, nem sei por que tempos. Aulo parecia compreender o embaraço que me turvava os sentidos e aquele olhar interpretei-o como uma manifestação muda de solidariedade que valeu por todas as palavras que eu nunca esperaria dele. Foi-me importante considerar, naquele momento, que tinha a compreensão e a estima, que mais não fosse, dum pobre centurião.

Já a razão por que escolhi o poeta foi ligeiramente perversa, admito. Sabia que ele se tinha insinuado junto de Calpúrnio, mandando-lhe entregar uns versos por um escravo emprestado, aquando da entrada triunfal do senador na cidade. No dia seguinte, pela manhãzinha, quando se apresentou no átrio dele, aspirando à clientela, recebeu, em vez da espórtula almejada, os versos devolvidos com correcções feitas a vermelho pelo próprio punho de Calpúrnio e o aviso de que não deveria reincidir. Eu quis, de certo modo, mostrar ao padre conscrito que as suas rejeições e, logo, as suas afirmações, não eram definitivas na cidade de Tarcisis.

Contaram-me mais tarde que Aulo tinha pedido emprestados os paramentos que vestia desajeitadamente nessa noite, por não querer comparecer à ceia no trajo militar que era o seu ordinário. Reclinado, quase adormeceu, ao primeiro copo de vinho, e grande esforço fez para se manter acordado. Olhava para o poetazito pelo canto do olho e não escondia o profundo desprezo que sentia por ele. Mara recebera os convidados festivamente como se fosse aquela uma grande ocasião na sua vida. Exagerou um tudo-nada, acho eu, especialmente quando, ainda no átrio, ancilas deitaram pétalas de rosa sobre os recém-chegados.

Mara explicou minuciosamente a Galla os condimentos dos pratos que foram servidos, interessou-se pelos epigramas do poeta e nunca deixou escapar a ocasião de lhe dirigir uma palavra amável. Galla tudo aceitava com naturalidade, como se estivesse acostumada àquelas atenções, e deixou-se reclinar no leito, ao lado do marido, sem reparar que Mara comia sentada. Cornélio sentia-se promovido ao Empíreo e não parava de encher a boca e o guardanapo, mais amplo que o admitido pelos costumes, que estendera à sua ilharga.

Galla trazia a conversação preparada e, às vezes, utilizava expressões rebuscadas, de sentido problemático. Procurava brilhar. Chegou mesmo a fazer uma citação em grego, língua que não dominava. Discreteou sobre escravos, alardeou conhecimentos em matéria de perucas e cosméticos e chasqueou, com alguma graça, sobre as várias religiões que percorrera, sem qualquer respeito pelos mistérios e pelos segredos a que cada qual a havia obrigado. Era preciso compreender Galla. Aulo entediava-se, sorumbático, nada conversador. Ela tinha de tagarelar pelos dois. Acresce que Galla estava radiante pela distinção do convite e nem sempre capaz de medir as palavras. Atraiu a atenção de Cornélio. Reparei que, quanto mais saciado e desinteressado da comida, tanto mais o vate punha os olhos nela, afectando ouvi-la com um enlevo de sobrolho alteado, num exagero.

— Passei de Ísis a Mitra — tagarelava Galla. — Nunca me agradaram esses cultos femininos, com procissões, cochichos e má-língua. Osíris passa o tempo a morrer e a ressuscitar e tudo aquilo é de uma grande monotonia. Converti-me ao filho de deus, Mitra, enviado à terra pelo seu pai, Aridman, para dissipar as trevas e levar os justos para o céu, através da via láctea. Pena que as mulheres não sejam admitidas aos mistérios...

As palavras de Galla encontravam condescendência, mas não entusiasmo. Mara é soberanamente descomprometida em matéria de religião. Limita-se a proceder como todos procedem, mas sem que atribua a isso significado de maior. A nossa porta, os nossos ferrolhos, a nossa casa, estão encomendados aos deuses competentes, que nem lembro bem quais são. Arde sempre um círio à soleira e uma lucerna fumega no larário. Às divindades confiadas aos cuidados de Mara, entre as quais sobressai Trebaruna, nunca lhes faltou nada. Mara cumpre, imita, passa a tradição. Comportava-se em casa, como eu na cidade. Os rituais antigos já nos davam bastante cuidado para termos ainda que nos preocupar com as hordas de deuses novos, locais e estrangeiros. Eu, por mim, evitava sempre as sacerdotisas de cabeça rapada e túnica plissada. Aprendi que o mundo é complicado e diverso e dispensa o esforço dos homens para o intricarem ainda mais. Preferia que os deuses, fossem eles quais fossem, e donde fossem, continuassem entretidos, entre si, nos locais próprios e competentes. E os seus sacerdotes mais chegados a eles do que a nós...

Tentei despertar Aulo da sua soturnidade, nomeando o salteador Arsenna, a propósito de uns perfumes e unguentos que a população feminina da cidade esperava havia meses com sofreguidão e que se suspeitava embelezarem agora as companheiras dos bandidos, por essas estalagens de má fama. Sabia que a simples menção de Arsenna bastava para enfurecer Aulo, que o perseguira durante anos a fio, e sempre desfeiteado. Sobressaltando Aulo, desviava a conversação daquelas insípidas matérias religiosas, no momento em que o poeta já se abalançava perigosamente a perorar sobre astrologia, a respeito da ressurreição de Osíris.

Mas Mara não deixou que Aulo se pronunciasse e cortou--lhe logo o único rompante de vivacidade daquela noite:

— Ah, não, meu amigo, no meu triclínio não admito assuntos sérios. Já basta o tempo que têm para conversar sobre isso no pretório. Falemos antes de frivolidades...

Nessa altura, inesperadamente, desabou uma bátega de água. As chuvas reboaram pelas telhas, ferveram no tanque do implúvio, revolutearam em poalhas esbranquiçadas pelo peristilo. Pareceu-me que, a um golpe de vento, as chamas das luzes se sacudiram. Houve, no triclínio, um breve silêncio, como de homenagem, não isenta de receio, à manifestação dos elementos. O ar arrefeceu. Bateu uma porta.

Cornélio Lúculo tomou inspiração do acontecimento. Passados uns instantes, ergueu o copo na direcção de Mara, enquanto fitava olhos em Galla, e recitou: «*Ouvindo o rumor de doces ninfas, ávidas acorrem as linfas com fragor.*»

Era o momento do poeta... Fora convidado para nos entreter, chegara a altura de cumprir a tarefa. Um jovem escravo, com uma pequena harpa, marchetada de madrepérola, instalou-se junto de Cornélio e foi sublinhando os versos, com acordes doces e lentos, que mal sobressaíam por entre os estrépitos da chuva. Não seriam os melhores versos do mundo, não mereceriam, certamente, que alguém se desse ao trabalho de os copiar, mas soaram oportunos naquele momento. Cada qual, numa branda sonolência, se recolheu dentro de si próprio e fixou-se nos seus pensamentos. Aulo adormeceu de vez.

Confusamente, apercebi-me de um ranger de portas, de tinires metálicos, de vozes alteadas, para os lados da entrada. O meu intendente estava agora junto de mim e falava-me respeitosamente ao ouvido. Que viesse ao vestíbulo, com urgência!

Sacudi Aulo e ordenei-lhe que me acompanhasse. Foi quase cómica a precipitação com que ele se levantou e alinhou a meu lado, com tanta energia que assustou e calou o poeta. Se o olhar de Galla era de vaga curiosidade, o de Mara, ansioso, procurava perscrutar, fitando-me ora a mim ora a Aulo, o que estaria em curso. Pedi desculpa e sai do triclínio. Ouvi o poeta retomar, timidamente, o fio da declamação.

As águas da chuva embatiam com tanta sanha no tanque do átrio que uma espuma finíssima se nos entranhava nas vestes à medida que passávamos, e causava estranhos efeitos na chama da lucerna que eu próprio trazia na mão. Nos canos de escoamento e no fundo do poço da cisterna ressoava um gorgolejo lúgubre, como de um interminável estertor. Indiferente, exausto, de túnica meio encharcada, um jovem escravo já dormitava, encostado a uma coluna.

No vestíbulo, junto à porta, semicerrada, um vulto movimentava-se para cá e para lá, esgotando a exiguidade do espaço. As gotas de água que lhe cobriam o manto rebrilhavam, à luz duma tocha. Quando nos aproximámos, Airhan deu um passo na nossa direcção. Tinha as vestes ensopadas. A água escorria-lhe em fios pela barba.

— Passaram o Estreito. Para já, foram repelidos, duúnviro! Mas amanhã, quem sabe?

Capítulo IV

Passaram o Estreito, em barcos esguios de vela triangular, e foram-se instalando, ao relento, miserrimamente, pelas falésias próximas ao mar. Useiro em metáforas, como todos os orientais, Airhan comparava-os às nuvens de gafanhotos que em anos de praga fazem o mesmo percurso por sobre as ondas, revoada após revoada. E assim como esses animais depredam e deixam rasos de verdura os campos, assim estes invasores vinham para talar, por círculos mais e mais vastos, as fazendas e as vidas em redor. E as suas mandíbulas eram rudes armas de pedra e osso e o sinal da sua passagem a devastação dos fogos. Naquele rompante, não havia villa nem santuário que lhes escapasse e receava-se que, em breve, se atrevessem a acometer as cidades. Confirmava-se a abordagem e incêndio de navios romanos e o bloqueio das Colunas de Hércules, por cardumes de barquetes eriçados de armas. Uma tropa improvisada, recrutada à pressa, formada por escravos e libertos de Gades e de Septem, sob o comando de um primipilo reformado, havia travado combate indeciso com os bárbaros, dispersando-os, sem os aniquilar, nas cercanias do Galpe. Mas, dos campos, os proprietários em pânico acorriam à incerta protecção das cidades. Mensageiros cavalgavam já ao encontro da VII Legião Gémina, levando-lhe o rebate e os apelos das populações. Havia quem garantisse que estava prestes a ser nomeado um procurador imperial para tomar o comando da ofensiva.

E o aspecto deplorável de Airhan, empapado de água, com as barbas sujas rebrilhando aos revérberos das luzes, os olhos esbugalhados e moventes, os grandes gestos de mãos espalmadas, traziam àquele acanhado vestíbulo a antevisão do horror apenas adiado. À mesma luz, os traços endurecidos e glabros de Aulo como que reproduziam as faces dos antigos romanos das estátuas, tão celebrados, firmes e serenos, embora ineptos para os voos da imaginação. Entre ambos estava eu, já seduzido pelas hipérboles gesticulatórias de um, já tranquilizado pela imobilidade imperturbável do outro. Cumpria-me decidir. A descrição de Airhan redundava em pormenores que já me eram bastantes.

Ordenei-lhe que partisse de novo e me fosse mantendo informado de tudo quanto visse ou soubesse. Ele abriu os braços, exibiu as vestes repassadas de água, levou as mãos à barba e estendeu-as depois, húmidas, voltou os olhos para cima, em sinal do grande sacrifício que uma vez mais iria fazer por mim — e só por mim — e, enfim, curvou-se. Falei-lhe então prudentemente, com muitas e deliberadas hesitações:

— Se por acaso, só por acaso, evidentemente, tu, que andas por tanto lado e pernoitas em tantos leitos, obtivesses informações úteis, provindas de alguém que estivesse, digamos, fora da lei, eu saberia compreender, Airhan...

— Felizmente, duúnviro, apenas aceito contactar com gente que é leal ao Imperador, sejam eles romanos, escravos ou, mesmo, rústicos.

No entanto, se, ocasionalmente, algum dia acontecesse, pelo acaso duma surpreendente excepção... Airhan coçou a cabeça. Estávamos entendidos. Talvez Arsenna e o seu bando ainda me pudessem ser úteis...

Não tinha dinheiro comigo, nem quis envolver o meu intendente nesta combinação. Lembrei-me de uma pequena estatueta de prata, representando Minerva, que costumava enfeitar uma mesita no átrio. Fui buscá-la e quis entregá-la a Airhan.

Mas ele mostrou-se quase ofendido. Agitou-se muito, recusou com afectação, e protestou — olhando repetidamente para Aulo — que a sua lealdade a Tarcisis e aos magistrados de Roma se sobrepunha a todo o interesse material. Reparei que fazia algum esforço para dizer estas palavras aladas, porque os olhos, de quando em quando fitados na prata refulgente, traduziam a cupidez que era o seu natural. Naqueles relances, a estatueta tinha sido medida, pesada e avaliada, mais que uma vez. Travava-se em Airhan um doloroso conflito entre a razão e o impulso. A sua recusa presente, sabíamo-lo ambos, haveria de resultar, no futuro, numa recompensa em contado muito superior ao valor do objecto. Ao recusar a oferta, Airhan apostava que eu não me havia de esquecer da sua manifestação de desinteresse e me veria obrigado a lançá-la a crédito, na partida dos serviços prestados. Despediu-se precipitadamente, sem querer justapor mais palavras às que tinha dito, para lhes não prejudicar o efeito, e saiu para a chuva. O fedor que as suas roupas molhadas exalavam, ainda mais acentuado que de ordinário, permanecia, e mantinha, de certo modo, a sua presença dentro de casa.

Quando a porta bateu, Aulo, que tudo tinha ouvido sem pestanejar, moveu-se, enfim. Devem ter-lhe parecido despropositadas para a ocasião as roupas festivas que ambos trazíamos. Tirou a grinalda da cabeça, deixou-a cair no chão, e a mão válida deslizou-lhe pelo peito, arrepelando a túnica. Sentia a falta da loriga de couro que trazia habitualmente vestida, e demonstrava assim o seu desconforto, como se o atormentasse alguma culpa por estar em trajo de banquete e desarmado, quando os bárbaros já se anunciavam.

— Ordens, duúnviro? — inquiriu. A pose e a pergunta marcial, atirada quase num berro, destoavam muito da indumentária bordada e colorida. Eu devo ter-me descaído num sorriso, porque recordo o ar estupefacto de Aulo quando o travei pelo braço e o conduzi pelo átrio:

— Ordens? Sim... de voltar ao triclínio!

Do lado de lá do implúvio, por detrás das cordas de água que, cada vez mais violentamente, se revolviam e estalavam no tanque, três vultos perfilavam-se, hirtos, como se constituíssem um grupo escultórico. Mara, Galla e Cornélio, sem se atreverem a aproximar-se do vestíbulo, espreitavam, do fundo do átrio. Mara segurava uma luz bem alto, e todos esperavam, petrificados de espanto, que nós regressássemos. Desta vez — coisa rara — a inquietação de Mara havia sobrelevado o seu sentido de anfitriã. Não resistira, perante a nossa demora, a esgueirar-se para ver quem tinha chegado e o que se passava. Os outros seguiram-na, levados pela curiosidade, e ali se entreolhavam os três, entre as colunas, agora embaraçados, de gestos indecisos, sem saber bem que fazer.

Mas aquele serão estava irremediavelmente estragado. Quando nos reinstalámos no triclínio não houve maneira de prosseguir a conversação. Parecia que a sala, com a nossa ausência, tinha entretanto arrefecido. As postas de peixe mostravam-se mais secas e menos convidativas, o gárum apresentava-se grumoso e empastelado, os legumes perdiam o viço. Também já não havia apetite. Soltaram-se umas frases de circunstância que não merecem ser recordadas. E, imóveis, concentrámo-nos no reboar da chuva, como se daquele estrondo dependesse a nossa edificação e consolo espiritual. Mas estavam todos impacientes por se ir embora, eu desejoso de me ver libertado de quaisquer constrangimentos e Mara ansiosa por me fazer as perguntas que as conveniências, de momento, não permitiam. Quando o temporal amainou — já não era cedo — Cornélio despediu-se, com atabalhoação, o escravozito da lira a saltitar atrás de si, carregando o guardanapo tão inchado de vitualhas que lembrava uma mochila militar. Aulo ainda esperou que o poetastro se afastasse e, depois, num rompante, prestes arrastou Galla para a saída.

— Amigo — perguntou-me Mara, apoiando-se no meu braço. — Que se passa?

— Os bárbaros passaram o Estreito, Mara. Por agora, foram repelidos. Mas podem voltar...

Mara teve uma reacção inesperada. Chamou desabridamente os escravos e ralhou por não terem acorrido a levantar a baixela no triclínio. E desdobrou-se em ordens, com a severidade possível no seu porte frágil, que não conseguia aterrorizar ninguém. De costas para mim, parecia não me dar qualquer importância, enquanto ordenava que este espanejasse, aquela varresse, aqueloutro recolhesse as mesas.

Mandei que me iluminassem o tablínio e fiquei algum tempo à mesa, sozinho, a pensar. Pela nesga da cortina, entreaberta, via Mara cirandar, ora para cá, ora para lá, por entre as servas, como atarefada em meticulosidades domésticas. De cada vez que passava em frente da porta lançava-me um olhar rápido, fugidio, assustado e prosseguia. E depois voltava.

A agitação e o rumorejo pela casa cessaram, enfim. Restos de água das chuvas pingavam agora no implúvio, lentos, cansados, lamentosos. Pensei que Mara já se tivesse recolhido e todos estivessem deitados. Acordei o escravo que dormitava, acocorado à entrada do tablínio, e mandei que me trouxesse o manto, as botinas cardadas e acendesse um archote. Mas, vinda não sei de onde, Mara saía ao meu encontro:

— Lúcio, aonde vais?

— Não te preocupes. Quero só ver se tudo está bem...

— O que não há-de estar bem?

— Compreende, Mara...

Mara teve um breve sorriso, conformado, desmentido no entanto pela ansiedade do olhar. Era, de facto, estranho, para os hábitos da casa, que eu me dispusesse a sair, alta madrugada. Mas a minha mulher não fez qualquer comentário. Ajeitou-me ligeiramente o manto em torno dos ombros e acariciou-me a barba, muito ao de leve, com as costas da mão.

— Não demores!

O escravo empurrou os batentes e os ecos do bronze ecoaram pela travessa estreita. Desde rapaz que eu não andava de noite pelas ruas de Tarcisis. Àquela hora, a cidade estendia-se, deserta, como se abandonada desde sempre. A lua, correndo entre nuvens escuras, vincava, de quando em quando, as linhas dos muros, os contornos das fontes, o rendilhado das telhas, ainda gotejantes. Com solicitude, o escravo, ligeiramente à frente, ia alumiando os obstáculos e as poças de água, que reflectiam os clarões trémulos do archote. Sobrepondo-se ao crepitar da resina e ao gemido do vento nas tabuletas das lojas, ressoavam no lajedo as pancadas do pau ferrado que o homem trazia na mão direita. Depois, ao longe, um cão ladrou.

Numa ansiedade impulsiva, eu não quis deixar para o outro dia aquela observação da cidade. Estava impaciente por chegar rapidamente à muralha e colher uma impressão imediata — que me informaria o sono — do estado das defesas. Por uma escada de pedra, já muito erodida, apoiada na parede escalavrada duma ilha, subimos ao aqueduto, para evitarmos os tropeços da calçada ou os encontros incómodos e atingirmos mais desembaraçadamente o nosso objectivo.

Vista das alturas — como decerto os deuses a contemplam — Tarcisis agora apequenava-se, no seu sono, distanciava-se de mim e das sensações do meu quotidiano, assumia uma neutra materialidade, objectiva, o seu tanto inquietante. A Decumana deserta, por cima da qual íamos passando; o fórum, com a monotonia rígida das suas colunatas e a imponência do templo de Júpiter; o espaço côncavo do teatro inacabado branquejando à distância; a confusão das ruas estreitas, com a sobrevivência indígena de casas redondas de traça antiga e telhados de

66

colmo, contrastando com as ilhas de tijolo inseguro que quase oscilavam por cima... Tudo em redor estava confiado à minha responsabilidade. Podia abarcar agora Tarcisis com o olhar e imaginar facilmente que lhe tocava com as mãos, como se se tratasse de um modelo de madeira e gesso. A basílica, que eu era capaz de descrever por dentro, até aos recantos mais escusos, e em que trabalhava todos os dias, parecia-me, naquele momento, na sua longínqua frieza de pedra, uma edificação de outro mundo, alheio, parado, morto, de alma inacessível... Cidade afinal estranha, aquela. Na verdade eu, que todos os dias atravessava Tarcisis e decidia sobre os destinos de Tarcisis, acabava de descobrir que não conhecia a minha cidade...

O ruído seco do pau ferrado com que o escravo acentuava os passos ia ecoando pelos telhados e despertando, aqui e além, o sobressalto dos cães. Calculei que, visto de baixo, pareceria fantasmagórico o espectáculo de dois homens, peregrinando por sobre os arcos, de madrugada, acima da cidade, à luz duma tocha. Que diria algum noctívago se reconhecesse o seu duúnviro a funambular no aqueduto? Que prodígios se inventariam? Que rumores? Que alarmes?

— Olha-me esse bordão! Nada de barulho! — ordenei ao escravo.

Aproximávamo-nos da colina chamada «Tumultuária», uma das elevações da cidade, outrora o castro que lhe deu origem, segundo contam, e que sustentava, numa das suas vertentes, a mansão dos Cantaber. Naquele ponto em que nos encontrávamos, a linha do aqueduto rasava já o casario para entroncar, mais além, numa mãe-d'água que lançava três derivações que, por sua vez, se subdividiriam pelos diversos bairros. A distância ao solo foi minguando, até que os telhados alinharam com as nossas passadas para se alevantarem, mais adiante, acima de nós.

Perto já da mãe-d'água, o archote irrompeu por entre extensas lâminas de fumo esbranquiçado, plasmadas no ar, armadas como uma ténue mas gigantesca teia de aranha, que ia largando lentos farrapos de si, ao dissolver-se na aragem fria. De permeio, impregnava aquelas paragens um odor grosseiro a carnes e legumes cozidos. O fumo pairava agora por cima das nossas cabeças, deslizando preguiçosamente, a partir do telhado de uma das casas sobradadas que se erguiam frente ao reservatório. Na loja desse prédio, completamente escancarada, de taipais arredados, havia luz. Cá fora, uma tocha, chantada na parede, clareava confusamente uma pintura que não consegui reconhecer. Mas não se ouvia qualquer ruído, além do ladrar distante dos cães e do estalidar do archote que o meu escravo segurava. Quando chegámos à plataforma da mãe-d'água distingui, contra a entrada da loja, alguns vultos imóveis, de costas para mim, cujas sombras esguias, projectadas do interior e perturbadas pelo reuluteio da tocha, serpeavam pelo chão empoçado. Desci atrás do escravo e, resguardado pela esquina de pedra, tanto quanto o revérbero do archote o permitia, observei o que ali se passava. Enchendo a loja, num plano agora acima de nós, uma multidão, conglomerada, olhava para dentro, fitando a escada que ligava ao piso superior. Ninguém se mexia, ninguém falava, nem produzia o mínimo rumor.

— O que é aquilo ali? — segredei ao escravo.

— A loja de Rufo.

— Taberna?

— Taberna e padaria... É o Rufo quem fornece o pão para tua casa, senhor...

O silêncio não durou muito. Os degraus rangeram. Alguém começava, devagar, a descer as escadas. A aglomeração ondeou, houve quem trocasse de posição, os corpos apertaram-se mais uns contra os outros. Distingui umas sandálias, nos degraus de cima, rematadas no tornozelo com fitas de pano escarlate, e a fímbria duma toga que descaía sobre elas. Um, dois, três passos, lentos. Impôs-se a brancura de vestes de cerimónia. Enfim, um rosto, largo, coroado de flores. Um homem atarracado, sorridente, parava a meio da escada. Trazia uma toga tão brilhante que faiscava, picada pela chama das lucernas. De súbito, a multidão agitou-se, ombros altearam-se, braços ergueram-se e irrompeu uma ovação que atroou as redondezas.

— Eis Rufo! — anunciou o escravo, bruscamente. E reparei que se fixara numa atenção excessiva, cheia de enlevo, talvez desejoso de se encontrar também na taberna, entre a turba, a escutar as palavras do tal Rufo, que, num gesto largo, de braços afastados, fazendo voltear a toga refulgente, proclamava nesse instante:

— Eu, amigos, não sei falar grego!

A multidão riu, mas o homem, autoritário, com um gesto solene, impôs de novo o silêncio. Tinha uma voz clara e as palavras sucediam-se-lhe sem esforços e sem hesitações. Um orador nato, se bem que o discurso estivesse inçado de barbarismos e vulgaridades e o sotaque hispânico prevalecesse aqui e além contra o esforço de o ocultar.

Que não falava grego, o Rufo... ao invés dos nobres de boas maneiras que não queriam ser compreendidos pela massa, enclausurados no luxo das suas mansões e nas malhas dos seus preconceitos. Ele, Rufo Glicínio Cardílio, o que conhecia bem era a linguagem do povo. Agenciara a sua fortuna à custa de esforço e diligência; não tinha vergonha de dizer que o seu pai fora um liberto, seu avô um escravo e que ele próprio trabalhava com as mãos. Mas era ou não era verdade que fazia o melhor pão da Lusitânia?

Neste ponto, Rufo levantava o queixo, os olhos pareciam maiores e o seu rosto pretendia exprimir uma dignidade magoada. Houve pigarros, acenos de cabeça, mas ninguém se atreveu a responder ou a aplaudir.

Rufo mudou de tom: sem se comprometer, chasqueou, habilmente, a propósito dos aristocratas que não o admitiam em suas casas à hora das refeições e viviam no ócio e nos prazeres amolecedores, distantes dos reais problemas do povo, gastando muitas vezes o dinheiro que não possuíam.

— Esta toga cândida — bradava ele e atirava para diante os braços, polvilhando o espaço de brilhos e fazendo alastrar manchas luminosas no tecido — é o sinal da minha candidatura a edil, que eu solenemente, aqui e nesta hora, vos anuncio!

A casa vinha abaixo com o estralejar dos aplausos. Mas a voz de Rufo era bastante poderosa para se elevar sobre o clamor da multidão. Subiu de tom e acelerou o discurso:

— A vós! Ao povo! Aqui, na minha loja e não no pretório! O povo tem o direito de saber em primeiro lugar!

A plenos pulmões a súcia começou a escandir: «Rufo! Rufo!», e ele sorriu e desceu mais uns degraus. Depois, levantou um braço e logo se calou o coro:

— Há pão e vinho para todos!

Voltou a algazarra, menos bélica, mais prazenteira. Rufo misturou-se com a multidão, batendo no ombro deste, segredando qualquer coisa a outro, ouvindo um terceiro com circunspecção. Já circulavam pequenas ânforas de vinho fumegante e mãos ávidas procediam à mistura em crateras dispostas nas mesas. A multidão sentia-se obviamente feliz. Ecoavam grandes risadas e facécias soltas eram atiradas de um canto ao outro do tugúrio.

Foi então que deram por mim. Insensivelmente, não sei se levado pelo interesse do escravo, ou pelo meu próprio, eu havia-me aproximado e estava nesse momento entre o reservatório e a taberna. As vozes foram descaindo, as faces voltando-se para mim, cessaram uns restos de conversação, baixaram-se e pousaram-se copos e taças. Em movimentos lentos a multidão recuou, abriu alas e deixou Rufo a descoberto, refulgindo mesmo na minha frente. Naquela precipitação, pareceu-me distinguir fugazmente a túnica bordada de Proserpino, sumindo-se atrás de um pilar.

Eu sentia-me tão incomodado como a maioria dos circunstantes. Rufo, pelo contrário, muito seguro de si, curvou ligeiramente a cabeça, num cumprimento breve, e depois olhou-me de frente, com descaro. Confesso que hesitei sobre o que fazer, mas pareceu-me despropositado intervir naquelas circunstâncias, sozinho, sem escolta, sem os lictores e desmunido de qualquer sinal de autoridade. Rufo e os seus não se tinham interposto no meu caminho. Eu é que tinha surgido sem prevenir, vindo da noite, como um fantasma.

Preferi, no entanto, não prosseguir pelo aqueduto. Voltei as costas a Rufo e caminhei pela calçada. O escravo, atarantado, deixou-me às escuras por uns instantes, até vir a correr para me alumiar o caminho. Ninguém nos seguiu em cortejo. Noutras ocasiões, sem o inesperado desta, eu poderia considerar essa omissão uma afronta. Já afastado, ouvi ainda um rumorejo para os lados da taberna. Mais tarde, senti que as risadas, misturadas com ruídos indistintos, recomeçavam, ao longe. Depois, os ecos sumiram-se pelas esquinas cada vez mais emaranhadas das ruas e pesou em volta um silêncio medonho.

Tínhamos entrado num bairro caótico, de becos estreitos e encurvados. Pelo chão descalcetado as lamas misturavam-se com detritos pútridos. O estuque das ilhas, que quase se tocavam junto aos céus enluarados, esboroava-se, escalavrado, e deixava ver as úlceras de tijolos enegrecidos e já muito erodidos. Inúmeros grafitos, os mais obscenos, indiscerníveis àquela luz, tornavam as paredes ainda mais encardidas e miseráveis. Deu-me a impressão de que o meu escravo abrandava o passo. Hesitava? Mas lá se decidiu por uma viela em que mal cabíamos os dois a par. Exalava-se do chão e das paredes um cheiro húmido, malsão.

Entre dois prédios, em frente, surgiu um clarão ténue. Ao meu lado, junto a uma porta, pude distinguir uma mancha caiada, com um desenho: um peixe, nadando entre círculos que figuravam rodas de aros ou, talvez, pães. Quando passámos pelo troço iluminado pelo clarão, espreitei por uma betesga, à esquerda, a ver donde provinha aquele arremedo de luz. Numa espécie de pátio, imundo, sob um alpendre, vários homens estavam sentados a uma mesa de pau, em silêncio. Um deles, de barba encaracolada, muito direito, olhou fixamente, imperturbável, na nossa direcção. Uma lucerna de barro balouçava, pendurada de um ferro, pouco acima da sua cabeça. Naquele relance, notei que havia pedaços de pão espalhados pela mesa.

Uns passos adiante perguntei ao escravo que casa era aquela.

— *Episkopos* — respondeu-me ele.

— Supervisor de quê?

— É mercador de frutos secos. Estrangeiro. Sacerdote, ou coisa assim...

O escravo encolheu os ombros e continuou, arredando um monte de lixo com o pau:

— Cuidado, senhor, não pises isso!

Acentuou-se-me a sensação de estranheza, incómoda, inquietante, que já vinha de trás. Pois que sabia eu, afinal, da minha cidade? Nem conhecia sequer as ruas sórdidas e escorregadias em que caminhava agora. O nome do fornecedor do meu pão tinha-me sido até aí indiferente, nunca me havia ocorrido que a populaça fizesse noitadas e comícios até altas horas na sua taberna, nunca me passaria pela cabeça que um liberto se abalançasse à candidatura para edil, nem que a edilidade pudesse ser tão cobiçada pelas classes baixas. E, ainda por cima, o homem mostrava-se revestido de toga cândida, peça de vestuário que, em Tarcisis, nenhum dos duúnviros, que eu me lembrasse, tinha alguma vez usado, mesmo nas cerimónias mais faustosas. De que impulso emergira aquele propósito? Como poderia alguém orgulhar-se de não saber grego e suscitar aplausos? Ter-me-ia enganado ao reconhecer Proserpino entre aquela malta convulsa? Que faria Proserpino, advogado, decurião, frequentador do meu tribunal, embora não de minha

73

casa, ali, entre bêbedos e energúmenos? E este misterioso banquete calado, de homens hirtos, petrificados, em frente de nacos de pão? Sob o signo do Peixe, quando os dias corriam na influência zodiacal do Leão? *Episkopos*? Supervisor? Mercador? Sicofanta? Era decerto o tal em que Airhan me havia falado. Mas que queriam, que queriam eles?

Em passo certo, adiante, de tocha bem ao alto, inclinado para diante, o meu escravo às vezes abrandava, iluminava uma pedra, uma poça, com um volteio experimentado do archote, antes de prosseguir. Chamava-se Lucídomo, em homenagem ao meu nome, e nascera na minha casa. Isso ainda eu podia recordar. Mas quem era ele? O que pensava? Porque olhava com tanto interesse para a reunião da taberna? Como sabia do sinal do peixe e daquela assembleia bizarra? Por pouco não me continha e lhe dirigia a palavra, perguntando de mais...

Fui reconhecido pelos guardas da porta principal, que se aqueciam em roda duma fogueira, em rija galhofa. Saudaram-me, muito espantados de me ver ali. Havia mulheres e vagabundos, à conversa, que rapidamente se esgueiraram na penumbra. Ninguém me pediu a senha. Apresentou-se-me um janitor, num desmazelo, de gládio ao ombro, bafo avinhado, que quis escoltar-me até ao caminho de ronda. Recusei. Tinha percorrido a cidade sem ser interceptado uma só vez, não encontrara uma patrulha, um único vigilante. Quis mostrar o meu desagrado recusando o privilégio da companhia. Mais tarde pediria contas a Aulo.

Mas mal começara a percorrer o caminho de ronda, Aulo vinha ao meu encontro, com os do seu improvisado estado-

-maior. Fiquei surpreendido de me ver de repente rodeado de guardas, de luminárias ao alto. Curiosamente, Aulo — que tinha tido a mesma ideia que eu, num impulso de inspeccionar as muralhas — não se mostrou nada admirado de me ver ali. O que quer que eu fizesse, para ele, representava o comportamento normal, sempre de aceitar, do superior incontestado e incontestável. Eu aparecia, a meio da noite, com um escravo, a inspeccionar as defesas? Tinha as minhas razões e, do ponto de vista de Aulo, seriam decerto as melhores, tanto mais que quadravam exactamente com a sua maneira de agir. Se eu estivesse a dormir em casa, Aulo também acharia isso natural e próprio do duúnviro a quem devia respeito e obediência. Se eu destemperasse, protegia-me; se eu procedesse com rectidão, aprovava; se eu nada fizesse, dispunha-se ele a fazê-lo em meu lugar.

Aulo dirigiu-se-me, após uma saudação breve, como se eu sempre tivesse andado por perto. Estava já vestido com a sua velha couraça grega e, insensível ao frio da noite, não trazia manto:

— Vem, Lúcio Valério, anda ver.

Não foi preciso caminharmos muito para verificarmos, debaixo dos nossos próprios passos, a degradação das muralhas, um dos sinais do desmazelo e da incapacidade, mais que reconhecida, de gerações sucessivas de edis. Nestes tempos, considerava-se que as muralhas para nada serviam e eram, até, um estorvo ao crescimento da cidade. No ponto em que nos encontrávamos, o caminho de ronda descia abruptamente, até ao nível do chão, entre montes de pedras negligentemente espalhadas pelo pomério. Não deixava de ser irónico cumprirmos

os rituais de fecho e vigília das portas, com senhas quotidianamente renovadas, quando a entrada se mostrava livre e desim-
pedida em vários pontos, à escolha. Ali mesmo, na nossa frente,
era franqueada pela carreteira que vinha airadamente dos
campos e conduzia à porta traseira da casa recém-inaugurada
de Pôncio Velutio Módio.

Lá em baixo, Aulo, alumiado por um guarda, patinando na
lama, exibia as marcas dos carros e fazia-me sinais indignados.
Depois, voltou a subir para junto de nós. Laconicamente, estendeu o braço válido e, com o cutelo da mão, de cima para baixo,
fendeu o ar. Olhou então para mim, para se certificar de que eu
tinha compreendido. Algumas casas, e os seus jardins, teriam
de ser sacrificadas a um novo traçado.

Regressou a chuva, primeiro indecisa, em gotas geladas, he-
sitantes e esparsas. Logo se precipitou, redemoinhando numa
leva de água turbulenta que apagou os archotes e nos deixou
encharcados.

Aulo e os vigilantes levaram-me a casa, debaixo de uma
espécie de pálio que improvisaram com os seus próprios man-
tos, erguidos sobre os dardos.

Mara dormitava no átrio, numa cadeira, à minha espera.

Capítulo V

Durante os dias que se seguiram, passei quase todo o tempo no pretório, numa actividade frenética de que eu próprio não me julgaria capaz. Todas as responsabilidades da governação, não apenas o ramerrão costumeiro do despacho, do tribunal e das cerimónias religiosas, mas as tarefas urgentes e multiplicadas que a cidade ameaçada impunha, recaíam sobre mim. Os decênviros raramente se prestavam a comparecer na basílica, sempre de fugida, para tratar de veniagas das suas clientelas. Os edis era como se não existissem.

Coube-me negociar com empreiteiros ardilosos a reconstrução da muralha, chegando mesmo a ameaçar de prisão um deles, com exorbitância do meu direito, por regatear em excesso a única grua pesada que havia em Tarcisis.

Aos escravos do pretório, que sabia de ordinário indolentes e entregues aos jogos de dados, na minha ausência, calhava agora uma azáfama de copiar éditos, cartas, contas, sem tempo para os habituais desvarios que eu me veria, aliás, obrigado a punir com severidade.

Arautos apregoavam pelas esquinas, mensageiros galopavam pelos arredores e pregavam avisos nos cruzamentos dos

77

caminhos. Aconselhavam-se todos os habitantes do termo de Tarcisis a recolherem-se à cidade, com a sua fazenda, os seus gados e o seu pessoal. Requisitei, apreendi, ameacei. Ignoro se consegui criar um sentimento de rebate entre os cidadãos ou se a maioria deles consideraria, ao contrário, sobremaneira exageradas as exigências do duúnviro. Mas, com convicção ou sem ela, fui conseguindo resultados. Se as minhas palavras não eram persuasivas, as andanças de Aulo, fazendo multiplicar por dez a pouca valia da coorte urbana, causaram alguma impressão e algum efeito.

Deslocava-me até ao pretório logo pelo nascer do sol, às vezes sem escolta. Deixei de receber clientes ao alvorecer. Alimentava-me com um pouco de queijo, leite de cabra e figos. Saía tarde da basílica. Quase não via Mara.

A urgência de uma decisão, de cariz controverso, levou-me a convocar a cúria de um dia para o outro. As novas defesas da cidade, projectadas à medida da fraqueza da guarnição, implicavam o improviso de panos de muralha, num perímetro mais estreitado. Alguns proprietários haviam de ser lesados pela edificação e os prejuízos não se afiguravam pequenos. Entendi que não deveria tomar essa decisão sozinho. Os lictores e os servos municipais procuraram os decênviros de porta em porta, com o meu recado. Que não faltassem, que era urgente, que precisava do contributo de todos.

Ia eu a sair de casa, ainda muito cedo, e ouvi alguém tossir. Um vulto, meio dobrado, saiu do ressalto dum muro. Cornélio Lúculo, não tendo sido admitido ao átrio de minha casa, esperava-me ao relento. Disse-lhe, ríspido, que não era ocasião de receber ninguém, porque tinha pressa.

Mas o poeta insistia, lastimoso. Parecia muito magro, arquejava e a sua miséria manifestava-se na cerzidura do velho manto descolorido. Arrastava uma das sandálias, de ataduras partidas, que lhe fazia o andar claudicante. Trazia na mão um rolo de papiro grosseiro, que nunca abandonava, e era uma espécie de bastão, representativo do seu poder sobre as palavras. Disse-me que tentara já, por várias vezes, falar-me, mas haviam-no escorraçado, quer do pretório, quer de minha própria casa. Não tinha ousado abordar-me no fórum ou no tribunal, por causa dos lictores e da escolta. Temia Aulo, em especial.

Que queria, afinal, o Cornélio? Espórtulas? Comida? Sem tempo para devaneios nem para miuçalhas, não me custava nada ordenar que lhe dessem os restos da cozinha.

O homem ficou-se ali parado, na minha frente, e parecia não atinar com o que dizer. Lá ao fundo da rucla, um oleiro arrastava os taipais, ruidosamente, e começava a dispor a mercadoria na calçada. A cidade animava-se.

— Então?

Cornélio, de súbito, muito atabalhoado, começou a explicar-se, curvando-se e arrepelando a túnica no peito. Quase em lágrimas, pedia-me que lhe perdoasse.

— Mas porquê?

Era um dos que se encontravam na taberna de Rufo quando ele fizera o seu discurso de candidatura. Tinha-me visto aparecer, alumiado por um servo, mas, embaraçado, misturara-se com a multidão em vez de me vir saudar. Momentos antes, por benevolência minha, havia estado em minha casa, e sido honrado no meu triclínio. Após deixar os restos da ceia a um canto do seu tugúrio, bem escondidos para que não lhos roubassem, correra para a taberna para devolver as vestes, emprestadas por Rufo. Foi ficando. Ao fim e ao cabo, era um poeta. Captava sensações, frases, emotividades, atmosferas... Mas, quando deu por mim, sentiu a vergonha de ter sido surpreendido naquele local e a ouvir aquelas palavras pelo benemérito que, pouco antes, lhe concedera o privilégio do seu convívio. Devia ter-me cumprimentado e acompanhado, como impunha a cortesia. Mas, toldado pelos eflúvios do vinho, já não respondia pelos seus actos. E, também, vir aos tombos atrás de mim...

De vez em quando, enquanto deixava discorrer as lamentações, levantava os olhos do chão e fitava-me, a medo. Procurava, inutilmente, na minha expressão, qualquer sinal de que eu o tivesse reconhecido naquela noite. Ele não tinha a certeza. Percebi que dúvida o remoera nesses últimos dias.

Não me dei por achado, e duvidei de que fosse sincera a prostração de Cornélio. Viria de sua livre vontade, depois de ponderados os seus interesses, receoso de ter melindrado o duúnviro, procurando reabilitação e prevenindo retaliações eventuais? Ou viria a mandado de alguém?

Um carro coberto rolou, pesado, na rua, retumbando pelas lajes. Afastámo-nos, cada qual para seu lado. O poeta ergueu o punho e apostrofou o condutor:

— Eh, miserável sacrílego! Sabes quem vai aqui? Respeito!

Respondeu-lhe uma gargalhada, por entre o estrépito das rodas.

— Duúnviro, então, perdoas-me?

— Que há a perdoar-te, Cornélio?

Cornélio quase se rojou ao chão, insistiu na sua lealdade, foi sabujo. Ele não era sedicioso, ele estava ao lado do duúnviro, dos edis e da cúria. Ele não queria ser confundido com outros a quem a ambição, o despeito ou o vinho alteavam as palavras. Ele teimava em significar-me o seu respeito e a sua dedicação. Cornélio jurava nunca mais pedir nada a Rufo nem frequentar a sua taberna. Eu sentia-me incomodado, impaciente e indeciso.

Olhei-o bem de frente e disse-lhe compreender que, sob os vapores do vinho, alguns homens derivam do seu natural. Mas não discernia nenhuma boa razão para que ele se afastasse de Rufo que, afinal, exercia o seu direito. Um filho de liberto oferecia-se para edil? Nada havia a opor. E insisti:

— Compreendes, Cornélio? Preferiria que mantivesses os teus hábitos. Afinal, passam-se tantas coisas interessantes, nas tabernas...

Ao afastar-me, ainda insinuei:

— Avisa o meu intendente quando precisares de comida ou vestuário e procura-me, quando quiseres desabafar...

Ele susteve-se, por uns instantes, coçando o queixo e, depois, creio que me seguiu de longe até à basílica, porque ouvi durante algum tempo o arrastar da sandália partida. Era um homem de reacções lentas, aquele Cornélio. De momento, não fiquei a saber se ele tinha compreendido o meu propósito... Dar-lhe-ia tempo para reflectir... Assim fosse ele sincero, ou, havendo duplicidade nas suas intenções, pudesse a minha liberalidade incliná-lo para o bem público...

No meu tablínio do pretório, desenhada a negro numa pele de cabra esticada num cavalete, patenteava-se a planta de Tarcisis, tal como figurava na lápide junto à porta principal. A azul, as novas casas construídas poucos anos antes, que já extravasavam o pomério e os próprios muros. Uma linha vermelha, bem extensa, cortava um dos cantos ao quadrilátero da cidade, figurando o traçado da nova cerca que deixava de fora meia dúzia de prédios.

Tinha passado horas seguidas com Aulo e um dos empreiteiros, muito em segredo, até chegar àquela conclusão inelutável. Havia, antes de mais, que erguer um espaldão com uma paliçada de madeira naquela linha vermelha. Depois, arrasar as casas excedentárias e construir um pano de muralha aproveitando os materiais das demolições. Não foi uma decisão de ânimo leve. Tomámos devidamente em conta os nossos efectivos, presentes e eventuais, os acidentes do terreno, o estado das velhas fortificações, no seu conjunto, os prejuízos que a população deveria suportar. Tudo ponderado, em vez de sacrificar ilhas populosas, atrair sobre mim a ira da plebe e lançar a desmoralização na cidade, optei por sacrificar as mansões ajardinadas de Pôncio e os terrenos de dois ou três notáveis, além de construções semiabandonadas, de pouco préstimo. O governador indemnizaria os proprietários mais tarde, se o erário da cidade não comportasse um valor justo.

Esperei por toda a manhã naquela sala, sentado na minha cadeira, ao lado do cavalete. Mensageiros vinham trazer-me recados: que um estava doente, que outro tinha negócios urgentes, que um terceiro destinara a manhã à caça. A maioria nem se justificou. Ninguém compareceu. Fui ouvindo, no fórum, o ruído das tendas a armarem-se, os pregões, o estrondeio dos carros, o rumorejo do giro comercial. Na minha frente, apenas um amontoado de escabelos vazios e um lictor encostado a uma coluna, bocejando. Aproveitei a demora para ir dando despacho a petitórios, reclamações, cartas. O sol alumiou aqui, desapareceu, espraiou-se mais além, refulgiu no cobre duma lamparina, fez brilhar poeiras em suspensão, sumiu-se. Era o meio do dia. Eu tinha esperado bastante.

Redigi uma mensagem um tanto lacónica que enviei em tábuas seladas a Pôncio Velutio Módio. Anunciava-lhe que, considerada a infelicidade de a casa de que era proprietário fazer estorvo à nova muralha e ter, portanto, de ser demolida, verificava com orgulho a sua antecipada condescendência, e lisonjeadora confiança, deixando que eu tivesse deliberado, por mim, sem qualquer discussão.

Provavelmente excedi-me na ironia e deixei margem a divagações sobre uma matéria que queria já decidida e encerrada. Tudo seria mais simples se me tivesse limitado a publicar um édito ou a escrever uma ordem cominatória a Pôncio. Mas pesaram-me muito no estilo as horas em que esperei pelos decênviros, numa sala deserta, em frente dum lictor entediado; o agravo que senti com isso; e a suspeita de que, pela sua grande autoridade, poderia ser Pôncio o responsável pela indiferença da cúria.

Não tardou que Pôncio, de toga, me entrasse pelo tablínio adentro, num vendaval. Acompanhavam-no Proserpino e Ápito, ambos de olhos arregalados e punhos em riste:

— Tu endoideceste, Lúcio?

Pôncio compunha a toga descaída e ofegava, na minha frente. O vozeirão ecoava pelos cantos da sala. Calou-se, por uns momentos, num visível esforço para moderar a ira. Depois sentou-se num escabelo. Os outros mantiveram-se de pé.

83

— Isto é, decerto, uma brincadeira, Lúcio Valério.

Não, definitivamente, não era. A decisão estava tomada. Mostrei-me brusco. Nada fiz para acalmar os ânimos. Limitei-me a demonstrar que não me restava outra solução. Apontei o mapa, procurei ser minucioso, dispus-me a reproduzir toda a discussão que havia tido com Aulo e com os empreiteiros, mas o furor de Pôncio irrompeu de novo e não me deixou prosseguir.

— Eu não quero saber de histórias! Ninguém toca na minha casa!

— Tu não ficas sem alojamento, Pôncio! Tens outras casas.

— Não é disso que se trata! É uma questão de princípio...

Ápito e Pôncio começaram a falar ao mesmo tempo. Eu tentava convencê-los com a ameaça dos bárbaros, eles falavam-me no sacrossanto direito de propriedade:

— Quais bárbaros! Usas esse fantasma dos mouros que tu próprio criaste para reforçar o teu poder e humilhar os teus pares!

Proserpino procurou deitar água na fervura. Enquanto Pôncio esbracejava, num sarilho de gestos irritados, ele examinava o mapa, com minúcia. Era muito míope. Não via nada. Fingia.

— Vejamos, Lúcio, porque não hás-de reconstruir a muralha tal como estava dantes? Por aqui e por aqui, hem?

— Não tenho tempo, nem gente, nem materiais!

Ápito, triunfal:

— Queres aproveitar-te dos escombros das nossas casas?

— Apenas recupero a pedra que foi desviada da muralha.

Proserpino, conciliador, abriu os braços num grande gesto de teatro. Era o momento, pensava, de fazer uma intervenção de fundo:

— Não há nada que não possa ser negociado, entre gente bem-nascida — asseverou.

Do rumo da conversa, havia extraído que eu montara toda uma encenação para engendrar um negócio, talvez mesmo uma extorsão. Provavelmente, ele, Ápito e Pôncio, pelo caminho, já tinham trocado ideias sobre o assunto. Assim me reconheciam os meus concidadãos... Projectavam em mim os traços do seu carácter, como se fôssemos afinal feitos do mesmo barro. Levantei-me, num rompante. Pôncio deu um passo atrás e desatou aos berros:

— Não insistam! Não vale a pena! Isto é uma manobra! Isto é o resultado do ódio que Lúcio Valério Quíncio sempre nutriu por mim. E querem saber porquê?

Estava vermelho de raiva. O indicador esticado, tremendo, aproximava-se da minha barba.

— Inveja! — e insistia, perante a minha estupefacção: — Sim, inveja, Lúcio! Devias cobrir-te de vergonha!

Já Proserpino, perturbado, se interpunha. Esperava que tudo aquilo acabasse numa composição a que ele daria o seu contributo douto, com actas, fórmulas jurisprudenciais e juramentos sacros, e não numa gritaria descomposta e ensurdecedora. A fúria de Pôncio extravasava já os limites. Proserpino tinha, apesar de tudo, suficiente respeito, se não por mim, pelo menos pelas instituições, para dispensar semelhantes convulsões no pretório. Tanto mais que Aulo, alertado pelo ruído, assomava à porta e olhava, desconfiado, pronto a intervir. Um relance rápido para Aulo e dizia-me Proserpino:

— Compreende, Lúcio, devo representar os interesses de Pôncio Velutio Módio. Os cidadãos têm direitos: de fruir, de usar, de abusar... A nova casa de Pôncio é o orgulho da cidade. O rural intramuros...

Exprimia-se pedantemente, quase com condescendência, como se quisesse, naquele transe, ensinar-me o direito que eu aplicava, na sua frente, não raro contra os seus mandantes, duas vezes por semana. Mas esta aparente serenidade tornava-se um tanto ridícula, com a sua alta figura oscilando, interposta entre mim e Pôncio, que ofegava atrás dele e parecia disposto a atropelá-lo para chegar ao meu alcance. Ápito, imóvel, atarantado, não sabia onde colocar as mãos.

— Não é de direito que se trata — bradava Pôncio, num vozeirão —, nem da originalidade, nem das prerrogativas da beleza! O que está em causa é a perseguição desaustinada que me move Lúcio Valério Quíncio, instigado pela inveja, cego pela prepotência, viciado pelos abusos da força.

Pôncio conseguiu afastar Proserpino com brutalidade e avançou para mim, de mãos enclavinhadas. Proserpino segurou-o pela cintura e ficou de cabeça enrodilhada na toga. Ápito juntou esforços a Proserpino. Durante uns segundos aqueles três empurraram-se e debateram-se. Quando Proserpino conseguiu acalmar Pôncio e libertou a cabeça das reviravoltas do pano, Aulo perfilava-se a meu lado.

Pôncio desistira momentaneamente de me agredir. Cansado do esforço, compunha as vestes. As veias do pescoço túrgido latejavam, à vista. Num sacudir brusco, cobriu a cabeça com a toga.

— Pôncio, prudência... — recomendava Proserpino. Mas Pôncio queria continuar a apostrofar-me. Renunciara aos movimentos hostis, não às palavras:

86

— Não contes com a minha submissão! Eu apelo para Roma, apelo para o Imperador, eu destruo-te, Lúcio!

Proserpino tentava agora arrastá-lo para fora, segredando--lhe, olhando ora para mim, ora para Aulo. Talvez quisesse estabelecer, de forma inequívoca, que era ele, Proserpino, herói amante da ordem, que se empenhava em acalmar aquela fúria, atitude que lhe devia ser creditada, nos anais da cidade e no ânimo do duúnviro. Recuando, Pôncio, passo a passo, deixava estalar uma frase:

— Não sairei de minha casa, Lúcio! Ficarei soterrado pelos escombros, para tua vergonha. Mas toda a cidade saberá, toda a Lusitânia, Roma!

— Vamos, Pôncio, vamos!

Ora com energia, ora com blandícia, Proserpino e o outro iam-no conduzindo até à porta. Passaram o espesso cortinado que mostrava a loba do Capitólio, bordada a cores fortes, sobre a sigla SPQR, que ficou a bandear, durante uns instantes.

Mas ainda ouvi, do lado de lá, o arrastar tumultuoso de sandálias e os insultos de Pôncio: «Miserável! Tirano!», que não pararam até se misturarem aos ruídos do exterior.

Aulo desapareceu discretamente e eu deixei-me ficar na dúvida sobre se não me teria mostrado demasiadamente ríspido, mesmo excessivo, nos termos usados com Pôncio. Provavelmente, o sentimento de desagravo, após a desconsideração perpetrada pela cúria, tinha sobrelevado a justeza das minhas palavras. Por largo tempo, concentrado num exame de consciência, procurei rememorar todas as palavras trocadas. Deveria, talvez, ter sido menos seco e mais persuasivo. Competia-me a justiça, não a retaliação. Não faltariam ocasiões de reparar o deslize...

Da janela da basílica podia distinguir, ao longe, por sobre os telhados do casario, os prumos da grande grua que já estava a ser montada junto às muralhas. Decidi sair. Aulo acompanhou-me, quando deu pelo movimento dos lictores e dos carregadores que galgavam as escadas, no meu encalço.

A multidão afastou-se, quando chegámos ao pé do enorme tambor vertical, ligado por um eixo a um cabrestante, onde se ensarilhavam calabres que sustinham os grandes cestos, ainda vazios, oscilando lá no alto, pendentes dos prumos. Homens de túnica arregaçada batiam, com malhos, em espeques; outros estendiam cordas. Os cestos desceram e dois escravos subiram para eles, sentando-se, um de cada lado, com as pernas de fora. Dentro do tambor, uma equipa trepando pelas ripas transversais fez girar a grande roda, numa chiadeira infernal. Balanceando nos cestos, os outros soltavam gritos de alegria, o que me pareceu bastante estranho dada a sua condição servil, sem falar da situação de relativo perigo em que se encontravam. A roda foi travada, de súbito, com uma alavanca, alguns dos homens desequilibraram-se e caíram dentro do tambor. Lá em cima, aqueles dois, suspensos, muito sacudidos, faziam caretas e momices, ao ritmo do balanceio.

O empreiteiro veio ter comigo. Queria conversa. Parecia ter esquecido as nossas discussões e as minhas ameaças e sorria, visivelmente satisfeito, estendendo o braço para a grua, como se a demonstração dum espectáculo de circo fosse ali oferecida. Tinha uns dentes brancos, pequenos, em fiada regular, como os de uma criança. Eu fiquei sentado na cadeira, ouvindo-o. Confidenciou-me que tinha sacrificado catorze melros a Endovélico, para que o deus o ajudasse no empreendimento.

— Porquê Endovélico? — perguntei eu.

— Ah, eu sei que Endovélico não se ocupa directamente das obras, mas estou certo de que, homenageando-o, obtenho pelo menos a sua intercessão junto dos deuses competentes, fazendo valer o seu prestígio.

À minha direita, ao fundo, debruçado sobre uma groma, um topógrafo, dos recém-vindos de Vipasca, fazia largos sinais a outro que estava já fora do meu campo de visão. Dois carros de bois, carregados de pedra trazida do novo teatro, chegaram, rangendo, e quedaram-se junto à muralha. Passavam carpinteiros com grossas traves ao ombro. Havia uma balbúrdia de marteladas e gritos no ar empoeirado. Tudo parecia estar em marcha.

Eu disse umas palavras encorajadoras ao empreiteiro, animei-o sobre os favores de Endovélico, indaguei sobre prazos, insisti e despedi-me. Chamei Aulo e pedi-lhe que ficasse por ali, enquanto me transportavam às termas.

Foi uma decisão impulsiva, sugerida pela azáfama que presenciava junto à muralha. Sabia que ia encontrar nos banhos uma leviandade alegre e despreocupada que fazia contraste com os trabalhos árduos que agora se iniciavam. Era capaz de apostar que a maioria dos da minha cúria, tão ocupados, achacados e indisponíveis quando se tratava da coisa pública, se encontravam a tagarelar à borda das piscinas. E talvez tivesse oportunidade de falar de novo com Pôncio e de lhe fazer compreender os interesses da cidade, num ambiente menos austero e mais neutro que o do pretório. Teria então ocasião de corrigir a dureza das minhas palavras. Sujeitava-me, é certo, a um escândalo público. Mas confiei em mim.

Apenas meia dúzia de casas em Tarcisis dispunha de balneários privativos: a minha própria, a de Calpúrnio, a de Máximo Cantaber e poucas mais. Havia quem, possuindo balneário, nunca aquecesse as fornalhas do hipocausto e preferisse a promiscuidade das termas públicas, ou por uma questão de avareza ou por apego à convivência.

As grandes termas tinham sido remodeladas sob Cláudio, muito acrescentadas nos tempos dos Flávios e restauradas e enriquecidas graças a um generoso donativo de Marco Aurélio, nos tempos em que o Palácio ainda podia esbanjar. Em todas as salas, o revestimento era de mármore róseo, que reflectia as luzes e os reflexos da água, criando com os vapores do caldário e os odores perfumados do untuário uma atmosfera de um luxo quase etéreo, desligada das asperezas do quotidiano e totalmente desproporcionada à importância duma pequena cidade como Tarcisis. Logo no vestiário, um rapazito de mármore cavalgava um golfinho que, de boca como sorridente, revirada ao alto, expelia um repuxo que tomava várias cores, conforme as substâncias que acrescentavam à água num reservatório oculto. Em cada sala, um grupo escultórico de mármore branco, em proporções naturais, trazia a convivência de deuses e ninfas aos homens. Alguns nichos, forrados de conchas nacaradas, estavam ainda vazios, privados das suas figuras. Era o sítio mais aprazível da cidade, o refúgio, o repouso, o bem-estar propício ao descompromisso e ao enlevo. Não se ouviam ali as apóstrofes grosseiras do fórum. Se bem que falassem alto e jovialmente, os cidadãos continham-se nas palavras, como se frequentassem um lugar sagrado, o santo dos santos do grande templo que era a urbe. A exiguidade do espaço havia reduzido a palestra exterior a uma colunata que corria sobre um estreito arrelvado. A biblioteca, no piso superior, continuava vazia, desde a fundação, porque nenhum benemérito tinha considerado prioritário fornecê-la de livros.

À entrada, entre as várias liteiras abandonadas nos degraus, reconheci a de Calpúrnio, marchetada de parras de ouro e resguardada por um toldo de púrpura. Os seus três lictores lá esperavam, junto das grandes portas de bronze, com os feixes pousados, afastados dos escravos carregadores que confraternizavam em catervas grulhentas. Calpúrnio, então, nos banhos públicos?

Não deixei que me vestissem, passei pelo caldário, entre sombras que se moviam preguiçosamente, e entrei, de toga, no tepidário, àquela hora apinhado de gente. Alguns reconheceram-me e cumprimentaram-me. Curiosamente, os jogos de bola suspenderam-se e houve quem tentasse esconder a nudez com as toalhas de linho.

Lá estava a cabeça de Calpúrnio, emergindo do segundo tanque, entre os ombros de dois servos que, de pulsos cruzados, o sustinham sentado, debaixo de água. Pelos bancos perto, junto da esteira do senador, mexericavam alguns decênviros. Um escultor, alheado de tudo, trabalhava num busto de gesso, afeiçoando-o com uma espátula. Aguardei, de pé, que Calpúrnio terminasse o seu banho. Ele parecia muito concentrado, olhando em frente, e não me prestou qualquer atenção. Os decênviros, a pouco e pouco, foram-se afastando. Saudaram-me de viés e esgueiraram-se, já para o frigidário, já para os grupos que se formavam mais atrás, junto à porta.

Enfim, os escravos, arrepelando as águas, trouxeram Calpúrnio para a escada de pedra num dos lados da piscina. As pernas do velho senador, extremamente magras, paralisadas, bamboleavam, como canas soltas, enquanto os escravos, sem esforço, o transportavam. Depuseram-no, amparado, num banco alto de pedra e envolveram-no numa enorme toalha bordada. Só então Calpúrnio pareceu dar por mim e chamou-me, com um aceno:

— Vê, Lúcio, trouxe o meu escultor. Estou tão velho e doente que não posso dar-me ao luxo de perder tempo... Vá, instala-te aqui, perto de mim...

Calpúrnio parecia sorrir, num esgar, a boca larga, quadrangular, deixando entrever uns dentes minúsculos, surpreendentemente conservados para a idade. Os reflexos da água, iluminada pelo óculo do zimbório, irisavam-lhe luminescências salteadas na cara enrugada e húmida. Pôs a mão sobre a minha. Senti a dureza do seu pesado anel senatorial.

— Há tanto tempo que te não via, Lúcio...

— Sabes como tenho estado ocupado...

— Nem uma visita, curta...

Que havia eu de dizer mais? Calpúrnio tratava-me com complacência e exibia largamente a sua compreensão magnânima de grande senhor. Despediu com um gesto de mão sacudida um escravo leitor, que se aproximava com um estojo de livros, e olhou com desprezo para o escultor que, meio curvado, lhe espreitava as feições, num relance, para logo regressar ao seu modelo de gesso. E, antes que eu perguntasse, disse-me:

— Hás-de estranhar, ver-me nas termas públicas... O meu médico entende que estas águas são melhores para o sangue. Desde que evite o frigidário, claro...

As águas das termas provinham do aqueduto que também servia os balneários dos particulares, as fontes das ruas, os depósitos das casas. Calpúrnio quis apenas evitar que eu me abalançasse a perguntas sobre as razões da sua presença ali. Os seus pequenos olhos, muito pardos, semicerrados, indicavam uma sagacidade intimamente afeita a tortuosidades e manobras. Em Roma, embora senador, nunca o tinham consentido no senado; em Tarcisis, quase o promoviam a divindade.

— O Pôncio Módio está zangadíssimo contigo, Lúcio...

— Não há meio de agradar a todos.

— Sinto os cidadãos muito inquietos...

— É natural, quando os bárbaros se remexem...

— Ah, que estás a desconversar, Lúcio...

Riu-se numa gargalhada abafada, que mais parecia uma tosse seca. Depois, pôs-se subitamente sério e estalou os dedos para os escravos. Sustiveram-no, deitaram-no sobre o banco e começaram a massajá-lo nas costas. Chamou-me para junto de si, e disse-me, ao ouvido:

— É importante manter a harmonia entre os notáveis. Não há maneira de te reconciliares com Pôncio?

— Trata-se da defesa da cidade!

— Ora, não há-de ser agora que Roma é vencida. Roma é eterna, como profetizou Virgílio... Quem são esses mouros, afinal? — Fez uma pausa e passou a língua pelos dentes. Ouvi um toque sonoro das mãos do escravo esfregando a pele engelhada. Não soube se o trejeito de desagrado que então Calpúrnio produziu era para mim ou para o escravo. Aplicavam-lhe agora óleos perfumados. O odor, intenso, impregnou-me as narinas. Calpúrnio pigarreou, mudando de assunto:

— Escuta, Lúcio: se se tratasse da minha casa, também a mandavas derrubar?

— Sim.

Virou a cabeça subitamente para mim e fixou-me por um instante, rosto contra rosto. A face endureceu-se-lhe e aquele deselegante trapézio que a sua boca habitualmente formava converteu-se numa linha muito fina e móvel. Depois fingiu reagir a outra passagem mais vigorosa do escravo, distendeu os ombros e tornou a sorrir.

— Precisará Roma de mais Catões? — e, mudando de tom, passando do reflexivo ao natural e despreocupado: — Amanhã mando alguém falar contigo. Recebe-o bem, peço-te.

— Quem?

— Depois verás. Ah, o sono que me dão estas massagens...

Encostou a cabeça sobre os braços dobrados e fingiu adormecer, sorrindo sempre. Os escravos já lhe raspavam o óleo das costas com os estrígiles. Pé ante pé, o escultor veio, uma vez mais, espreitar-lhe as feições e regressou ao seu lento labor.

Quando soergui a cabeça apercebi-me dum estranho silêncio naquelas termas. Ouvia-se apenas a água que gotejava de uma carranca para uma tina. Afastados, os frequentadores olhavam para nós, suspensos da curiosidade. Ao levantar-me, todos fingiram retomar as suas pequenas ocupações. Fixei a imagem de um homem, muito branco, que, no tanque ao lado, começou de repente a atirar água para trás das costas, com uma concha. Não se encontrava já entre os circunstantes nenhum dos decênviros.

Ao fim da rua, levantei o toldo da cadeira e olhei para trás. A comitiva de Calpúrnio acabava de sair. Não esperara muito. Tinha-lhe sido breve o sono.

Nessa noite, Mara procurou-me. Contei-lhe como tinha decorrido o meu dia.

— Amigo — disse-me ela —, porque não passas uma destas noites num templo? Pode ser que um deus te apareça e te inspire.

— Passaste a acreditar nos deuses, Mara?

— Acredito no que for conveniente, Lúcio.

Ouvíamos os carros que iam passando na rua, atroando as lajes e as paredes. Parecia que a chama da lucerna estremecia ao rumor das pesadas rodas. Eram carros e carros que se recolhiam a Tarcisis. A guarda das portas tinha ordem de facultar-lhes a entrada, mesmo pela calada da noite.

Talvez tivesse sido nessa altura, enquanto eu conversava abraçado a Mara, que tropearam no pavimento os carros de Máximo Cantaber, fugido da sua villa, com a sua família e criadagem.

Iunia Cantaber chegara, pois, à cidade.

Capítulo VI

— Rufo Glicínio Cardílio!

De pé, na minha frente, ele declinou o nome com um ligeiro aceno de cabeça e pousou em cima da mesa um cesto cheio de pães, coberto por um pano fino, translúcido. O brilho da toga cândida contrastava com os tons sombrios do meu tablínio, impunha-se mesmo aos reflexos de mármore do busto do Imperador que velava defronte. O homem que Calpúrnio me prometera enviar era afinal aquele. Não comparecera no dia seguinte, mas no outro.

Pela janela, eu via ao longe, para os lados da muralha nova, as cimeiras dos andaimes, os braços alteados das gruas e a fumaraça do chumbo derretido em grandes caldeirões. As obras, constava-me, prosseguiam em boa cadência e mais me quadraria estar nesse momento a informar-me delas do que a receber este Rufo. Mas decidi que a minha deferência para com Calpúrnio terminava neste ponto, com a concessão duns breves minutos ao padeiro.

— É uma oferta? — perguntei, designando os pães. — Do melhor pão da Lusitânia?

— Não tenhas dúvida, duúnviro. E repeti-lo-ei as vezes que for preciso.

— E porque me procuras tu, com essa toga brilhante, padeiro? Ou deverei dizer antes «taberneiro»?

— Chamo-me Rufo Cardílio! Sinto-me muito honrado em comunicar-te a minha candidatura a edil e a minha disposição de contribuir para o erário público.

· Era insolente. Não trazia discursos preparados. Confiava numa natural capacidade de réplica e no treino de discussões nas veniagas. Enquanto falava, mantinha uma pose hirta, com a toga bem dobrada e pregueada, indiferente à evidência de que aquele trajo sublinhava a meus olhos a sua soberba.

— Há dois edis em funções.

— Um não se levanta do leito, o outro sofre do mal sagrado e delira. Aliás, ambos estão arruinados.

— Não terminaram o mandato.

— Esperarei. Mas nada me impede de me propor desde já. A não ser, duúnviro, que tivesses alguma objecção. Nesse caso, curvar-me-ia...

— E o outro candidato, onde é que está?

— Domício Primitivo delega em mim e por mim te envia as suas saudações.

— Que faz esse tal Domício? Também é padeiro ou taberneiro?

— Já trabalhou com as mãos, sim. Hoje dizem que poderia pavimentar com moedas o caminho entre as portas mais extremadas da cidade. Se vileza houvesse no ofício teria sido já lavada pelo toque do ouro.

Continuava a sentir-me mal, em frente deste homem. Estava

sentado à mesa, e ele de pé, como hierarquias marcavam. Desagradava-me aquele olhar seguro, levemente desdenhoso, que me fitava de um plano superior. Se eu quisesse, podia dispor dele, alegar desrespeito, mandá-lo prender, fechar-lhe a loja, invocar um pretexto para lhe confiscar os bens. Mas ali se apresentava o Rufo Cardílio confiante, a responder-me sem hesitações, reluzente na sua toga de fantasia, fazendo relevar perante o magistrado o seu direito à existência cívica e à notoriedade pública. Como poderia ele adivinhar que eu seria incapaz de me valer das minhas prerrogativas e expulsá-lo, encarcerá--lo, ou mandá-lo açoitar? Entre aqueles cuja opinião contava, ninguém se mostraria incomodado se eu transgredisse as minhas competências formais. Calpúrnio, ao encontrar-me, provavelmente nem faria alusão ao assunto. Eu, porém, não me perdoaria se descesse a esse ponto.

Mas como o intuía ele? Por vezes, entre as figuras de nascimento mais mesquinho surge uma estranha apetência pelo risco, capaz de explorar qualquer caminho e de arriscar-se a bordejar os abismos. Rufo não contava, decerto, que eu pudesse ser intimidado pelos protestos duma caterva de bêbedos, que Aulo varreria com meia dúzia de guardas. Não era, seguramente, a sua figura grotesca, revestida duns trapos brilhantes, pertinentes à carreira das honras, e que tão mal lhe caíam, que ele julgava susceptível de me impressionar. Era esperto, não guardava ilusões sobre a protecção de Calpúrnio. Porque se atrevia a falar-me naquele tom que, sem ser desrespeitoso, não me era suficientemente respeitoso? Levantei-me, para evitar a sensação incómoda de me encontrar num plano inferior ao dele, fechei a cara, franzi mais o sobrolho e perguntei:

— Porque me vieste anunciar a tua pretensão, Rufo? Não te satisfez a ovação que outro dia recebeste na tua taberna?

— Era uma conversa informal, entre amigos. Agora quero validá-la junto do magistrado... E, com humildade, venho pedir também o teu apoio, Lúcio Valério.

— Não te basta a protecção de Énio Calpúrnio?

— O senador não interfere nos assuntos da cidade. A cidade é pequena para ele. Não considera digno publicitar a sua posição. No entanto, recomenda-me à tua benevolência.

— E que qualificação possuis tu, Rufo, para te apresentares à edilidade? A de nem saberes grego?

— É verdade que não sei grego. Mal sei escrever latim, também. Quando outro dia, ocultamente, me ouviste, eu falava às massas; queria que se identificassem comigo. Disse-lhes o que eles gostam de ouvir. Por isso valorizei a minha ignorância. O Povo é uma criança. Tu, que frequentaste aulas de retórica, saberás isso melhor do que eu...

— Dizem que o Imperador escreve os seus pensamentos em grego...

— Curvo-me perante Marco Aurélio Antonino. Ele, porém, está em Roma, no centro do Orbe; eu em Tarcisis, no fim do mundo.

— E queres o meu apoio porquê? Por cozeres o melhor pão da Lusitânia? Por não falares grego? Por possuíres uma taberna cheia de apoiantes? Ou terás outras qualidades? Dinheiro? Essa toga reluzente?

— Tenho uma qualidade decisiva que nunca faltou aos melhores romanos. Vontade, persistência, duúnviro!

— Ah, identificas-te com os melhores romanos? Como o teu avô, talvez?

— Não tenho culpa de ser filho dum liberto... A lei não me impede de me candidatar. O próprio Trajano recomendou mercadores para a cúria de Éfeso, que é uma grande cidade. Talvez um dia, quem sabe?, os filhos dos libertos possam chegar a imperadores. Mas se tu me desprezas, Lúcio Valério, sofrerei resignadamente o teu desprezo...

Eu tinha-me afastado da mesa e descrito uma grande volta, por detrás do pedestal que sustinha o busto do Imperador. Ele foi-se voltando, acompanhando-me com o olhar. Nem uma prega se lhe desmanchou na toga, nem teve qualquer movimento mais brusco, nem desfez a impassibilidade desdenhosa das feições, nem lhe notei qualquer sobressalto de voz. Parei muito perto dele e olhei-o fixamente nos olhos. Não pestanejou:

— Porque, francamente, não gosto de ti, Rufo Cardílio.

— É uma atitude de que eu sou culpado: deve-se, decerto, aos meus deméritos. Mas poderei emendá-los, desde que tu mos enuncies, já que a minha pobre inteligência de liberto me priva desse conhecimento espontâneo.

Ironia. Um descendente de escravo, iletrado, impávido, atrevia-se a ser irónico, perante mim, no meu pretório, à espreita de um destempero nos meus gestos ou nas minhas palavras. Era isso, decerto, que ele pretendia. Marcar pontos, fazendo com que na sua frente o magistrado perdesse a compostura. E a sua ousadia ia tão longe que discorria livremente, ainda que não tivesse testemunhas a seu favor e se encontrasse à minha mercê, dois pisos acima do ergástulo.

Era inconveniente prolongar a conversação com aquele homem, fosse em que registo fosse: ele ficaria sempre a ganhar. Não lhe faltava o expediente verbal para manter a iniciativa, e seria capaz de rebuscar argumentos, frases, exemplos, num fundo para mim inacessível que lhe propiciaria uma fala ininterrupta, destinada a vencer pelo cansaço, como as legiões que assediam tenazmente os ópidos. Ganhar? Vencer? Rufo não procurava outra coisa, até no floreio dum gesto, numa reticência ao cabo duma frase, num mínimo franzir de sobrolho. Que podia eu responder, não querendo cometer excessos, indignos do meu múnus, impróprios da minha Ordem, e sempre vulneráveis a um aproveitamento hábil?

Aulo entrou de rompante no tablínio, em grandes passadas, com o meu manto dobrado, e salvou-me desta hesitação para me precipitar num embaraço ainda maior. Olhou de raspão para Rufo, afastou-me para um canto, pôs-me o manto pelos ombros e segredou-me, afogueado, ao ouvido:

— Trata-se de Pôncio... Não há tempo para explicações. Anda!

Ao roçar pela mesa, o manto de Aulo derrubou o cesto que Rufo aí tinha deixado. Quando abandonávamos a sala, um pequeno pão branco veio rolando atrás de nós pelo pavimento de mosaico.

Não havia cadeira, nem lictores, à minha espera. Aulo tinha pressa. Em contravenção dos costumes, montámos duas mulas que um escravo já segurava à entrada da basílica. Entre o estrépito dos cascos na calçada, Aulo deu-me lacónica notícia do que se passava. Estava-se a meio da demolição da casa nova de Pôncio e ele recusava-se a sair do átrio, primeiro acompanhado pela mulher, filhos e servos, agora sozinho, depois dos apelos de Aulo e dos empreiteiros.

— Ele mandou-me chamar? — perguntei.

— Não, duúnviro, eu tomei essa liberdade. Pôncio, a ti, ouve-te!

Olhando por cima do ombro, ao dobrar uma esquina, deu--me a impressão de que Rufo, tropeçando na sua toga luzidia, corria atrás de nós, furando por entre os curiosos que acudiam às portas, já ao cheiro do escândalo, já para ver passar o duúnviro, inusitadamente a cavalgar pela cidade.

Entrámos numa zona revolvida, empardecida de poeiras, entre muros derrubados e montes de pedras arrancadas. Um formigueiro de homens afadigava-se de um lado para o outro, cavando a terra, transportando cantarias, içando materiais. Ouvia-se um barulho ensurdecedor de malhos embatendo nas paredes. Mais ao longe, junto à porta maior de Tarcisis, a grande grua estremecia e chiava ao esforço dos escravos que penavam dentro do tambor, alçando pedras enormes para o parapeito da muralha. Numa tremenda confusão, a fila de carros que entrava na cidade misturava-se aos carros de serventia das obras, em meio de berros e invectivas. Viam-se rústicos, por todo o lado, de ar insólito, descalços, vestidos de panos sórdidos e de cabeça rapada, à espera que alguém os arregimentasse para os trabalhos em curso. Uma grande vala formava um espaldão, eriçado de estacas, no percurso em que iria ser construído o novo trecho da muralha. Terra e entulhos tinham sido revolvidos numa vasta extensão, travada, bruscamente, pelas paredes já meio destruídas de Pôncio Módio. Aí, um aríete abandonado, suspenso por cordas duma armação em pirâmide, oscilava ao som da brisa, frente a um grande rombo que, decerto, antes escancarara.

Empurrámos o grupo de curiosos que se apinhava à porta, vigiada por dois guardas, e entrámos no átrio. A luz que penetrava pelo complúvio e pela grande brecha já aberta, a que se misturava o torvelinho das poeiras em suspensão, encandeou--me fortemente. Os olhos tardaram-me a discernir os contrastes. Aos lados, alguns homens, seminus, sujíssimos, apoiados em grandes maços de ferro, aguardavam cansadamente ordens.

Por detrás do tanque agora seco do implúvio, imóvel, sentada num minúsculo escabelo, de costas para o vestíbulo, com a cabeça metida entre os ombros, avultava a rotunda figura de Pôncio. Enrolava-se numa toga castanha, funérea. Não reagiu à nossa entrada, que motivou alguma agitação e rumor entre os trabalhadores e os populares aglomerados do lado de fora. Aproximámo-nos de Pôncio, devagar. Eu tomei, por fim, a palavra:

— Pôncio Velutio, que se passa, então, contigo?

Lento, à minha voz, Pôncio rodou a cabeça. A barba grisalha estava por aparar, caótica. As faces descaídas, lassas, eram a imagem da fadiga e do desgaste. Olhou-me vagamente com os olhos mortiços, mas logo fixou o lajedo, coberto de poeiras e de destroços. Apesar do ruído da azáfama que vinha lá de fora, soaram-me bem distintas as suas palavras:

— Não saio!

O tom não era desafiador nem arrogante. Pôncio não alteou a fala nem a modelou em desafio. Limitou-se a declinar a frase, neutramente, indiferentemente, roucamente, dirigindo-se não tanto a mim, como às paredes, ao solo, às poeiras, ou, sabe-se lá, ao seu próprio génio. Tentei contemporizar:

— Pôncio, sê razoável...

— Era a minha casa... — murmurou Pôncio, sombriamente,

de costas para mim. Do regaço caiu-lhe um rolo de papiro. Pôncio estendeu a mão esquerda e curvou-se mais para o recolher, mas logo desistiu. A mão voltou-se para cima e torneou um gesto de demonstração, algum tempo suspenso no ar, com elegância, mas também com grande desprendimento: — O meu testamento... — suspirou, e recolheu a mão. A outra mão mantinha-se escondida, nas dobras da toga. Aulo achou por bem intervir:

— Vamos, Pôncio Velutio, consente que te amparemos.

— Não vale a pena, centurião!

Levantou-se com esforço e virou-se para nós, sorrindo. Deu um jeito aos ombros, a toga deslizou e tombou no chão. Pôncio empunhava um gládio espanhol, apertado contra a túnica. Fincou ambas as mãos no cabo, ao alto, e virou a arma contra si. Por um breve instante suspendeu o gesto, medindo-nos triunfalmente com o olhar. Depois, dobrou-se, de súbito. E exalou uma espécie de soluço, breve e cavo.

Aulo e eu precipitámo-nos, mas Pôncio já havia caído sobre o gládio, cuja ponta triangular lhe emergia agora das costas, por entre borbulhos escuros. Zumbiu atrás de nós o murmúrio da multidão que se concentrava à porta. Pareceu-me grotesco aquele corpo enorme, descomposto, esbarrondado ali no chão, como um monte de trapos abandonado. Aulo virou-o com energia. A cabeça rolou e os olhos, muito abertos, pareceram fitar os que se agrupavam no vestíbulo. Morto. Um veio de sangue deslizou pelo chão, marcou a poeira e ensopou o testamento.

Senti-me repassado de frio. Tive uma tremenda dificuldade em controlar os gestos enquanto caminhava, o mais devagar possível, à procura da saída. A multidão abriu alas quando eu passei. Deu-me a impressão de que todos me fitavam com uma espécie de terror supersticioso. Respirei fundo e encostei--me a uma parede antes que o mundo começasse a girar à minha volta.

Quando levantei os olhos, uma figura resplandecente alçava-se sobre uma ara partida e arengava. Havia já uns momentos que eu ouvia aquele rumor, mais alto, mais baixo, mais perto, mais longe, mas não conseguia destrinçar nem as palavras nem o sentido da vozearia sonora. Muito lentamente, foram-se tornando nítidos os recortes dos objectos, e a fala que me chegava começou a clarificar-se. Era Rufo. De braço no ar, mão aberta, bradava com palavras rápidas e fluentes um discurso que já ia neste ponto:

«Horror! Horror e vergonha! Escutem, homens e mulheres de Tarcisis! Cidadãos! Pôncio Velutio Módio, o cidadão mais distinto de toda a Lusitânia, cimeiro na equidade e amante dos pobres, enorme na sageza e munificência, já não existe. Ergueu contra si um ferro e chamou a morte. Porquê? Porque lhe fizeram uma ofensa injusta! Ignomínia a quem o humilhou! Fiquem a saber que Lúcio Valério Quíncio, magistrado supremo desta cidade, duúnviro dizedor de direito, foi o matador. Oh, não, não foi o braço do duúnviro que cravou o gládio; antes armou e impulsionou a mão do suicida...» E assim por diante...

Não voltei a olhar para Rufo. Fui-me distanciando, a pé, procurando manter a compostura, sem esperar que Aulo me viesse propiciar transporte ou escolta. As palavras de Rufo foram-se delindo, por entre o clamor dos circunstantes e o rumor das obras. Não sei quanta gente teria Rufo a ouvi-lo. Por cortesia, como era costume, um grupo seguia-me, acompanhando-me quase até à porta de casa. Nem dei por mim a entrar.

Não regressei nesse dia ao pretório. Deixei-me ficar no meu tablínio até que se fez noite. Não tomei qualquer refeição. Mara, quando me pressentiu em casa, veio para perto de mim e, respeitando o meu mutismo, deixou-se confundir com a penumbra, a um canto, muito quieta, de mãos no regaço.

Quando vieram acender as luzes, atentei, enfim, em Mara e no sacrifício que fazia, todo o tempo naquela expectativa imóvel. Já sabia de tudo, decerto. Não queria abandonar-me, mas adivinhava o meu estado de espírito e mantinha-se sentada, respirando baixinho, para não me perturbar. Acho que ela percebeu que este meu silêncio não tinha sido motivado por indiferença ou crueldade. Era-me muito difícil falar sem que a voz me ficasse embargada ou os gestos descompassados. Quis pensar sobre tudo o que tinha acontecido, arrumar questões, definir planos, mas ao espírito vinha-me apenas uma revoada caótica de imagens e de sensações dolorosas. O corpo pedia-me a imobilidade. Para ali fui ficando, talvez com o exterior sereno, mas com o inferno na alma.

— Já vai sendo noite? — acabei por perguntar a Mara, com algum esforço, enquanto o escravo acendia lucerna atrás de lucerna, olhando de quando em quando para um e para outro, à espera de que o mandassem parar. A face de Mara foi alumiada por um pavio que rebrilhou, no mesmo momento em que lhe dirigi a pergunta. Vi-a suspirar com alívio e sorrir brandamente. E foi-me grato aquele gesto tranquilo e amigo.

— Sabes o que se passou, não sabes, Mara?

— Que podes tu fazer contra o destino?

O servo, curioso, retardava as suas tarefas, simulando dificuldades em vedar o odre de azeite. Acabou por sair a um olhar imperativo de Mara, que se apressou a correr a cortina.

— Nunca odiei Pôncio — disse eu. — Há muito tempo que não era amigo dele, mas os deuses são testemunhas de que nunca quis prejudicá-lo. E ele agride-me desta maneira, impondo-me a sua morte.

— A decisão foi dele, Lúcio. Foi egoísta. Não soube cumprir o papel que lhe competia. Ele tinha uma doença, sabias?

Constava, dizia-me Mara, com alguma ênfase, como se isso alterasse os dados da questão, que o corpo de Pôncio estava coberto de manchas negras e que, provavelmente, o seu fim já não vinha longe. Como sabia? Calhandrices das escravas.

— Bem quisera prescindir destas funções... — suspirei eu.

— Ninguém te impede.

— Não, não posso! Tirado o vinho, há que bebê-lo... Por esta altura, a casa de Pôncio já deve estar arrasada. Só a ti posso dizer como isto tudo me perturba...

— Eu estou aqui, Lúcio.

A conversação sobre este tema tinha chegado ao fim. Mara havia atingido o seu limite. Nunca me questionava. Se Aulo acolhia todas as minhas decisões em nome da disciplina, da dedicação e do sentido da hierarquia, Mara aceitava-as pela conformidade aos valores que havia adquirido em casa de seu pai. Eu cumpria a minha obrigação, procedia de acordo com a ideia que ela tinha da romanidade, Mara achava justo.

Se eu prescindisse, num acesso de loucura, dos meus princípios e abandonasse os cargos e renunciasse às honras, Mara acompanhar-me-ia para onde quer que fosse, ainda que para o destino mais nefando. Cumpriria o seu dever, sem uma hesitação, mas não deixaria de assinalar a quebra do meu, nem que fosse de uma maneira subtilmente simbólica: uma frase interrompida a meio, um gesto vago, um acesso breve de tristeza. A dedicação obrigatória da esposa seria assim sombreada pela censura discreta da filha do cidadão. O seu pai — pensava Mara sempre lá no fundo — aprovaria ou reprovaria tal ou tal comportamento. E por aí media ela as suas aprovações ou reprovações. O afecto por mim era caso à parte, ditado pelo coração, não pela cabeça.

— Os Cantaber já chegaram — alvoroçou-se Mara, mudando de assunto. — Máximo trouxe as filhas: Clélia e Iunia... Pena que não seja a altura de convidar ninguém...

Esta última frase foi pronunciada em tom interrogativo. Mara conhecia a minha amizade antiga por Máximo Cantaber, insinuava que estava disposta a receber a família, para meu prazer, mas deixava-me a decisão final, que havia de ser ponderada em razão dos acontecimentos daqueles dias. Eu não respondi. Não tencionava fazer qualquer convite. Aguardaria que Máximo Cantaber me procurasse, querendo, embora não fosse de acreditar que as circunstâncias lhe aconselhassem uma visita. E deu-me, de repente, um profundo sono.

Já noite alta, no meu cubículo, fomos sobressaltados por fortes pancadas na porta. Vieram-nos dizer que Rufo Cardílio esperava no vestíbulo, que pedia perdão pelo adiantado da hora e pelo incómodo que causava, mas necessitava urgentemente de me falar.

Fui dar com Rufo no vestíbulo, encolhido contra a parede. Trazia a túnica rasgada e suja. Sangrava de um ferimento no sobrolho, tinha os lábios rebentados. O aspecto era lastimável, o gesto mísero, a fala balbuciante. Não parecia o mesmo homem que, na sua toga irradiante, me falara com sobranceria no pretório e me descompusera, em ásperos arranques oratórios, junto da casa de Pôncio.

— Não queria acordar-te, duúnviro. Mas Calpúrnio sugeriu que te procurasse... Os escravos dele ampararam-me até aqui.

De facto, ouviam-se vozes que falavam baixo, lá fora. Eu quis saber ao que vinha tudo aquilo.

— Lúcio Valério Quíncio, ouso incomodar-te para te comunicar o seguinte: eu já entendi qual o meu lugar e a minha condição. Não precisas de usar a violência contra mim.

Era escarninho, aquele tom de voz, apesar dos soluços. Rufo dobrou-se numa grande vénia e tornou a olhar-me, com um esgar da boca ensanguentada:

— A tua lição fez efeito. Nunca voltarei a usar qualquer palavra que soe mal aos teus ouvidos. Compreendi a mensagem, Lúcio Valério...

Saudou-me, saudou mais profundamente os meus manes, foi recuando e, antes que a porta se fechasse atrás de si, ainda insistiu:

— Nunca mais, Lúcio Valério!

Pareceu-me que arrastava uma das pernas. Por alguns instantes, ainda ouvi o vozear de homens na rua. Depois regressou a quietude. Um peixe saltou no tanque do implúvio. Apenas o servo que me alumiava mostrava na cara um grande espanto silencioso.

Mara, que a tudo tinha assistido, na penumbra, pegou-me na mão e segredou-me:

— Tem cuidado com este homem, Lúcio.

Quando saí, pela manhã, o poeta Cornélio, que se acostumara a rondar-me a porta, substituindo-se aos clientes que eu nunca recebia, aproximou-se, muito ansioso, e fez sinal de me querer falar em segredo. Escutei-o e voei para a basílica. Os carregadores da liteira tiveram que correr atrás de mim.

Do que ele me contou pediria eu contas a Aulo, pouco depois, no pretório. Eu estava irado e esquecera toda a benevolência com que habitualmente tratava o meu centurião. Perguntei-lhe se era verdade que ele, nessa noite, acompanhado de dois dos seus homens, munidos de dardos, se tinha dirigido à taberna de Rufo.

Aulo confirmou tudo o que Cornélio me relatara pouco antes: que sim, que tinha procedido em meu desagravo porque entendera que esse tal Rufo não havia de passar sem uma lição. Ele era um militar, não era homem que deixasse em claro uma afronta que fizessem ao seu senhor.

Surgira já de madrugada, no momento em que o filho do liberto se preparava para fechar a loja e colocava os taipais. Ameaçara Rufo com os dardos, fizera passar os ferros a dois dedos da cara dele, esfuracara-lhe a parede e os grafitos eleitorais. Espancara-o com o cabo da arma. Depois, entrara com os seus homens pela taberna adentro, rasgara e queimara com o archote a célebre toga cândida. Obtivera, com o ferro do dardo a rasar a boca de Rufo, a promessa de que nunca mais a abriria contra o duúnviro, como tinha desaforadamente feito naquele dia. Tudo condizia com o que Cornélio presenciara no escuro e me havia contado.

— E tu, Aulo, que esperas que te faça?

— Aproves ou não, duúnviro, procedi como me pareceu melhor para ti e para a cidade. Não admito que acusem e insultem em público o magistrado que tenho obrigação de respeitar e defender.

— Como te atreveste?

Cresci para Aulo, enfurecido. Imóvel, de braços pendentes, ele dispunha-se a aceitar impassivelmente a minha fúria. Chovessem raios e coriscos, troasse o trovão de Jove, Aulo tudo suportaria. Eu nunca lhe conseguiria tirar da cabeça que tinha agido bem, mesmo contra a minha vontade. Naquele instante, a raiva era tanta que chicotearia Aulo se tivesse com que o chicotear. Ele suportaria as pancadas ou qualquer destino que eu quisesse dar-lhe. No seu íntimo, teimoso, tinha a consciência do dever cumprido, ainda que me fosse inacessível o alcance do seu desagravo.

— Mas, Aulo, pobre imbecil, tens alguma ideia das consequências dos teus actos?

— Rufo é um tratante!

— Seja um tratante! — A punhada que eu dei na mesa ressoou pelo recinto e derrubou o tinteiro. O ruído do metal a rolar pelo chão foi também para mim o rebate de que estava a exceder-me. Procurei conter os impulsos: — O meu dever é respeitar o direito de palavra dos tratantes, especialmente quando aspiram aos cargos públicos... — completei em tom mais baixo.

— Um reles liberto, Lúcio Valério... Como podes consentir que ele te calunie?

— É agora o meu centurião quem decide por mim? Cala-te, Aulo, e escuta.

Rodeei com o braço o busto de Marco Aurélio, enquanto lhe falava, como se esperasse alguma inspiração daquele mármore frio:

— Este é o divino Marco Aurélio Antonino, meu e teu senhor. Imaginas o Imperador a perseguir os que lhe atiram epigramas, os que intrigam no Palácio, ou os que discordam dele? Marco Aurélio é um filósofo e vive rodeado de filósofos, quando as circunstâncias o não forçam a vestir o elmo e a couraça. O seu procedimento e a sua figura devem iluminar os actos de todos os magistrados do Império, porque são a imagem da moderação e da justiça.

Aulo franzia o sobrolho, respeitoso para comigo e para com a invocação do Príncipe, mas era fácil perceber que, lá no íntimo, ele se mantinha na sua, e não dava por mal perdidos os encontrões aplicados a Rufo. Era caso para eu me temer daquela dedicação em excesso.

— Eu, um ínfimo magistrado local, havia de colocar a minha vaidade acima da lei? Reflecte, centurião. A Providência enviou--nos este Imperador. Atenta na ingratidão que representaria o sermos indignos dele.

Todo este meu discorrer, porventura inútil, era profundamente sincero. A entoação e veemência que pus nas palavras talvez tivessem impressionado Aulo. O seu conteúdo, duvido...

Aquela impassibilidade retraída levou a que me exaltasse de novo. Lembrei-lhe que as suas funções consistiam em algo mais do que assustar um taberneiro, e que todos continuávamos à espera que um certo Arsenna, salteador de estradas, fosse convencido pelas armas, melhor uso para elas que o desacato intramuros. Ou precisava eu de pagar do meu bolso a Sénex ou a Irenaio, caçadores de bandidos, para que me livrassem deste?

Toquei-lhe no brio e no assunto que lhe era mais penoso. Pestanejou, enfim. Vincaram-se-lhe rugas na cara. Esperou, num silêncio amuado, que eu terminasse as recriminações. Quando percebeu que, de braços cruzados, na sua frente, eu nada mais tinha a dizer, saudou militarmente e desapareceu.

Ao entardecer, apresentou-se-me um graduado da coorte urbana a pedir-me a senha. Disse-me que o centurião, armado, tinha saído muito em segredo da cidade com alguns homens, nem todos soldados, nem todos livres, e não sabia quando houvesse de regressar.

Depois da irritação que sucedeu à perplexidade, julguei adivinhar aonde teria ido Aulo, pela calada da noite e sem minha autorização. E quase me arrependi de ter magoado a sua ingenuidade e estimulado a sua obstinação.

COMC_DPBT-8

Capítulo VII

Fiz mal, quando observei o funeral de Pôncio duma janela discreta da basílica, semioculto por uma cortina? Fui dissimulado? Hipócrita? Interroguei-me muitas vezes sobre isso, deixando o problema em aberto para mim próprio, já que nem confessei o caso a Mara.

Decidira não comparecer ao funeral. A cidade naquela altura o que menos precisava era de sedições e de alaridos. Presidindo ao cortejo, como me competia em razão das minhas funções, causaria mais prejuízos do que faltando. Poderiam vir acusar-me de pusilanimidade, de temor da censura pública dos cidadãos? Que acusassem... Irremediável seria que a turba desfeiteasse, de corpo presente, a única autoridade que havia em Tarcisis.

É-me evidente a licitude do recurso a informadores como Airhan ou Cornélio, em se tratando do interesse público. Mas... ser eu próprio a espreitar? Não deve ser praticado nenhum acto sem uma razão e, se eu tinha bons motivos para não participar no funeral, não posso infelizmente justificar esta minha cedência a uma curiosidade pueril. Remeto-a para a conta, que já não é pequena, dos meus ruins momentos.

O testamento de Pôncio, decerto manchado de sangue, foi desenrolado e lido em público nas escadas da basílica, perante uma assistência togada e respeitosa. O próprio Calpúrnio compareceu, amparado pelos seus escravos e rodeado duma farta comitiva enlutada. Nem o poeta Cornélio faltou, se não na ânsia de obter um legado, talvez na expectativa de que lhe encomendassem uns versos avulsos para o epitáfio. Do sítio em que me encontrava não ouvi uma palavra, mas soube depois, com perplexidade, que, nas disposições testamentárias que Proserpino berrava a plenos pulmões, não havia um único insulto contra mim.

Chegou, enfim, o cortejo e deu uma volta ao fórum. Em torno do féretro, à luz do dia, as chamas dos archotes cerimoniais, acesos, revolviam os ares, turvavam-lhes a limpidez e, à transparência, estremeciam as formas dos objectos e dos homens. Agregaram-se os escravos, libertos e clientes de Pôncio, transportando as máscaras de gesso dos seus antepassados e, até, num arroubo inusitado de petulância póstuma, o próprio busto do falecido. As charamelas romperam subitamente em timbres metálicos, muito agudos, que logo disputaram o éter à gritaria convulsa das carpideiras. Compenetrado, Proserpino seguia na liteira, ao lado da viúva de Pôncio, consultando gravemente as tábuas em que escrevera o seu discurso.

A pé, muito trôpego, distingui Máximo Cantaber, que não via há muitos anos. Apesar da idade, e da fraqueza do aspecto, Máximo mantinha uma cabeleira invejável, embora encanecida, que contrastava singularmente com os tons escuros da toga cerimonial. Senti algum júbilo ao reconhecê-lo, mesmo ao longe, porque a presença dum amigo antigo na cidade me dava algum conforto, nesses tempos ásperos. De entre os da comitiva de Máximo, uma jovem de cabelo loiro rompeu saltitando, numa nota de discrepância com a solenidade do momento, e veio dar-lhe o braço, falando-lhe ao ouvido. Era, decerto, uma das suas filhas, provavelmente Clélia. Onde estaria a outra, Iunia?

E lá seguiu meia cidade enlutada para a cerimónia de cremação, fora de portas, à sombra da muralha. O fórum ficou deserto, as tendas desarmadas, as lojas entaipadas. Apenas dois varredores municipais, sonolentamente, arrastavam as vassouras de vime pelas lajes. Uma cadela sarnenta, lastimável, cruzou o lajedo seguida duma chusma de rafeiros desinquietos.

Mais tarde, enrolar-se-ia uma coluna de fumo negro no céu. Os acompanhantes regressariam e comentariam a pompa do funeral e a eloquência do oficiante. Seguir-se-ia o banquete, na antiga casa do defunto. Pôncio não era tão popular que se justificasse o apedrejamento dos templos, nem eu tão odiado que merecesse o apedrejamento de minha casa. Depois saberia que o discurso de Proserpino, perante a pira funerária, fora longo, erudito, comedido nos termos, e em absoluto omisso em relação às circunstâncias que motivaram a morte de Pôncio. Dele nada resultava contra mim.

Absorto, passeei durante algum tempo entre o meu tablínio e a sala de reuniões da cúria. Um escravo do pretório apareceu à porta com tábulas para despacho. Compreendeu que eu não estava com disposição para o receber e sumiu-se, discretamente.

Naquele escabelo, além, tinha-se sentado Pôncio, na última reunião da cúria, manobrando a sua voz trovejante e o seu gesto dominador. Ao pedestal desta estátua imperial tinha-se apoiado, tremente de fúria, quando lhe confirmei a destruição da sua nova casa. Por detrás daquele cortinado tinha bramido e vociferado com palavras indignas de mim e dele. Não podia abster-me de evocar Pôncio. Um estúpido remorso macerava--me por dentro, fino, obstinado, implacável, tanto mais insuportável quanto injusto.

Ocorreu-me a recomendação de Mara. Porque não passar uma noite no templo? Não que o ambiente sagrado pudesse libertar-me da minha amargura. O que era o templo? Quatro paredes geladas, colunas, escuridão, algumas estátuas. E quem, no íntimo, acreditava naqueles deuses, além dos escravos e da plebe lábil? Mas, se uma noite no templo não apaziguaria os deuses, porque não ofendidos, nem me poria de bem comigo, porque o meu estado de espírito não dependia do lugar de pernoita, talvez pudesse reconciliar-me com a cidade. Politicamente útil. Era esta, seguramente, a intenção de Mara ao fazer--me a recomendação. Objectivamente, tratava-se de um bom conselho se eu fosse capaz de extrair dele todas as consequências e tirar partido duma exibição pública de piedade.

Quando, aos treze anos, abandonei bula e pretexta e o meu pai recolheu a minha primeira barba, determinou que eu passasse uma noite no santuário de Apolo, então fora da cidade, para que o deus me inspirasse em sonhos. Num catre, a um canto, longe da estátua do deus, dormiu um escravo grego de nossa casa, não tanto para me proteger, mas para marcar bem o princípio de que pessoa do meu nascimento não dava um passo sem ter por perto quem o servisse. O escravo adormeceu antes de mim. Eu tive alguma dificuldade em adaptar-me à frialdade e ao desconforto do espaço. Enquanto olhei para ela, a estátua do deus não deixou de ser de pedra. Fui fechando os olhos, vencido pelo cansaço, e acabei por dormir a sono solto. Não sonhei com nada.

Acordei sobressaltado com o grande alarido que o escravo fazia, esfarrapando a túnica, saltando, chamando todos os que passavam perto. Garantia ele que, a meio da noite, tinha visto uma luz azulada que se firmara num dos ângulos do templo e viera a descer, lentamente, até refulgir na coroa de Apolo. O deus logo se animou, pareceu espreguiçar-se e deu uns passos na direcção do meu leito. Então, Apolo havia tirado a coroa da fronte e estendera-a por uns instantes por sobre a minha cabeceira enquanto eu dormia. Um cântico acompanhado por um ressoar profundo, como de um órgão de água, levantara-se então, ressaltando das próprias pedras das paredes. Encantado, eu não acordara. O escravo tremera de medo e mantivera-se imóvel, enquanto Apolo levitava pelo templo, comandando a música, com a coroa que balanceava elegantemente na mão. Depois, o escravo, ao que contava, tinha desmaiado de puro terror. Despertava agora para dar a todos a boa nova de que o seu jovem senhor havia sido contemplado pelo deus.

O meu pai chamou os arúspices para que interpretassem o sonho e eles vaticinaram-me um futuro glorioso, recheado de vitórias, com bênçãos para mim e para a minha longa descendência. Toda a gente à minha volta se mostrava feliz. O meu pai organizou jogos, fez sacrifícios, distribuiu espórtulas a todos os habitantes de Tarcisis e manumitiu o escravo grego.

Eu, francamente, não acreditei numa única palavra de todas as que na ocasião foram proferidas, e duvido que, no fundo, alguém tenha acreditado. O futuro foi dando razão ao meu cepticismo, não aos prognósticos. A minha Província estava em paz, não fui militar; as glórias que me couberam foram as ordinárias e correntes na minha carreira; do meu casamento com Mara não nasceram filhos; os dois órfãos que adoptei, após a morte do meu pai, vieram a morrer de febres e não quis proceder a novas adopções, para não acumular mais desgostos. Aí se finou a minha descendência.

Acusaram-me então de avareza, mas a decisão fora ponderada com o acordo de Mara, que também vira naqueles decessos uma espécie de barreira do destino que seria temerário franquear. Para calar a maledicência, deixei em testamento todos os meus bens a Marco Aurélio, estabelecendo Mara como fideicomissária. Ainda assim, de vez em quando, ouvia remoques disfarçados nas sessões públicas ou era alvo de epigramas injustos durante as festividades.

Dormir agora uma noite no templo poderia, talvez, constituir um acto político astuto, apto a devolver-me a simpatia da cidade. Relataria depois o que me aprouvesse. Ou nada diria, acentuando mais o mistério e dando a entender que me haviam sido feitas revelações sobre o futuro, avalizadoras dos meus actos.

Assim procederia eu, se fosse hábil, prudente e pérfido homem público. Mas o preço dessa acção — um trato com a mentira — tornar-se-me-ia pesadíssimo, incomportável. Que teia de embustes teria eu mais de acatar ou engendrar, e durante quanto tempo, para segurar este?

Tudo deveria fazer, é certo, a bem dos interesses da cidade. Embora não tenha pedido quaisquer responsabilidades, fora educado para as aceitar e suportar em prol do bem público. Mas também me sentia obrigado, por normas não escritas, mas acessíveis a todos os homens de bem, a respeitar os limites do meu decoro íntimo.

Ninguém me poderia forçar a faltar deliberadamente à verdade e a ferir a minha consciência para ludibriar os meus concidadãos e conduzi-los como uma guardadora de gansos com a sua varinha. E ainda que qualquer dos meus pares aceitasse esse procedimento, ou fingisse aceitá-lo, a bem das conveniências, eu dificilmente viveria com o ridículo de ter sido histrião por umas horas, com o risco de permanecer histrião até ao fim dos meus dias. Não, Mara, amiga, eu não dormiria no templo.

Chamei o escravo para que me trouxesse os documentos que preparava, fiz uma rápida leitura das contas desse dia e mandei que me conduzissem às obras.

A nova muralha ia tomando forma, no meio da confusão dos estaleiros. A comparência do duúnviro naquele local tinha-se tornado corriqueira, e o espectáculo dos lictores e da comitiva deixara de impressionar os trabalhadores que, antes, interrompiam as tarefas para me vir saudar. Os empreiteiros aproximaram-se, julgava eu que para me pedirem mais dinheiro. Mas, desta vez, numa padiola, coberta com um pano de púrpura, traziam-me uma oferta. Entre as pedras do novo teatro, iniciado no meu anterior mandato e ainda inacabado, que eu, com inconfessado desgosto, mandara demolir a fim de aproveitar materiais para a muralha, tinham descoberto um baixo-relevo com o meu perfil e o meu nome. Apressavam-se a devolver-mo, respeitosamente. Destaparam a cantaria gravada na minha frente, no meio de grandes sorrisos. Agradeci-lhes o gesto, mas ordenei, apesar dos protestos, que aquela pedra fosse juntar-se às outras, na muralha, no renque que lhe competisse, com a efígie para dentro.

À minha passagem, notei, em várias paredes, grafitos que representavam um peixe e concluí que a seita adoradora de peixes estava a expandir-se na cidade. Em ocasiões de perigo — pensei na altura — as religiões orientais, dadas à zoolatria, proliferavam, pedindo aos deuses dos bichos aquilo que os deuses dos homens talvez não propiciassem. O tal homem sírio, pretenso mercador de frutos secos, estava a cumprir bem o seu múnus. E, havendo entre os trabalhadores da muralha adeptos do peixe, bom seria que aquelas figurações repetidas os animassem a trabalhar mais e melhor. Mal sabia eu, então, as amarguras e trabalhos que o símbolo do peixe me havia de trazer...

Na noite seguinte, uma pequena multidão, muito agitada, compareceu em frente da minha porta e, aos gritos, exigiu a minha presença. Saí a recebê-los. Estavam quase todos bêbedos. Eram carroceiros, lojistas e artesãos, a escória de Tarcisis, escória, que, no entanto, se tinha a si própria em muito boa conta. Pararam o alarido quando eu apareci. Mas os vapores da bebida não os podiam eles anular e comandavam os gestos incertos, as vozes entarameladas e o tropeço dos passos.

Um tal Dafino saudou-me de longe com esparramadas palavras e explicou prolixamente que vinham em protesto pedir a minha intervenção. Alguém tinha desenhado um peixe sobre os grafitos eleitorais de Rufo Cardílio, o que, sobre ser uma afronta ao próprio, assinalava ainda desrespeito ímpio pelas leis e pelos costumes de Roma e da cidade...

121

— Onde está Rufo Cardílio, que o não vejo nesta embaixada? — inquiri eu.

Estava fechado na sua loja, magoado pela ofensa, à espera que lhe fizessem justiça. Não respondi logo. Não poderia negar que a Rufo Cardílio pudesse assistir alguma razão. Mas só a ele, ou ao seu comparsa Domício Primitivo, competia apresentar a queixa. Aliás, considerava a utilização daquela turba boçal como um expediente político óbvio, tanto mais suspeito quanto Cornélio me viera informar de que Proserpino e alguns dos decênviros andavam a frequentar discretamente a taberna de Rufo, com quem mantinham longas conversações, às esconsas.

— Digam a Rufo Glicínio Cardílio que, se quiser, apareça amanhã no pretório, trazendo os culpados para julgamento.

Desataram-se protestos, outros bêbedos quiseram usar da palavra, mas os meus servos, armados, já tomavam posição a meu lado. Voltei para dentro e ainda fui ouvindo o ruído e os berros da matulagem que se dispersava. As portas de bronze ressoaram ao embate de uma pedra que alguém atirou no escuro. Houve correrias lá fora. Depois, a rua voltou ao silêncio.

Rufo Cardílio não compareceu no pretório, mas o caso não ficara esquecido. Não tinham decorrido dois dias quando, com ar de grande mistério, um dos escravos públicos me veio trazer uma carta, acabada de entregar à porta da basílica. Quem a tinha trazido? Um vigilante, solicitado por um mendigo. Quem a remetia? Ignorava.

Peguei no rolo de papiro estaladiço e deslacei a fita desbotada que o cingia. Um pequeno peixe recortado em couro tombou sobre a mesa. Passei os olhos pela carta. Mensagem breve, letras maiúsculas, palavras separadas por traços, grafia tosca.

À minha beira, o escravo atardava-se, atento, curioso da minha reacção e esperançado em apurar, ao menos, o sentido geral da missiva. Atirei o rolo para junto de outros e mandei-o embora. Não devia dar a entender aos servos que aceitava ler cartas anónimas.

Depois de ele sair, ainda hesitei um tanto. As aparências estavam salvaguardadas, mas deveria eu ceder à minha curiosidade e às prerrogativas dum anonimato cobarde? Considerei que, na minha posição de magistrado, seria imprudente rasgar o escrito; a curiosidade não traduziria, neste caso, manifestação de ligeireza de ânimo, antes o cuidado do governante, que não podia dar-se ao luxo de se privar de informações, fossem quais fossem os Mercúrios envolvidos:

«Lúcio Valério Quíncio, saúde. Tu que te enconchas no teu reduto qual Procusta no seu covil e, presa de bélicas quimeras, e sonhos vãos de glória, desprezas o convívio e o conselho dos teus concidadãos, que chegas a deixar que morram, com escândalo da cidade e ignomínia tua, não vás ao ponto de ignorar que em casa do teu amigo Máximo Sálvio Cantuber se praticam rituais obscenos, fundados na fornicação e na adoração de animais impuros. Quando se atreverem a sacrificar a primeira criança — já que têm fama de proceder a sacrifícios de impúberes — que todo aquele sangue recaia sobre a tua cabeça, se não tiveres entretanto procedido como te compete.»

Sem mais! Não me espantou a estúpida graçola do peixe, simbólica da nova facção religiosa que crescia na cidade e que alguns pareciam temer; tampouco as insinuações e os insultos que me eram dirigidos, apropriados aos inimigos que eu teria sempre, que mais não fosse em razão das minhas funções; mas surpreendeu-me a alusão a Máximo Cantaber, cidadão discreto, benquisto de todos, alheado, por opção, das carreiras públicas e incapaz, pela sua sólida formação cívica, de contemporizar com superstições orientais. Quem, na verdade, estaria interessado em incompatibilizar-me com o meu estimado Máximo?

Calpúrnio não teria necessidade de descer tão baixo; os meus clientes e libertos, agora tão desprezados, não arriscariam incorrer nessa deslealdade. Ocorreu-me logo Rufo Cardílio ou alguém a mando dele. E, nessa altura, quase lamentei a reprimenda que tinha dado a Aulo.

Mas não tardou que surgissem novos indícios da cizânia que já lavrava na cidade. Num fim de tarde, banhava-me eu no balneário da minha casa, quando Mara me veio dizer, antecipando-se ao servo nomenclador, que uma delegação de judeus esperava no átrio. Mara fez um trejeito de estranheza e deixou-me só, no banho tépido. Eu ordenei ao nomenclador que encaminhasse a delegação para o balneário, julgando honrá-la. O escravo voltou com a resposta de que a religião deles lhes vedava as partes das casas onde os corpos se exibiam desnudos e era mesmo contrária ao hábito romano dos banhos. A sua própria comparência no meu átrio era rigorosamente excepcional e havia de obrigá-los a purificações. Isto de mistura com mil fórmulas de respeito e protestos de desculpas.

Esta comunidade hebraica tinha-se instalado em Tarcisis nos tempos de Cláudio, quando o Imperador deliberou expulsar todos os judeus de Roma, pelos desacatos de que então os acusavam, movidos por um obscuro agitador chamado Cresto.

Viviam pobremente, casavam entre si e eram fanaticamente apegados aos seus costumes e tradições. Praticavam os seus ritos numa casa a isso destinada, para a qual aceitavam o nome grego de sinagoga, e nunca compareciam perante o meu tribunal. Não participavam nos actos públicos, não respeitavam os dias feriados, não frequentavam os jogos, abstinham-se do mais pequeno gesto num de cada sete dias, e regulavam os seus assuntos entre eles, ao que presumo com os seus sacerdotes.

Nem sempre as relações entre os locais e os judeus haviam sido pacíficas. Quando, em tempos, chegaram aqui os ecos das guerras de Vespasiano e Tito, houve desacatos, as casas dos judeus foram apedrejadas e alguns apareceram mortos, o que obrigou a intervenções enérgicas do governador de então, Pompeio Catélio Celler. Outros tumultos soaram, mais recentemente, nos tempos de Adriano, por ocasião da revolta sanguinária de Simão Bar-Coshba, na Judeia.

Nunca tive razão de queixa desta esquiva comunidade, nunca fui procurado por nenhum dos seus, e raramente me lembrava, sequer, de que ela existia entre nós. Estranhei, portanto, a embaixada. Deixei que me oleassem, limpassem, e fui recebê-los no átrio.

Eram dois velhos, vestidos de pesadas túnicas negras, com as barbas brancas pelos peitos e uns estranhos turbantes na cabeça. Usavam umas madeixas de cabelo retorcido em canudos que, envolvendo as orelhas, desciam até aos ombros. Quando eu cheguei curvaram-se, respeitosamente, à maneira oriental e abençoaram-me com efusão.

Comecei por lhes perguntar porque me tinham procurado

na minha casa e não no pretório, já que, ao que presumia, não era de assunto particular que se tratava.

Deram-me a entender que vinham em segredo, e que prefeririam que as suas palavras não fossem ouvidas por quem pudesse perversamente deturpar as suas intenções. Olhavam, de facto, com ar desconfiado para os servos, que, nas suas tarefas, passavam familiarmente de um lado para o outro. Acostumados às suas pequenas casas fechadas e trancadas e à sua estreita intimidade de espaços demarcados e gestos medidos, não se sentiam muito afoitos, ali, na vastidão devassada do meu átrio.

Prodigalizaram-me lisonjas em tom reverencioso e rebuscado. Temiam manifestamente a minha autoridade, reagiam, atentos, aos meus mínimos olhares, tinham medo de melindrar o duúnviro com qualquer omissão ou frase mal calculada. Era óbvio que só um motivo ponderoso os teria arrancado ao seu meio para os levar à minha presença. Foi necessário pedir--lhes que entrassem francamente no assunto.

Enquanto falavam, estranhei-lhes os gestos, que faziam lembrar os de Airhan: mãos abertas, espalmadas, rodando em torno dos pulsos. O que me comunicaram deixou-me sombrio.

Clamavam estar dispostos a jurar, pelo mais sagrado e inviolável dos seus juramentos, que nada tinham de comum com a seita a que chamavam cristãos. Sustentavam que nunca haviam sido convidados — e ainda que tal acontecesse nunca aceitariam comparecer — para os ritos que se praticavam em casa de Máximo Cantaber. Muito amiúde, os do seu povo tinham sido injustiçados pela ignorância dos romanos em relação a distinções religiosas fundamentais, e era essa eventualidade que queriam desde já prevenir. Dizendo-se adoradores de um só deus,

126

os tais cristãos, veneradores de ídolos, prisioneiros da superstição, rebeldíssimos a Roma, procuravam sempre imputar aos hebreus as abominações que eles mesmos praticavam...

— Em casa de Máximo Cantaber? — perguntei eu, fixando-me na matéria que me parecia de mais interesse em todo aquele aranzel. — Que provas têm?

— É o que se diz, duúnviro ilustríssimo, é o que passa de boca em boca em toda a cidade.

— E que ritos são esses?

Os dois judeus olharam um para o outro, muito rapidamente. Receavam que eu tirasse alguma conclusão hostil ao revelarem excesso de conhecimentos. Talvez eu desconfiasse mesmo da sua presença nos tais ritos. O mais velho apressou-se a explicar:

— Nós somos pobres homens pacíficos e tementes a Deus. Não criamos conflitos com os cidadãos, não frequentamos as suas casas, nada sabemos do que ocorre lá dentro. Apenas somos tocados pelos rumores que zunem e passam por nós, tal como os ventos, a que nos não podemos furtar. Mas tu, duúnviro ilustre, com a autoridade que te está conferida, com a tua reconhecida lucidez, e os instrumentos de mando que em boa hora te foram outorgados, saberás averiguar o que nós não podemos. Se, entretanto, vieres à conclusão de que em qualquer lugar se conspira contra a autoridade do Senado e do Povo de Roma e se praticam actos que repugnam às suas leis e costumes, lembra-te de quem cedo te avisou e protege-nos da tua ira.

Despedi os hebreus e senti-me mais intrigado. Não era de crer que aqueles homens viessem a mandado de alguém, e pareceu-me sincero e razoável o receio que manifestaram de que os confundissem com os da outra seita. Já não se tratava apenas da mesquinha intriga urbana que se consubstanciara na carta anónima. Era uma outra acusação contra Máximo, de fonte diferente e, de certo modo, credível.

Decidi nada fazer, antes de obter mais informações, talvez através de Cornélio que, de resto, aparecia cada vez menos aos nossos encontros matinais e, nesses, se ia mostrando cada vez mais lacónico.

O que Cornélio me contava a propósito dos cristãos era vago, distante e indiferente. Que adoravam um deus único, cujo nome nunca pronunciavam, e que esse deus, de vez em quando, enviava um dos seus filhos para junto dos homens, como emissário. Assim teria acontecido com heróis como Adão, Moisés, Josué, Isaías e Cristo. Quanto às práticas, Cornélio apenas sabia o que se dizia nas tabernas e lupanares: odiavam a humanidade, insultavam as estátuas e entregavam-se a ritos orgíacos em que a carne e o sangue estavam sempre presentes.

Mal os judeus abalaram, abriu-se a porta de entrada com estrépito, surpreendendo o ostiário, que teve de saltar para trás. Apressado, Aulo atravessou o átrio e quase correu na minha direcção. Trazia o elmo apertado contra o peito, pela mão válida. Todo ele, dos pés à cabeça, estava empastelado de lama e restos de sangue seco. O braço inútil pendia, atado ao corpo por uma correia, pela altura do pulso. A sua velha loriga grega apresentava riscos finos dum brilho vivo que destoavam do tom de chumbo, baço e enlameado, em que mal se distinguiam as volutas e as carrancas de Hércules que a ornavam. A capa arrastava-se, pisada e rota. Os mosaicos do piso iam-se encardindo à sua passagem.

Estacou na minha frente, ofegante, e nem me saudou. Sorria. Não conseguia articular palavra, tal o cansaço que lhe oprimia o peito, numa pulsação funda que lhe chegava a cortar a respiração. Por fim, após uma tentativa falhada, que lhe saiu como um arquejo indiscernível, consegui ouvir:

— Não digas nada, Lúcio Valério. Vem comigo!

E Aulo estava tão radiante, exalava-se da sua cara tisnada, habitualmente soturna e endurecida, uma alegria tão esfuziante, que me pareceu quase burlesca como o arreganho das máscaras de comédia.

Tomou-me por um braço e quase me arrastou para a porta. Voámos para o pretório, no meio duma turbamulta de soldados sujos e de populares. Quando subíamos as escadas da basílica, com os guardas a removerem a multidão com os contos das lanças, estalou uma aclamação entusiástica. Só então Aulo me murmurou ao ouvido uma única palavra: Arsenna!

Momentos depois, deparávamos com o salteador, que esperava, de pé, acorrentado, a um canto do ergástulo. Quando entrei na masmorra, coberta de palha apodrecida, a chusma que se apinhava contra as grades semicirculares, ao nível do pavimento, entrou em grande alarido de insultos e impropérios contra Arsenna. Aproximei-me dele. Apertou-se o silêncio. A curiosidade, no exterior, sobrelevou a fúria.

— Como te chamas? — perguntei eu, de modo quase burocrático e que não traduzia nenhuma dúvida sobre quem estava na minha frente, mas a rotina primeira e obrigatória do magistrado em qualquer acto solene.

COMC_DPBT-9

— Bem sabes quem eu sou...

Não tinha o aspecto terrível e facundo que a fama lhe atribuía. Onde seria de esperar um homem forte, astuto, de olhar penetrante, estava um rústico, abatido, que me olhava com susto. Não havia subserviência, é certo, naquele homem; mas tampouco a pose nobre e altiva que a imaginação dos escritos populares costuma assinalar aos bandidos dos caminhos.

— Que vais fazer de mim, duúnviro? — perguntou-me a medo.

A turba, lá fora, manifestou-se num clamor desaustinado. Os de trás, que não podiam ver-nos, perguntavam aos da frente, comprimidos contra as grades, o que se passava.

— Sê inflexível, duúnviro! Não tenhas piedade desse energúmeno!

Uma voz, isolada, bem nítida, bradou: «Que seja em memória de Pôncio Módio!» E começou a escandir: «Aos cães! Aos cães!»

Logo o coro cresceu, cada vez mais raivoso: «Aos cães, aos cães!» As caras apertadas contra as grades agitavam-se, vermelhas, congestionadas, hiantes, revelando tal selvajaria que cheguei a temer pela solidez das barras. Pareceu-me ter ouvido, naquele primeiro apelo ao suplício, lá de trás, a voz timbrada de Rufo Cardílio.

— Logo verei. Temos tempo!

Arsenna curvou-se, fatigado, e suspirou:

— Lembra-te de que sou um homem.

Ordenei a Aulo que o levasse para um outro canto da masmorra menos exposto às chufas da populaça. Arsenna, um fora-da-lei, não tinha direito a julgamento. Era, nesse particular, mais desvalido que um escravo. Mais tarde pensaria no destino a dar-lhe. Mas não me dispunha, irreflectidamente, a lisonjear os impulsos sanguinários da plebe. Gritos, rosnidos e trejeitos haviam de poder pouco para me convencer.

Aulo, com um orgulho risonho, contou-me, entre duas portas, como tinha conseguido capturar Arsenna. Saíra de Tarcisis, em segredo, na noite em que dei pela sua falta, por uma das portas secundárias da cidade. Ia acompanhado de alguns vigilantes e escravos, cedidos por seus amos, sem saberem para que efeito. O grupo dera uma grande volta, por brenhas e matos, até retomar a estrada de Ébora, umas cinco ou seis milhas a norte.

No caminho que liga a Ébora havia uma estalagem chamada «Três Irmãs» por causa das três megeras que aí praticavam o proxenetismo, as artes de adivinhação e o acolhimento de gente desqualificada. Não obedeceram às minhas ordens para se recolherem a Tarcisis e continuaram o seu trato, como se nada se passasse. Provavelmente tinham mais medo do duúnviro que dos mouros.

Há muito que Aulo desconfiava de que Arsenna rondasse por lá, tanto mais que um dos carros que regressava a Tarcisis, pertencente a um liberto chamado Tóbio, havia sido assaltado nas proximidades, após um atraso devido à reparação duma roda partida.

Aulo mantivera-se escondido pelos brejos durante duas noites e um dia, e os bandidos sem aparecerem. Enviou, por várias vezes, alguns dos seus acompanhantes à estalagem, disfarçados de viajantes, de chapeirão e manto, a ver se notavam indícios da presença de Arsenna. Nada.

Ao segundo dia, pela manhã, sem que algo de anormal tivesse ocorrido, Aulo decidira retirar-se. Para não ter que ostentar o seu fracasso, nem suscitar rebates falsos ou desprestigiantes rumores, resolvera atalhar caminho, evitando a estrada. Marchava o destacamento, descoroçoado, já ao cair da tarde, e deram com dois homens que pareciam conversar no remanso dum sobreiro. Ao vê-los aproximar-se, um dos homens puxou de um gládio e rompeu inesperadamente a fugir. Logo foi derrubado pelo pelouro duma funda. Era Arsenna. O outro homem saudou efusivamente a patrulha que o tinha libertado do cativeiro dos bandidos, cantou, deu graças aos deuses, dançou. Identificou-se como um mercador, a quem Arsenna tinha poupado a vida na condição de que o ensinasse a ler. Estava a decorrer a lição quando Aulo os surpreendeu. Lá jazia uma prancha, com o alfabeto desenhado, à sombra da árvore. Ao lado, as tabuinhas abandonadas que mostravam, na cera, as tentativas incipientes de Arsenna.

E, assim, desta maneira fácil e um tanto ridícula, o ponto de honra de Aulo que era também, desde há muito, a sua frustração e o seu desespero, foi satisfeito, com pouca violência e sem efusão de sangue. As marcas que Aulo trazia no vestuário deviam-se aos maus passadios, à braveza da paisagem e à perseguição a um javali que se atravessara no caminho, não a qualquer rija troca de armas.

Ainda antes de Aulo entrar nas muralhas já um pequeno ajuntamento o esperava e exigia que Arsenna lhe fosse entregue. A multidão engrossara depois, conduzida por Rufo Cardílio, e chegara a ameaçar as portas da basílica. Aulo achou mais prudente deixar Arsenna preso, com uma escolta, do que vir apresentá-lo, pessoalmente, em minha casa.

Não pude deixar de felicitar o meu centurião e de corresponder à rara satisfação que lhe iluminava o gesto. Não fiz qualquer alusão ao seu desaparecimento inopinado durante aqueles dias — desobediência que poderia ter sido bem prejudicial para a cidade — nem lhe dei a entender que, em boa verdade, e a despeito das palavras desabridas de outro dia, não considerava prioritária a prisão de Arsenna nesta altura. Na iminência de um assédio bárbaro, não poria de lado o propósito de negociar os serviços do salteador, servindo Airhan de medianeiro.

Prometi escrever uma proclamação em louvor de Aulo, omitindo as circunstâncias mais burlescas da sua aventura, e fazer com que fosse acrescentada uma fálera às quatro que já exibia.

Quando saí da basílica, ainda se alvoroçavam grupos dispersos pelo fórum. Acorreram para junto de mim, felicitando-me pela prisão de Arsenna e bradando sugestões para dar fim condigno ao salteador, cada qual mais espectacular e sanguinolenta. Aulo escoltou-me, paciente, até casa. Só me vi livre das trupes exaltadas que me seguiam, gesticulando, quando o ostiário fechou atrás de mim os espessos portões de bronze.

Esperava-me uma surpresa que logo fez esquecer o sabor — um tanto equívoco — desta vitória. Mara, rindo, veio ao meu encontro, acompanhada de uma escrava, que mostrava, ao alto, um enorme lúcio, suspenso com dificuldade, às mãos ambas, pelas guelras. A barbatana da cauda rojava o chão.

— Olha, amigo, este espantoso peixe que nos ofereceram. Nunca tinha visto um tão grande...

— Quem o trouxe, Mara?

— Não sei. O ostiário ouviu duas pancadas na porta. Quando foi abrir estava o peixe no lancil, embrulhado numa esteira. Ao lado, um saco de favas. Alguém quis fazer-nos uma surpresa.

— E, logo, assustando-se com o meu trejeito de repulsa: — Mas que se passa?

— Mara, não me perguntes nada. Manda atirar esse peixe à lixeira!

Mara hesitou:

— É um lúcio soberbo... Podia ofertá-lo, num templo, expô-lo no larário, dá-lo aos escravos.

Recusei com impaciência. Mara ficou de repente muito pálida, de mãos a tremer ao longo do corpo. Depois, correu para mim e abraçou-me, sem atender a que a serva permanecia, boquiaberta, com o pesado peixe suspenso.

— Envenenado? — perguntou-me ao ouvido.

— Não te assustes. É veneno que não mata.

Prendendo-me pelos ombros, Mara não tirava os olhos de mim e procurava adivinhar, nos meus traços, as razões da minha ira. Com um sinal do olhar, lembrei-lhe a escrava que nos espreitava, curiosa, dobrada, sustendo o peixe, num esforço já um tanto excessivo e embaraçado. Mara mandou dar execução às minhas ordens. Ao sair do átrio, a escrava já arrastava o peixe pelo pavimento, deixando brilhos de escamas a insinuarem-se no mosaico.

Por mais que eu quisesse esquecer-me, ou deixar os cristãos para depois, havia sempre alguém que mos vinha lembrar. Desta vez, através de um simbolismo especioso: um peixe, portador do meu nome, devastador e canibal, que engole tudo o que é vivo em volta e que, uma vez à solta, é a ruína das lagoas e dos viveiros. E aquele sinal funéreo das favas...

Decidi falar a Máximo Cantaber, logo na manhã seguinte.

Capítulo VIII

O campo na cidade foi moda para durar, inspirada pela megalomania demencial de Nero Cláudio Eneobarbo. Cópias contrafeitas e comparativamente diminutas da soberba mansão dourada ergueram-se outrora até aos confins do Império, mesmo depois de não restarem vestígios das edificações do matricida. Desmesurados jardins, pavilhões de fantasia, lagoas artificiais, ninfas de pedra a espreitar por detrás de arbustos exóticos, assim fora a casa urbana de Máximo Cantaber erigida por um seu antepassado e muitas vezes remodelada depois. Ao tempo em que a construíram, talvez desse aos seus moradores a ilusão de habitarem no campo que, aliás, se estendia ali a dois passos, mais agreste e menos estilizado. Com o crescimento da cidade e o pulular das ilhas de habitação, o enorme recinto ficara com os muros confinados, a todo o rodado, por edificações populares, com acesso por calçadas estreitas, enegrecidas e acidentadas, dominadas pela sombra do aqueduto.

Quando me apeei, mandei que os lictores e a comitiva esperassem junto ao portão de ferro entreaberto, que exibia grandes medalhões chantados nas grades, com as figuras de Eco e Narciso, de cores já muito maltratadas por sóis e ventos. Ao primeiro olhar, a propriedade parecia ao abandono. Ferrugens e verdetes esbarrondavam-se pelos metais do portão, e a cal do muro, amarelada, estalava em chagas que deixavam ver os tijolos, com tufos de erva nos interstícios... Mas, logo à entrada, fui interceptado pelo ostiário, que se me dirigiu com uma humildade sabuja. O homem, velho, descarnado, vestido de farrapos, arrastava uma grilheta que o prendia, por uma corrente ruidosa, a uma espia de ferro cravada no chão.

— Senhor — choramingou ele —, tem dó de mim!

— Porque te acorrentaram?

— Por uma falta que eu cometi, sem maldade... Peço-te, intercede junto de Máximo Cantaber. Lembra-lhe os anos que o servi e a seu pai. Assegura-lhe que não tornarei a pedir esmola nas ruas...

Dois rafeiros magríssimos saíram da sombra e abanaram vagamente as caudas sem se atreverem a aproximar-se de mim ou do escravo. No caminho de saibro que subia na minha frente e vencia um outeiro atrás do qual podiam distinguir-se os telhados da casa de Máximo, dois servos, ao longe, cortavam erva das bermas, que lançavam numa fogueira. A manhã ia alta, fazia já muito calor. Os cães, a arfar, mostravam as línguas amolecidas, pendentes da boca. Zuniam abelhas em volta das moitas de alecrim florido de azul, numa espontaneidade ainda não removida. À beira do caminho, uma pequena fonte em forma de vieira abria-se, seca, coberta de musgo e areia.

— Sabes quem eu sou?

— Pelo teu trajo e comitiva, sei que podes impor-te junto do meu amo. Tem chegado gente, esta manhã, e a ninguém pedi este favor, por não me parecer merecedor do meu pedido.

— Gente? Quem? Clientes?

— Gente, senhor.

Decidi não seguir adiante e preferi bordejar a propriedade pelo caminho que a rodeava, rente ao muro baixo, do lado de dentro. Dava-me tempo para repensar no que iria dizer a Máximo e rememorar as brincadeiras de infância naquela propriedade que, em tempos remotos, frequentara quase quotidianamente. Para ser mais sincero, a demora permitia-me adiar minimamente a incomodidade do encontro. Um dos cães veio atrás de mim, tímido, de rabo encolhido. O escravo recolheu-se à sombra, fazendo tinir as correntes.

A mansão da família Cantaber havia sido tão sumptuosa, em tempos, que os jardins eram gabados em todo o Sul pela frescura dos relvados, pela espantosa engenharia dos jogos de água e pela vegetação exótica, importada de países distantes, que aí vicejava. Então cirandavam aves estranhas, muito coloridas, pagas a peso de ouro que, não raro, se sacrificavam, com pompa, nas festividades. Contava-se, talvez fantasiosamente, que o avô de Máximo, de origem turdetana, mandava espalhar pó de ouro nos hipocaustos, no convencimento de que os eflúvios do metal nobre resultavam benéficos aos humores dos corpos. E era tal a prosápia que os próprios escravos usavam túnicas bordadas. De púrpura, nas Lupercais.

Se a casa não estava hoje em escombros e se os jardins ainda deixavam entrever o antigo fausto pelo recorte dos canteiros, pelos esconderijos das rochas, sabiamente dispostas, pelos caminhos sombreados que os cruzavam, já as ervas daninhas, a secura amarela de talhões inteiros, o encardido dos muros e das falsas ruínas, mostravam o relativo desleixo a que o terreno havia sido votado.

Quando, após a morte do pai, Máximo Sálvio tomou posse da herança, decidiu retirar-se para a villa da família, a umas boas vinte milhas de distância, raramente comparecendo em Tarcisis. Deixara a propriedade entregue a um casal de servos decrépitos que faziam o que podiam e era pouco. As aves foram desaparecendo, os escalrachos triunfaram, muitas árvores morreram.

Por ali, pelas areias daquelas áleas, tinha eu feito rodar o meu arco de brincar; atrás daqueles rochedos tinha parodiado o feroz salteador Coreolo; nas lagoas, agora secas, tinha apanhado carpas à mão, na alegre companhia de Pôncio, sob a vigilância paciente de Máximo, o mais velho. Era-me ainda familiar a secular azinheira que sombreava, enorme, uma curva do caminho e que, diziam, já existia nos tempos de Décimo Iunio Bruto. Mas no tronco nodoso, bem conhecido, via agora gravado, sacrílego, o desenho dum peixe, de linhas ressaltadas a cal branca.

Aquela marca, por entre os sinais da minha meninice, valeu como uma profanação, brutal, ofensiva, e fez-me vir ao espírito, tão distraído em reminiscências longínquas, um sobressalto de rebate. Havia outro poder ali, e mais forte que o das minhas recordações.

Já avistava o pavilhão de estilo pretensamente etrusco que se escondia nos arvoredos, para além do ponto em que o muro encurvava. Do lugar por onde passava vi, ao longe, num relance, por entre sombras, uma mulher nua de pé, sobre uma tina. Alguém a aspergia de água, com uma concha. A mulher agachou-se, sentou-se na água e duas mãos masculinas pousaram-lhe sobre os cabelos escorridos. Parei, surpreso. Não esperava deparar com ninfas de carne e osso naquelas veredas...

Cauteloso, fui-me aproximando do pavilhão que se erguia na estrema de um recinto lajeado, abaixo do nível do caminho. Vinte homens e mulheres reuniam-se frente a um altar sacrificial, de pedra rugosa, de que eu não me lembrava naquele sítio. Sobre o altar, uma estatueta de barro pintado, tosca, representando um rústico com um cordeiro aos ombros. A rapariga que eu tinha visto despida tiritava agora, enrolada num pano de toga. O cão que me acompanhava circulou, muito doméstico, por entre os presentes e ficou a coçar-se, despreocupado. Eu escondi-me à sombra, por detrás dum choupo.

O grupo murmurava uma litania qualquer entredentes. Reparei que os que não estavam de costas para mim semicerravam os olhos enquanto desfiavam a prece dirigida a um deus-pai que velava no firmamento. Mantinham os braços erguidos, de mãos espalmadas, à altura dos ombros. Tudo me soou um tanto a ridículo.

Era gente compósita: livres, libertos e escravos, homens e mulheres, moços e velhos. As túnicas de puro linho, de tons suaves, misturavam-se à estamenha de cores fortes. O motivo do peixe aparecia frequentemente, nos poucos adornos que traziam consigo: pingentes de pulseiras, brincos, uma fíbula... Não compreendi, na altura, qual a relação entre aquele símbolo obsessivo e o labrego da estatueta de barro, vestido de peles, que transportava um cordeiro.

A oração terminou, mas não o ofício. Um homem acercou-se do altar, com solenidade. Reconheci-o: era o tal comerciante de frutos que o meu escravo, certa noite, me havia designado como supervisor daquele culto e que, num pátio escuso, repartia o pão, à mesa, com outros comparsas. Airhan tinha razão quando me informou de que ele frequentava a casa de Máximo Cantaber.

Exibiu as palmas das mãos e começou a recitar um texto em grego: tratava-se duma história oriental, cheia de antíteses, eventos que aconteciam e não aconteciam, animais que se moviam e estavam parados, objectos que eram, mas também não eram. Através dos ornamentos, o recitativo deixava difusamente entrever o percurso duma personagem que, em certa cidade da Judeia, procurava um sítio onde a mulher pudesse dar à luz. Dos homens livres ali presentes poucos compreendiam o grego; dos escravos, nenhum. Mas o mercador de frutas prosseguia, monótono, como se o facto de a maioria não entender fosse em absoluto irrelevante, ou, quem sabe, conveniente. A figura extática, a entonação repisada, marcada de pausas, o balanceio leve da folhagem em volta, pareciam provocar nos circunstantes uma compenetração lerda, parada, hipnótica.

Nessa altura, uma mulher de túnica azul-clara, pregueada à grega, voltou-se na minha direcção e ajeitou o cabelo. Não sei que impulso foi aquele, se provocado por uma espontânea impaciência, se por qualquer ruído que eu, sem querer, tivesse produzido. Ao movimento, o sol, passando-lhe nos olhos, de um verde muito esbatido, quase os iluminou num relance brevíssimo. Ela fitou-me por um instante e eu desviei o olhar. Não tinha nenhuma razão para sentir vergonha, mas vi-me compelido a baixar o rosto. Quando o tornei a levantar, já a mulher contemplava o oficiante, com a mesma atenção de todos os outros.

Uma certeza acudiu-me logo ao espírito. Aquela só podia ser Iunia, a filha mais velha de Máximo Cantaber. Nenhuma das mulheres livres, ali presentes, podia estar vestida com um peplo tão caro.

Terminado o recitativo, fez-se silêncio. Um outro homem, já de idade, chegou-se ao altar, com um papiro desenrolado na mão, e anunciou uma carta da comunidade de Terash, do outro lado do Marenostro. «Irmãos em Cristo, de cordato e símplice coração...», começou ele a ler. Era grego, outra vez, não do melhor. Iunia de novo voltou a face para mim, agora lentamente, procurando-me, de feição intencional. Os olhos, quase transparentes àquela luz, dilataram-se, súbitos, e seguiram os meus. Um dos cantos da boca franziu-se-lhe, num ricto entre interrogativo e severo. Fiz um gesto tolo, pretensamente distraído, de afeiçoar a correia da sandália. O olhar claro de Iunia perdurou até que eu retomasse o meu caminho, perturbado, como uma criança surpreendida em falta.

Não prossegui pelo percurso que bem conhecia. Preferi afastar-me o mais possível do grupo que celebrava aqueles mistérios, não fosse alguém julgar que um magistrado da cidade cultivava a perversidade de espiar, em pessoa, as práticas dos cidadãos. Quase circunvaguei todo o perímetro da propriedade até endireitar, por um carreiro, em direcção à residência.

Remoía comigo vários motivos de inquietação. Aquele culto do peixe, de aparência pacata e despojada, embora promíscuo e estranho, praticava-se de facto em casa dum amigo meu, entre o seu pessoal, com participação da sua filha mais velha. Nesse acto pontificava um estrangeiro, das classes baixas, que não escapara à perspicácia do meu informador Airhan. As denúncias tinham, pois, razão de ser, conquanto nada estivesse demonstrado no que respeita às questões de fundo. Por outro lado, havia um escravo acorrentado à porta, o que, ainda que lícito, não deixava de demonstrar algum mau gosto, totalmente inesperado em Máximo Cantaber, para não falar de imprudência, nos tempos que corriam, impróprios à insatisfação dos servidores. Quem sabia quantos escravos revoltados se misturavam já aos bandos mouros? Aquele espectáculo, aos olhos da cidade, só podia resultar em desabono de Máximo, e em meu desprimor também, sendo seu amigo. Finalmente, o olhar altivo de Iunia Cantaber, a um tempo tão inocente e tão determinado, que me diminuía e desassossegava sem que eu soubesse porquê.

Fui dar com Máximo a dormir entre almofadas, num banco de pedra, debaixo duma pérgula. No chão, abandonada, uma podoa. O braço, pousado sobre o rebordo do banco, oscilava brandamente ao ritmo de uma respiração pesada. A cabeça descaía-lhe sobre o peito e os seus belos cabelos brancos, que usava excessivamente longos, tombavam-lhe sobre a testa. Estava em paz, alheado do mundo, no país dos sonhos. Cometi a crueldade de acordá-lo.

Segredei-lhe ao ouvido, retomando brincadeiras velhas: «Não raro o bom do Homero dormita!» Máximo não se sobressaltou. Abriu os olhos, tomando o seu tempo, endireitou a cabeça e depois levantou-a para mim. A minha imagem devia surgir-lhe confusa, na contraluz do sol a bater na folhagem. Demonstrou alguma dificuldade em reconhecer-me as feições. Depois sorriu e levantou-se:

— Lúcio Valério Quíncio! Em pessoa! E eu a julgar que fazias parte do meu sonho...

— Quando os amigos não me visitam, Morfeu traz-me a visitar os amigos. Cá estou, com humildade...

— Ah, Lúcio, tem-se passado tanta coisa...

Recusei o vinho que Máximo queria oferecer-me e sentei-me também no banco de pedra. Aludi à podoa, rebrilhante, sem réstia de terra ou fio de erva, e rimos ambos dos árduos trabalhos agrícolas de Máximo. Naquele momento, senti um verdadeiro prazer em estar com ele e quase esqueci os motivos que ali me levaram e a assembleia que presenciara pelo caminho. Reparei no entanto que Máximo, embora tentasse ser efusivo e conversador, fazia repentinas pausas, a meio das frases. Olhava-me, na altura, quase assustado, como se tivesse perdido a memória daquilo que queria dizer, para retomar depois com dificuldade o fio do discurso. Também, quando as frases pareciam fluir e ficavam bem coordenadas com os gestos, ocorriam-lhe estranhas repetições de orações inteiras, por revoadas sucessivas, muito rapidamente e num tom de voz deslocado, como se fosse o discurso de outrem que estivesse ali a intrometer-se, à pressa, e a copiar-lhe a fala.

Mas a conversa, que tinha começado em tom desprendido e alegre, entrou pouco a pouco a adensar-se, e o viso risonho de Máximo foi dando lugar a um abatimento cada vez mais sombrio. Lembrou a morte da mulher, anos atrás, após um sofrimento doloroso, alongou-se sobre o estúpido desastre de cavalo que vitimara o genro... Pegou na podoa e arrumou-a, junto à erva, com um cuidado minucioso e excessivo. Fazia agora grandes silêncios. De repente, observou:

— Então, o pobre do Pôncio, lá se foi também...

Não havia nenhuma censura naquela frase. Era um pouco a reafirmação de que todos somos dependentes do destino e que não temos outro remédio senão submeter-nos a ele.

143

— E, agora, estes mouros... Quem podia adivinhar que eles insistiriam... É absurdo, hem?

— Ridículo — acrescentei eu. Mas Máximo apertou-me subitamente o braço.

— Lúcio, não vais demolir a minha casa, pois não?

Expliquei-lhe que a muralha nova não passava por ali, o que era mais do que evidente. Insisti em tranquilizá-lo. Debrucei--me. Desenhei na areia um mapa tosco. Máximo acenava gravemente com a cabeça. Pensou, antes de se atrever à pergunta:

— E se passasse?

Reparou no meu embaraço e esforçou-se por mudar rapidamente de assunto. As palavras saíram-lhe engroladas e caóticas. Eram sobre a recuperação da casa, as despesas que isso lhe trazia, o estado em que se encontrava o hipocausto, que aliás não podia aquecer, porque a sua filha Iunia se opunha...

Calou-se, torceu os lábios e olhou para mim. Depois, levantou-se, deu uns passos largos e pensativos, abriu os braços e atirou:

— Não vale a pena disfarçarmos. Vamos direitos ao assunto. É por causa da minha filha que tu aqui estás, não é, Lúcio?

— Murmura-se muito por essa cidade...

— Já não é livre o culto no Império?

Não me deixou responder. Veio pressuroso, inquieto, sentar-se de novo junto a mim. Falava agora muito alto. Aquele efeito nervoso da repetição das frases era cada vez mais insistente e perturbador:

— Lúcio, a culpa é desse Mílquion, que se diz mercador de frutos, mas me parece a mim mercador de almas. Iunia não está bem. Sofreu com o falecimento da mãe, desesperou com a morte do marido. Esse homem convenceu-a de que, depois do fim, os seres queridos podem permanecer vivos, em espírito, numa região qualquer das esferas. Iunia entregou-lhe com boa-fé a ingenuidade dum espírito fragilizado pelos desgostos. Vê se compreendes, Lúcio.

— Tenho recebido denúncias... Os cidadãos desconfiam de tudo o que pareça diferente...

— Mas que posso eu fazer? Proíbo a celebração desses mistérios em minha casa e sujeito-me a saber que a minha filha vai praticá-los sei lá aonde? Viste a gente que ali está? Há escravos entre eles! Escravos! Antes os quero sob o meu tecto e sob a minha vigilância que em qualquer pardieiro da cidade.

— Mas porque é que, como pai de família, não presides tu à cerimónia?

— Porque aquela é uma religião grosseira, oportunista, imprópria de gente de bom nascimento, e que repudia os costumes familiares dos romanos. Eu sei. Eu sei! Recebi o mercador uma vez. Nota, Lúcio: uma única vez. Fala grego vulgar, como os escravos dos portos. Mas podia eu expulsá-lo? Perder a minha Iunia? Ver-me envolvido em processos vergonhosos?

— Que tencionas fazer?

— Diz-me, Lúcio, diz-me tu, que és seguramente mais sensato do que eu: que devo fazer?

Houve um rumorejo brusco, e uma face risonha e florida irrompeu, de entre os arbustos. Muito corada, a jovem Clélia exibia-se, com um enorme ramo de flores nos braços, uma grinalda de malmequeres nos cabelos. De um salto, interpôs-se com um grande à-vontade, e ficou a olhar para mim, alvoroçada. Enfim, respirou fundo e abriu mais o sorriso.

COMC_D-PBT-10

Máximo mostrava-se embaraçado e não sabia se havia de repreender ou acolher Clélia, que estava agora parada entre mim e ele, sem deixar de me fitar. Eu esbocei um leve cumprimento, que quis severo e definitivo. Sentia-me contrariado pelo aparecimento da rapariga. A atitude parecia-me abusiva, mas esperei em vão que o pai a admoestasse. Reconhecera-a logo, depois de a ter avistado no funeral de Pôncio. Estava longe de esperar que ela se me apresentasse daquela forma tão atrevida e tão directa:

— Às vezes vejo-te passar no fórum, Lúcio Valério. Quase nunca perco uma das sessões do teu tribunal. Tu, claro, não reparas em mim... Ingrato.

Torceu os lábios, falsamente zangada, e encostou-se ao pai que, colaborando desajeitadamente na brincadeira, a amparou. Máximo fez, com a mão livre, um gesto desconsolado, implorando paciência. Surpreendido, eu tentava encontrar qualquer cumprimento, qualquer frase, que exprimisse, simultaneamente, o meu gosto de ver ali a filha mais jovem de Máximo, e a contrariedade por ela interromper um encontro que tratava de matérias importantes. Máximo, enfim, com excessiva brandura, pediu-me desculpa e convidou Clélia a deixar-nos.

A jovem riu, de cabeça inclinada para trás. Estava obviamente acostumada a um convívio pouco respeitoso com o pai e não se coibia de embaraçá-lo na minha frente. Com um esforço exagerado, balanceou o ramo de flores e ervas que trazia apertado contra o peito e tirou uma rosa com a boca. Recolheu-a depois entre dois dedos, ajudando a manter a posição do ramo com o auxílio do joelho, e acabou por dependurá-la num ramo alto:

— Atenção, meu pai, falar sempre debaixo da rosa!

Depois, muito faceta, deitou-me um olhar de viés, aconchegou as flores ao peito e despediu, rindo, numa corrida, deixando atrás de si um rasto de pétalas trucidadas. Quando ela desapareceu, esmoreceu o sorriso de Máximo:

— Que achas então que faça? Que feche Iunia num cubículo? Num ergástulo?

— Não quero distúrbios na cidade. Não quero que te apedrejem a casa. Por favor, fala com ela.

— Fala com ela, fala com ela! Como se não tivéssemos tido tanta conversa frustrante e vexatória. Iunia acredita naquele homem! Ou está possessa daquele deus, sei lá!

E, serenando, mais reflexivo:

— Pensando bem, Lúcio Valério, as divindades dos nossos pais limitam-se a ir gozando a sua eternidade. Não nos compensam as nossas perdas... Que nos interessam os deuses que vivem por aqui e por ali, tão perto, mas tão distraídos? Fazes um contrato, fazes um sacrifício... «Dou para que dês!» Quem te garante que os deuses cumprem a sua parte?

— Sim — concordei eu. — Quem garante?

E qual era o fiador daquele deus oriental? Não cheguei a dar réplica. Fiz apenas notar que as celebrações na casa dele eram devassadas por meia cidade, por cima do muro. Se eles ao menos se encontrassem de maneira mais discreta, se não dessem nas vistas, se se fizessem esquecer, por uns tempos...

Eu ia continuar, mas Máximo empalideceu, removeu os lábios e balbuciou:

— O frio que está, Lúcio...

Era pela hora sexta, o sol caía, pesado, ambos transpirávamos. Máximo apoiou-se ao espaldar do banco. Foi com um grande esforço que me disse, articulando, penosamente, palavra a palavra:

— Agradeço-te muito, Lúcio Valério, a tua intervenção de amigo. Desculpas-me, se não te acompanhar ao portão?

Arquejando, de braços cruzados sobre o peito, arrastando os pés, foi-se aproximando de casa. Eu chamei os escravos e quis acompanhá-lo. Máximo recusou. Endireitou-se, sacudiu a cabeça, abraçou-me, rejeitou o amparo do criado e entrou.

Eu para ali fiquei, sem a certeza de que aquela minha visita tivesse sido um bom passo. Sentia-me inábil, frustrado e vagamente irritado com o descaro de Clélia. A rosa que ela tinha colocado na árvore caíra sobre o banco de mármore, como um borrão vermelho brilhante, a desfeitear a lisura monótona da pedra... Só então me ocorreu o pedido do escravo porteiro. Esquecera-me completamente do homem e isso ainda mais acrescentava o meu desconforto. À saída, lá teria eu o pobre--diabo a lastimar-se atrás de mim, com aquela horrorosa corrente a ranger e a deixar traços na areia...

Máximo não era pessoa para castigar levianamente um servidor. O mais certo era tê-lo convocado, ouvido, deixado defender-se, formalmente, em frente do seu pessoal. Se lhe aplicou aquele castigo, mais um desdouro para a própria casa que para o castigado, precedera, decerto, uma razão forte. Tinha-se feito justiça, e então?

Mas eu sentia compaixão pelo escravo, remorso por não ter cumprido a minha promessa e revolta por estar inquietado por tudo isso. A compaixão é um sentimento nobre que deve apenas abranger os que são vítimas de um destino injusto.

Desligada do sentido de justiça torna-se mera pusilanimidade, imprópria dum cidadão.

A imagem do escravo agrilhoado que me obcecava naquela altura e o desejo intenso de aliviar a sua sorte não constituiriam um indício de amolecimento? Estaria eu a perder qualidades de cidadania? E foram, naquele instante, evocados alguns desvios, uns maiores, outros menores, do meu comportamento em relação ao que era lícito esperarem de mim. Apesar de tudo, dei-me graças por notá-los eu, antes que alguém mos apontasse, o que não haveria de tardar muito.

Descia para a saída pela álea de saibro e já avistava, junto ao portão, o velho escravo, acocorado no solo, na companhia dos dois cães, quando reparei que alguém me esperava, a um dos lados do caminho.

Encostada a um tronco, olhando para baixo, Iunia enrolava e desenrolava o véu, de tecido levíssimo, que usara momentos antes, durante a cerimónia religiosa. Não havia maneira de passar de largo. Ela estava obviamente à minha espera, interceptando-me os passos. Caminhei para Iunia, firmando o andar:

— Duúnviro, porque espreitavas as nossas orações, às escondidas? Não precisas de ser tão discreto. Convido-te sempre que queiras.

Não contava com a interpelação. O surgimento de Iunia, comigo desprevenido, incomodado ainda, depois da conversa tão desastrada com Máximo, era de uma total inoportunidade. Preferia ter esquecido a sua figura. Quando muito, recordá-la mais tarde à distância, ou encontrá-la com o resguardo da presença de outros, no quadro da convivência rotineira da cidade.

Debaixo da serenidade do tom e da impassibilidade das fei-ções, Iunia escondia um qualquer intuito provocatório que eu não conseguia apreender. Atrevia-se a pedir-me contas, quando quem lhe devia pedir contas era eu. Que lhe importava, se eu tinha passado desprevenidamente pelo local em que pratica-vam aqueles ritos? Respondi-lhe, quase hostil:

— Não cabe nas minhas atribuições fiscalizar o culto dos cidadãos.

— Interessas-te pela minha religião, Lúcio?

Tratava-me familiarmente pelo prenome. Assim como eu a reconhecera, apesar de não a ter visto depois de mulher, assim talvez ela ainda se lembrasse de mim, das poucas visitas que Máximo e eu trocáramos anos atrás.

— «Nada do que é humano me é estranho», como dizia o outro.

— A minha religião não é humana. Foi instituída pelo filho de Deus.

— Ah, de qual deles?

Calhara-me a vez de devolver a provocação e de manifestar, de qualquer modo, a minha contrariedade por ter sido abor-dado sem que o tivesse decidido ou previsto. Mas, simultanea-mente, no meu íntimo, ia dando rebate um indefinível sinal de perigo que eu quis iludir, afectando desprezo pelas palavras de Iunia. Se fui desdenhoso, ela pareceu não dar por isso. Estava determinada a confrontar o magistrado. Aquilo podia ser — sabe-se lá? — uma prova iniciática. Os meus modos pouco deviam contar para ela:

— Filho do Deus todo-poderoso!

— E esse tem muitos filhos?

— Um único. Que mandou à Terra para nos salvar e que vocês crucificaram.

— Vocês? Eu nunca mandei crucificar ninguém, nem tenho poderes para isso. Não há machado nos meus feixes. Aliás, seria difícil crucificar um peixe. Anatomicamente é complicado.

Nesse momento, a irritante serenidade das feições de Iunia, que não excluía uma estranha dureza, alterou-se levemente. Senti um ligeiro franzir dos lábios, um desviar de olhos e uma respiração mais funda, que me devolviam a medida — julguei — da minha incorrecção:

— O filho de Deus tem forma humana e veio ao mundo para nos salvar. A ti, também.

— Não me importo de ser salvo. Ninguém se importaria, acho eu. E esse peixe que vocês por aí pintam, o que é?

— *Ichtús!*

— Eu sei, também falo grego.

Didacticamente, com uma paciência afectada, explicou-me, a partir das iniciais do vocábulo, que se tratava de um anagrama para Jesus Cristo Filho do Deus Salvador. Enquanto falava, ia passando o véu, enrolado, de uma mão para a outra. Ocorreu-me a história do tal díscolo judeu, chamado Cresto, que outrora havia provocado tumultos em Roma. Não quis perguntar-lhe se se tratava do mesmo indivíduo. Aquela conversa religiosa interessava muito mais a Iunia do que a mim próprio. Mas a verdade é que, paradoxalmente, não tinha nenhuma vontade de que ela terminasse, porque a presença de Iunia se me impunha mais do que as suas palavras.

— Óptimo! Seja bem-vindo ao Panteão. Há lugar para todos.

Ainda bem que não tem forma de peixe. E o que é que ele tem para dar?

— Bondade e misericórdia.

As palavras vieram atiradas com uma irritação muito contrastante com a brandura do seu significado. Tinha, enfim, conseguido impacientar Iunia. Quase infantilmente, considerei isso uma pequena vitória, que nela se reconhecia pelas faces agora contraídas, pelos lábios rígidos, pela dureza da voz. Bondade? Misericórdia? O escravo acorrentado permanecia, lastimoso, sentado à sombra, à nossa vista. Apontei-lho, e disse qualquer coisa num tom que pretendia irónico.

— Não era do escravo que eu estava a falar! — irritou-se Iunia.

Fiz um trejeito a simular uma profunda surpresa. A voz de Iunia subiu de tom, seca e agastada:

— Estava a falar-te na Salvação e atiras-me com particularidades domésticas. Serás tu como os rústicos que só se interessam pelas pequenas aparências da vida? E que julgam que os seus deuses grosseiros habitam nos bosques?

— Aquilo em que eu acredito diz-me respeito só a mim. Não te dá pena, o teu escravo?

— Não me queres ouvir? Adeus, duúnviro.

De sacão, traçou ao pescoço o véu que apertava nas mãos, voltou-me as costas e começou a afastar-se de mim. Eu dei um passo na direcção de Iunia e recomecei a falar muito rapidamente. Creio que gesticulei. Procurei dizer-lhe que se acautelasse, adverti-la sobre a má vontade que existia em Tarcisis contra os da sua seita. Comi as palavras. Fui atabalhoado. Queria contar-lhe tudo isso, sim, mas, sobretudo, não queria que ela se fosse...

— Não te preocupes, duúnviro. Estou bem guardada!

E Iunia, antes de começar a correr, virou-se para mim e exibiu o pingente de ouro em forma de peixe que trazia ao pescoço.

Como eu esperava, o escravo, logo que me viu aproximar, arrastou-se ao meu encontro. Tive de me desviar para impedir que ele se me arrojasse aos pés. Gritava com uma voz esganiçada, trémula, sarilhando os gestos de tal maneira que um dos cães, excitado, ladrou à toa, dente arreganhado, olho oblíquo, focinho no ar.

— Já falei, já falei... — resmoneei, passando de largo.

Não quis olhar para trás, mas continuei, durante algum tempo, a ouvir o ruído tilintado daquelas cadeias e os gemidos do homem, que me pareciam aldear um sofrimento fictício sobre um sofrimento verdadeiro.

A minha comitiva, pressurosa, compôs-se e formou. Os lictores perfilaram-se à frente da liteira, os carregadores disfarçaram o jogo da murra com que se entretinham à socapa e tomaram os varais, os outros agruparam-se atrás. Mal eu entrei, a liteira balanceou e ergueu-se do chão.

Mas, antes que eu desse ordem de marcha, as cortinas, ao meu lado direito, foram bruscamente arredadas. Sentada no muro, a jovem Clélia estendia a mão, segurava a cortina e olhava para mim, muito corada.

— Vi-te a conversar com a minha irmã... — disse.

— E então? Não é razão para esse atrevimento!

Clélia estava embaraçada, não sabia bem o que dizer. Não deixava de repuxar a cortina com a mão direita, que tremia. Cruzei os braços, afectando impaciência:

— Iunia quis converter-te à religião dela? — acabou por perguntar, com uma timidez que contrastava com os gestos desenvoltos e floridos que tinham interrompido a minha conversa com o pai.

— E se fosse verdade? Porque é que eu havia de contar-te?

Clélia debruçou-se um pouco mais para a liteira. Receei que se desequilibrasse. Sussurrou:

— Coitada da Iunia... Perdoa-lhe, duúnviro. A minha irmã está toda entregue àquilo. Metem escravos em tinas e passam-nos por água. «Bapetissmóss», dizem eles. Quase só falam grego. Até os escravos já andam para aí a dizer frases em grego... Eu acho que devo protegê-la. Compreende, duúnviro.

Clélia, inesperadamente, quase chorava. Eu procurei manter a fisionomia muito rígida, passei-lhe, paternal, as costas da mão pela cara, cerrei as cortinas, e dei um estalo com os dedos para que os escravos se movimentassem.

À transparência das cortinas, ainda distingui durante algum tempo, por cima do muro, a sombra da jovem Clélia que me acenava. Entrámos na ladeira, caminho do fórum. E foi de Iunia que eu me lembrei durante o resto do percurso.

Nessa tarde, presidi ao tribunal, na nave tumultuosa da basílica. Proserpino, com aspecto feroz, em nome de um seu cliente, queria ver despejado o arrendatário duma loja, que fazia comparecer ali, pelo braço dos seus escravos. Era matéria para toda a tarde, e sorte teria eu se não se prolongasse pela noite fora. Os litigantes lamentavam-se e procuravam chamar a minha atenção. Os assistentes aplaudiam ou vaiavam, conforme as facções.

Fazia tanto calor e era tão abafado o recinto, delimitado por reposteiros, que todos nós transpirávamos. As moscas voavam sem rumo, pegajosas, a própria cera das tábulas parecia mais mole e menos resistente às incisões do estilete.

Proserpino exigia em altos berros duas clepsidras; o representante da parte contrária reclamava o mesmo. Lá ao fundo, desinteressado do julgamento, Rufo passeava na basílica, entre dois cidadãos. Ouvia com circunspecção e depois parava, perorando em volta. Saiu do meu campo de visão. Eu atribuí uma clepsidra a cada litigante, indiferente aos protestos da praxe, e debrucei-me sobre a mesa para ouvir a alegação de Proserpino.

Não tardou, dava eu por mim a desenhar um peixe na tábua de cera...

Capítulo IX

— É isto um mouro?

O cadáver ensanguentado e coberto de lama vinha sacolejado numa padiola de madeira que, numa das extremidades, rolava sobre rodas toscas. O aparelho era manuseado por três homens que riam, eufóricos, e se exprimiam no linguajar dos campos. Proprietários da curiosidade, pediam moedas aos que iam acorrendo ao fórum, ao som da notícia. Os rústicos tentavam manter o despojo coberto com uma serapilheira, só o desvendando a quem pagasse, mas, em breve, a multidão era tanta e tão curiosa, a puxar a cobertura de tantos lados, que apesar dos repelões dos labregos ficou o corpo exposto e patenteado. Quando eu cheguei, acompanhado de Aulo, estava um cidadão a fazer a pergunta, com um ar entre curioso e agoniado: «É isto um mouro? Que mal que cheira!»

Todos se afastaram, para que o duúnviro pudesse presenciar. Fez-se silêncio. Um dos portadores enrolou e dobrou a serapilheira, deixando o cadáver bem à mostra.

O mouro era de pequena estatura, tão magro e de tão fraca aparência que dir-se-ia incapaz de, em vida, ter manejado uma arma. O cabelo negro, comprido, crespo, polvilhado de terra e restos de mato, formava, com o sangue coagulado, uma pasta na fonte esquerda onde o crânio havia sido atingido pelo golpe que o derrubou. Olhos encovados, de um negrume agora embaciado pela sombra da morte, testa curta e enrugada, nariz largo, pescoço alto, com um pomo estranhamente saliente, não diferia muito, no aspecto, de muitos dos rústicos desta terra. A pele era talvez mais escura, de um tom amarelado, que os livores da decomposição do corpo mais acentuavam.

Ao pescoço trazia um colar singelo de conchas pintadas. A envolvê-lo, até aos pés descalços, uma espécie de túnica de lã grosseira, de riscado, já muito revolta, esburacada e encardida. Ao lado, na padiola, uma espécie de gorra, de couro mole, forrada de ervas, que lhe servia de elmo. Atada ao pulso da mão esquerda, uma correia fina de utilidade duvidosa. O cheiro gorduroso, adocicado, do cadáver franzia as faces dos circunstantes e, passado o primeiro momento de curiosidade, dissuadia mais aproximações. Apenas os rústicos pareciam ser indiferentes ao fedor.

— Não tinha armas? — perguntou Aulo.

Acercou-se um dos homens que transportavam a padiola, desceu um fardo pesado que trazia às costas e desenrolou-o ali nas lajes. Lanças curtas, de ponta de cobre martelado, várias clavas formadas por pedras redondas encastradas em paus, um gládio hispânico, um saco com pedras de funda, dois arcos e flechas com pontas endurecidas a fogo e uns objectos de metal e de barro indefinidos, que talvez fossem amuletos ou ídolos...

Eram as armas capturadas a um bando que tentara acometer refugiados duma villa, não longe de Vipasca. Aquele mouro procedia como chefe — julgavam os rústicos —, embora não fosse portador de quaisquer insígnias que o distinguissem. A sorte tinha propiciado as coisas de forma a que, ao amanhecer, mal haviam arremetido contra os carros, num grande alarido, fossem surpreendidos por um grupo de trabalhadores que desde há umas horas os vigiava.

Os outros bárbaros ficaram pendurados pelas árvores, empalados, para exemplo e terror dos que por ali se atrevessem a reincidir. Ilesos, os proprietários da villa que se recolhiam a Vipasca, com baixa ingratidão, apenas tinham gratificado os salvadores com meia dúzia de sestércios e uma ânfora de azeite. Os rústicos arrastavam os restos do mouro para que todos soubessem a notícia e os felicitassem e remunerassem condignamente pelo feito. Tencionavam continuar a exibi-lo, por todas as povoações em redor, arrecadando como recompensa o dinheiro que a generosidade dos cidadãos quisesse despender. Como costumam fazer com as carcaças dos lobos ou dos ursos...

Mandei que dessem a cada labroste cem sestércios e que os vestissem e calçassem à minha custa. Quanto ao cadáver, que o atirassem para uma das lixeiras municipais, porque já tresandava e empestava o fórum.

Saberia, mais tarde, que os rústicos se banquetearam na taberna de Rufo Cardílio, que entregou quatrocentos sestércios a cada um e proferiu um discurso de agradecimento aos «bravos defensores das estradas», tratados com tanta ingratidão pelos notáveis.

Como já acontecera antes, o nervosismo e a excitação percorreram a cidade e os rumores ferveram. O mouro morto foi transformado pelas imaginações numa leva de prisioneiros capturados em recontro militar. O assalto na estrada de Vipasca foi multiplicado por cem. Muitos cidadãos convenceram-se de que o Sul fumegava de bárbaros, devorando territórios, cidades, agros, como a lava dum vulcão. Nessa noite, as estátuas falaram e riram, os galos cantaram fora de horas, fantasmas iluminados apareceram no telhado do templo de Jove e todos os presságios habitualmente acolhidos pela fantasia popular tiveram ocasião de se manifestar.

Não tardou que, por esta inconstância que é própria aos simples, a agitação esmorecesse, os sinais se fossem tornando mais raros, as mulheres deixassem de ver os olhos esbraseados dos mouros, no escuro dos quintais e peristilos, e as atenções se voltassem para os miúdos negócios da cidade: a campanha de Rufo, cada vez mais impante, as provocações dos cristãos, cada vez mais activos, os casos correntes do tribunal, sempre animadores da calhandrice. Um carregamento de gárum e sardinhas frescas do Litoral, sem que os portadores dessem notícia de qualquer sobressalto ou presença estranha na costa, pareceu desmentir o perigo bárbaro. Os ânimos do povo sossegaram, distenderam-se e adormeceram.

Mas se o povo é por sua natureza vário e pusilânime, afeito às aparências das coisas e distraído de pensar e prever, compete ao magistrado suprir essas fragilidades de alma, já que à turba ninguém pedirá nunca as responsabilidades que ao magistrado toda a gente pede.

Ainda arrastavam o mouro do fórum, e já eu tratava duma convocação especial da cúria para o dia seguinte. Quis que comparecessem imediatamente os servos municipais em casa de cada um dos decênviros, com uma carta minha, e que a citação fosse confirmada pelos lictores, para que não viessem alegar mais tarde desconsideração da minha parte. E acertei com Aulo os meios de assegurar a presença de todos no pretório, para não sofrer de novo a humilhação de uma convocatória incumprida.

A muralha, entretanto, estava praticamente reconstruída. Não havia já sinal da casa de Pôncio, nem dos armazéns e pardieiros demolidos. Apenas no aparelho dos muros recentes sobressaíam, aqui e além, embutidos, restos de colunas e pedras ornamentais que tinham sido incorporados à pressa. Cimento e reboco em breve os esconderiam. A multidão de trabalhadores parecia agora mais esparsa e mais lenta. Queimavam-se escórias. Desmontavam-se andaimes e gruas. Ouviam-se canções.

Aulo fez questão de me mostrar uma velha máquina, recuperada do entulho que atafulhava a caserna arruinada, junto a uma das portas. Era uma pequena catapulta, daquelas a que chamam «escorpião» e que dispara virotes por uma calha, com ímpeto capaz de trespassar uma chapa de bronze a duzentos passos. Estava bastante danificada, com um dos suportes partido, mas o essencial do mecanismo, as fortes molas de ferro, o arco de aço, a calha, se bem que enferrujados, poderiam reparar-se com facilidade, mesmo em Tarcisis. Aquela máquina, provavelmente, nunca fora usada em combate. Arrumaram-na para um canto, na mesma altura remota em que a pacificação da zona havia tornado dispensável a solidez das muralhas. A pouco e pouco, cobriram-na de trastes e de lixos. Aulo tinha-a salvado da destruição quando os servos já se preparavam para

160

a queimar num monte de madeiros velhos. Ordenara que a levassem para as ameias e experimentara pontarias e posições, medindo os horizontes com ela.

Satisfeito e orgulhoso, o meu centurião explicou-me com minúcia o funcionamento do «escorpião» e chegou a exemplificar, fazendo correr uma cana no interior da guia. Infelizmente não havia possibilidade de copiar «escorpiões» em série, guarnecendo as muralhas com uma bataria de balistas daquele tipo. As molas tinham sido fabricadas em Roma e nenhum dos ferreiros de Tarcisis mostrava perícia ou oficina para lavra tão complexa. Mas talvez se pudessem tentar uns arremedos que atirassem pedras, ou pelouros de barro, em vez de virotes...

Eu estava surpreso por ver Aulo tão animado, tagarelando fluentemente, quase com alegria, sobre uma matéria que lhe era, decerto, familiar, mas que não me parecia de dignidade suficiente para prender, durante muito tempo, a atenção de quem não fosse militar ou ferreiro. Deixei-o falar, mais pelo gosto de ver desenrolar-se uma loquacidade insuspeita, e manifestar-se uma capacidade de iniciativa inabitual, do que pelo interesse nas miuçalhas técnicas. Era útil para a defesa da cidade? Isso me bastava. Mas quando é que este meu centurião deixaria de me surpreender?

Mal descemos, por um dos torreões da porta principal, dobrava uma esquina próxima um estranho cortejo, escuro e lento, que se aproximava, em passo medido. Homens e mulheres caminhavam agrupados, muito juntos, vestidos com trajos sombrios. Ao alto, sobre os ombros de quatro servos, balanceava uma padiola, com um corpo embrulhado numa mortalha. Um tocador de flauta atirava para os lados uma música funerária, de tons sempre repetidos. Quando um cheiro repugnante repassou os ares, arrepanhou as caras dos janitores e fez recuar quem se encontrava ao pé da porta, distingui Iunia Cantaber à frente da procissão, marchando a pé, à maneira da gente do povo. O cadáver do mouro era o que eles traziam.

Uma vez mais, ao ver Iunia, senti por todo o corpo uma impressão de incomodidade, súbita, intensa, quase dolorosa. Não queria voltar a confrontar-me com a filha de Máximo Cantaber. Por uns momentos breves considerei a oportunidade de me afastar e de deixar o assunto entregue a Aulo, evitando-a. Era o que devia ter feito, mas não fiz. Senti-me estranhamente imobilizado, fincado na terra, sem conseguir desfitar os olhos dela.

O grupo parou, soturno, junto à porta. O tocador arrumou, profissionalmente, a flauta dupla num estojo de couro. O mercador de frutos secos tomou lugar à frente da padiola e estacou, de braços cruzados, ostensivamente. Ninguém lhes vedava o caminho. Mas todos em volta, incluindo os guardas e Aulo, estavam fitos em mim, como se à espera da minha palavra. Tapei o nariz com o manto. O fedor do cadáver em decomposição tornava-se cada vez mais insuportável.

— Impedes-me a passagem, duúnviro?

Eu não estava a impedir a passagem de ninguém. Apenas me encontrava por ali, no desempenho das minhas funções. Agora, não podia voltar as costas, pura e simplesmente, e ir-me embora. Os curiosos começavam a aglomerar-se a alguma distância. Para não responder ao mercador tive que me dirigir a Iunia que, pela sua posição social, não podia ser ignorada. De resto, era da presença de Iunia que derivava o atrevimento far-ronqueiro do homem.

— Que vais fazer com esse corpo, Iunia Cantaber?

— Vou enterrá-lo, Lúcio Valério.

— Os tempos de Antígona já passaram.

— Este homem era meu irmão.

Iunia desafiava-me. Era rebaixar-me, aceitar o desafio. E era tolice, continuar a conversa. Dissesse eu o que dissesse, apenas serviria os desígnios de Iunia e do seu grupo de prosélitos. Ao longe, os populares, num sussurro que já ia alteado e áspero, aguardavam que o seu duúnviro tomasse qualquer atitude. O tocador de flauta, como tivesse terminado o trabalho ajus-tado, foi-se afastando, fleumático, com o seu estojo debaixo do braço.

— Aulo! Manda enterrar aquele homem fora da muralha!

Fez-se silêncio. O tocador de flauta, sem deter a sua marcha, olhou para trás. Depois a algazarra ressurgiu, porventura mais intensa. Num instante, Aulo desencantou meia dúzia de vigi-lantes com alviões e pás que se juntaram ao cortejo. A meu lado, tomou conta das operações e começou a bradar ordens. Os escravos que traziam o corpo foram substituídos, com alguma rudeza, por guardas da cidade que, repugnados, se puseram em marcha à voz de Aulo, para fora de portas, em passo caden-ciado.

Fiquei a vê-los progredir. À distância, o cortejo hesitou e deu umas voltas inúteis. Aulo, do lado de fora, como se comandasse uma formação militar, berrava desalmadamente, apontando um local. Ali se agregou o préstito, e os guardas começaram a escavar.

163

À vinda, quando Iunia passou por mim, olhando em frente, no propósito de me ignorar, tomei-a por um braço, esforçando--me por sorrir, e levei-a até à minha liteira, que já me esperava junto da porta. Iunia fez menção de resistir, ainda olhou para o bispo e para os outros, mas todos, vendo-se rodeados de guardas e do meu pessoal, preferiram dar a peripécia por concluída. Naqueles instantes, sem perder o sorriso, em voz baixa, fui falando a Iunia de assuntos completamente insignificantes, só para que os populares certificassem que o duúnviro não estava afrontado e que o incidente se havia resolvido a bem. Iunia manteve o mutismo, não correspondeu à minha afabilidade, mas deixou, docilmente, que a instalassem na liteira e escoltassem de volta.

Mara já sabia do episódio quando regressei a casa. Ajudou--me, no balneário, e ceou comigo, muito simplesmente, à mesa do tablínio, como era hábito, na falta de visitas.

— Que te parece, essa Iunia Cantaber? — perguntou, ocasionalmente, depois de uns comentários domésticos e dispersos.

— Obstinada.

— Sabes o que Galla me contou?

Dias antes, Iunia tinha armado um escândalo à porta das termas, na hora das mulheres. Quando Galla se aproximava, juntamente com outras, Iunia Cantaber fez cruzar a sua liteira na frente delas, apeou-se e dirigiu-se-lhes com muita vivacidade. Que a nudez dos banhos era indecorosa, que tudo eram adornos e vaidades, que deviam todas regressar imediatamente a suas casas e reflectir sobre os castigos da Geena.

Galla confessara que se havia sentido perplexa e inquieta por ver uma pessoa de categoria a expor-se assim, em plena rua, aos dichotes das mulheres. De facto, as outras não pouparam Iunia. Riram, quase a empurraram. Foi a irmã mais nova, Clélia, quem a puxou por um braço e reconduziu à liteira, evitando que fosse ainda mais desfeiteada. Lá seguiram as duas, com os seus custódios, sob a risada geral. Mas, desde esse dia em diante, todas as tardes, mal tocava a sineta para o banho das mulheres, lá estava Iunia, à porta das termas. Nunca mais voltara a discursar, mas postava-se nas escadas, vestida de tons escuros, sem maquilhagem, de braços cruzados, para que todas a vissem bem. E suportava, impassível, os remoques e ironias das que entravam. Quando uma ou outra a interpelava, em particular, de jeito as mais das vezes cínico e desfrutador, falava largamente no seu deus. Punha os olhos ao alto e profetizava. Por perto, sem intervir, a irmã, preocupada e impaciente, passeava, velada, num esforço inútil para que a não reconhecessem.

— Estranha mulher, não é, Lúcio? Como a achaste?

— Teimosa, como te disse.

— Os cultos — reflectiu Mara — costumam celebrar-se de acordo com um ritual: os fiéis cumprem os seus mistérios, fazem as suas procissões. Mesmo os judeus têm lá as suas comemorações entre eles, sem incomodar ninguém. Mas este proselitismo de praça pública é tão... vulgar.

Enquanto falava, Mara olhava para a mesa e, com o cabo duma faca, ia alisando um pedaço de miolo. Parecia compenetrada daquela tarefa, como se transformar em pasta escorrida uma bola de pão fosse o objectivo mais importante e circunspecto do mundo. Formaram-se-lhe duas pequenas rugas sobre as sobrancelhas. Uma gota de azeite escorreu por uma lucerna, hesitou, alongou-se, tombou no pavimento. Mara agarrou no pão e fê-lo rodar entre as palmas das mãos, vigorosamente, até obter uma pasta fusiforme. Depois encarou-me, súbita:

— Ela é muito bonita, não é?

Não sei se responderia a esta pergunta. Provavelmente, confirmaria. Inquietava-me perceber, por detrás das palavras de Mara, indícios, mesmo levíssimos, de ansiedade. Mara, sempre atenta... As suas reacções eram mais manifestas nos semblantes ou nos gestos que nas palavras. Uma questão de bom-tom: para Mara os estados de alma não se verbalizam. Deixa-se que seja o outro a adivinhar...

Mas ela levantou os olhos, surpreendida, pousou as mãos na mesa e eu senti uma presença a meu lado. Aquele desagradável odor que bem conhecia, aquela voz baixa e rouca:

— A porta das traseiras estava aberta. Não havia ninguém. Peço-te que me perdoes.

Quase debruçado sobre mim, Airhan cofiava a barba e olhava, com desconfiança, para os lados da porta por onde havia entrado. Pedi a Mara que me deixasse a sós com o homem. Não porque me faltasse confiança em Mara, mas porque não queria afligi-la com as más notícias que provavelmente Airhan me trazia.

E eram, de facto, péssimas notícias. Hordas de bárbaros, a que se tinham juntado muitos escravos, passavam continuamente o Estreito e encaminhavam-se para o Norte. A guarnição de Septem tinha-se recolhido à cidade e, por insuficiência de forças, não tentara sequer tolher o campo aos mouros. As águas em volta do Galpe estavam de novo coalhadas de barcos. Não se tratava agora de bandos isolados, mas de uma multidão enorme e descompassada que incluía mulheres e crianças. Já na Península, tinham repelido, pelo número, os voluntários que lhes fizeram frente, e receava-se que assediassem Gades e Ossonoba. O caminho para Emerita breve estaria cortado, tantos os bandos que transviavam já à solta pelos campos, mais a norte. Serviam estes de guarda avançada, se é que qualquer ordem ou organização se podia discernir entre os invasores.

Foi quase exactamente nestes termos que Airhan se exprimiu, por minha imposição, na manhã seguinte, em frente da cúria. Todos estavam presentes, com excepção dos edis que, por razões óbvias, preferi não convocar. Os decênviros tinham vindo obrigados, debaixo de armas, um a um, conforme eu concertara com Aulo na tarde anterior.

Fiz com que um lictor anunciasse solenemente cada um deles, logo que entrava, entre guardas. Sorumbáticos, foram-se sentando nos seus escabelos, evitando olhar para mim. Quando mandei retirar a tropa, Ápito, por ser agora o mais velho e o mais rico, pediu a palavra:

— Nunca se viu, Lúcio Valério Quíncio, tamanha afronta aos notáveis da urbe como aquela que acabas de perpetrar, obrigando-os a comparecer perante ti e vexando-os com a força das armas. Disto saberá o governador.

— Alguém se propõe substituir-me?

— Não, Lúcio Valério! Hás-de ser deposto, por determinação superior e com as vergonhas que mereces, quando for a altura. E agora ninguém mais tomará a palavra porque estamos todos coactos, sendo homens livres. A guarda trouxe-te os corpos, não os espíritos. Contenta-te com os nossos invólucros! Assim me calo e todos se calarão.

Ápito estendeu a toga sobre a cabeça e todos os decênviros o imitaram e desviaram de mim os olhos. Houve uma revoada de panos sacudidos. Partículas de poeira ressaltaram e revolveram-se nos ares. Ápito, pelo caminho, tinha meditado aquele discurso. Já se fora o susto de quando se vira escoltado pela guarda sem saber as minhas intenções. Não era má, a antítese entre os corpos e os espíritos... E aquela do «invólucro», onde a teria ele recolhido?

Conduzi a reunião — se assim se pode chamar ao meu monólogo — como se não tivesse ouvido Ápito, como se as cabeças não estivessem lugubremente cobertas, como se reinassem a concórdia e o espírito de cooperação, numa ordinária reunião da cúria.

Comecei por uma longa exposição sobre as obras das muralhas, despesas, salários, e não poupei nenhum pormenor sobre materiais e opções de construção. Determinei sacrifícios. Fixei uma contribuição, bem elevada, por cada um dos presentes. Esperava que, nessa altura, pelo menos, alguém se mexesse ou esboçasse qualquer gesto de irritação ou protesto. Mantiveram-se impávidos.

Mandei um lictor chamar Airhan, que esperava no meu tablínio, e, em contravenção dos costumes, ordenei-lhe que expusesse perante a cúria o que me havia relatado na véspera. Não suscitou qualquer reacção. Nem um sobrolho se franziu.

Após ter dispensado Airhan, li um louvor a Aulo pela captura de Arsenna, agendei libações em honra do númen do Imperador e decretei a mobilização geral, incluindo escravos e rústicos, com treino militar acelerado para todos os mobilizados. Tudo para execução imediata.

Ao rematar cada ponto, eu não deixava de inquirir se os egré-gios e santíssimos decênviros estavam de acordo e se algum se queria pronunciar, com o seu verbo esclarecido e esclarecedor. Retive-os até à hora décima. Finalmente, pronunciei umas palavras solenes de exortação e dei a reunião por finda. Recom-puseram as togas e saíram sem me saudar. Ouvi o estalidar das sandálias no corredor e, depois, a vozearia que faziam ao longe, quando já nada os inibia.

Ainda nessa tarde, após o despacho necessário para pôr em acto as deliberações da cúria, entendi que era altura de convo-car o tal Mílquion, supervisor dos cristãos.

Devia talvez ter começado — muito antes — as minhas dili-gências por aí. Havia retardado o mais possível o meu contacto com o homem: por um lado, por não o considerar digno de vir à minha presença; por outro, porque, sendo protegido dos Cantaber, entendia não me ficar bem interpelá-lo sem falar primeiro com os seus senhores. Suspeitava de que a intransi-gência de Iunia derivava algum tanto desse Mílquion. Tencio-nava remexer a causa para, pelo menos, desviar o efeito...

Os lictores tardaram. Entretanto, sentado a meu lado, muito aplicadamente, Aulo verificava, com um dos seus homens, mais destro a ler e a escrever que ele próprio, as listas do censo de Tarcisis. De memória, ia preenchendo as lacunas, com men-ção dos escravos recém-adquiridos, dos filhos que iam aban-donando a pretexta, da gente avulsa das casas, dependente de um modo ou doutro dos paterfamílias. O censo dava, no todo, uns mil e quinhentos homens. Se conseguíssemos alistar uma metade desses já não seria mau.

Do pretório, ouvia distintamente os pregoeiros que, em pontos diferentes da cidade, às vezes ao som das tubas, anunciavam a mobilização e cominavam todos os homens válidos, de menos de cinquenta anos, a apresentarem-se na madrugada seguinte no terreiro do templo de Marte, junto à muralha. Grupos agitavam-se e gralhavam ruidosamente no fórum, deitando de vez em quando olhares furtivos para a minha janela.

A tarde esmorecia quando os lictores trouxeram Mílquion e um escravo, que se apresentavam em miserável estado. As roupas pendiam em farrapos, encharcadas, a ponto de deixarem poças de água por todo o lado.

— Fomos tirá-los da cisterna velha — explicou um lictor. — Estavam quase a afogar-se.

Mandei acender um braseiro para que os homens se aquecessem. Estavam cansados e tiritavam. O escravo não hesitou e agachou-se, estendendo as mãos para as brasas. Não considerei desvantajoso o desconforto deles para a conversa que iríamos travar, de maneira que me abstive de ordenar que lhes trouxessem roupas secas com que se cobrissem. Fui esperando...

— Sou todo ouvidos — disse eu, enfim.

— Tu é que nos mandaste chamar, duúnviro — respondeu o bispo, exprimindo-se num mau latim. — Já dei graças a Deus e agradeço-te também, porque foram os teus lictores o instrumento Dele para nos salvar a vida.

Não me movi, à espera da explicação que tardava. Mílquion acabou por dizer, com um suspiro:

— Caímos na cisterna.

Afastava a túnica estraçoada do corpo e expunha-a ao fraco calor do braseiro. Respondia-me muito preocupado com a secagem da roupa, entre bafos de vapor, como se fosse o caso mais natural do mundo alguém afogar-se na cisterna.

— Quem és tu?

— Mandas-me comparecer e não sabes quem sou? Sou Mílquion, senhor, mercador e bispo dos cristãos.

— Mostra o teu título de cidadania.

— Não sou cidadão romano, duúnviro. Sou sírio.

— Interessante. Havemos de continuar essa conversa. Agora explica-me, estrangeiro, como estavas, por assim dizer, tão distraído que caíste na cisterna pública. Filosofavas?

O escravo, identificando-se como servidor de Máximo Cantaber, pediu licença para intervir. O bispo, devido à sua natural mansuetude e sentido de caridade, havia omitido certos factos. Ambos tinham, com efeito, sido atirados para a cisterna com brutalidade. Por quem? Por um grupo chefiado por Rufo Cardílio.

— É verdade?

Mílquion encarou-me, enfim, e passou pelas barbas as mãos aquecidas. Era um homem da minha idade, mais alto, com traços regulares, queixo breve, barba emaranhada, cinzenta, descuidada, cabelos encrespados, cinzentos também. Não dizia uma palavra que a não pensasse primeiro; exprimia-se num latim elementar, muito contaminado de grego; os gestos eram longos, lentos, resultado de uma contenção aprendida nos passos da vida, que não no berço. Não tinha feições orientais. Olhos claros, embora de luz carregada. Podia passar facilmente por um macedónio ou um lídio.

— É verdade, duúnviro.

Ao escravo soltou-se-lhe a língua. Entendeu que a certificação do bispo era sinal para se desagravar em frente do magistrado. Mílquion baixou a cabeça e deixou-o falar.

A sua comunidade, por indicação de Iunia Cantaber, mulher virtuosa, e sua senhora, recolhia dinheiro para as viúvas e os órfãos e para os operários desprotegidos que já não pudessem trabalhar. Mílquion e ele próprio já tinham corrido toda a cidade, apelando à caridade de uns, levando o consolo a outros. Além da estatueta do bom pastor, traziam uma caldeira com tinta e uma trincha, para assinalarem com o símbolo do peixe as portas que acabavam de visitar.

Regressavam a casa de Máximo Cantaber, pois era aí que, em segurança, deixavam as esmolas recolhidas, quando, na rua de Rufo Cardílio, foram interceptados por uma matulagem de baixa extracção. Cortaram-lhes o caminho. Empurraram--nos. Insultaram-nos. Bateram-lhes com as cabeças contra a inscrição eleitoral, à porta de Rufo Cardílio. Depois, em grande algazarra, arrastaram-nos para dentro da taberna, o que, além da violência patenteada, representava ainda um sacrilégio, pois a sua religião vedava-lhes o acesso às tavolagens.

Foi o próprio Rufo Cardílio quem presidiu a uma espécie de julgamento. Acusaram-nos das práticas mais infames e de nada valeram nem os seus protestos, nem as suas súplicas. Partiram a estátua do bom pastor contra uma parede e Rufo tomou-lhes a escarcela com o dinheiro, que foi contando, moeda a moeda. No meio da farsa, Rufo perguntou a alguns dos comparsas o que lhes haviam de fazer. O escravo tinha protestado que era da casa de Máximo Cantaber e que o seu senhor tomaria qualquer violência contra eles como afronta pessoal. Atiraram-lhe vinho para cima e desataram às gargalhadas. Sugeriram os castigos mais obscenos e brutais e entretiveram-se nisto por um bom espaço. Rufo acabou por dar a sentença: ao banho! Antes de o grupo, no meio de chufas, os conduzir até à cisterna velha, sem que ninguém se tivesse oposto, Rufo atirou a bolsa com o dinheiro a Mílquion. Esse dinheiro, perto de setenta sestércios, jazia agora nos lodos da cisterna.

Eu não podia formalmente aceitar a participação dum escravo e dum estrangeiro contra cidadãos romanos. Que procurassem Máximo Cantaber, a quem competiria, querendo, instaurar o processo e trazer os prevaricadores a juízo. Mílquion respondeu-me que Rufo e os outros seriam julgados por um poder mais justiceiro que o de Roma, embora ele próprio, do fundo do peito, já os tivesse perdoado. E acrescentou solene uma citação em grego: «As minhas costas dou aos que me ferem e as minhas faces aos que me arrancam os cabelos. Não escondo a minha face dos que me afrontam e me cospem.»

Eu encolhi os ombros. Interrompi Mílquion para lhe dizer que, se o tinha mandado procurar, em hora para ele afortunada, não fora para o ouvir queixar-se dos cidadãos, nem recitar versículos proféticos, mas para o aconselhar a abster-se de atitudes e comportamentos que causassem perturbações na cidade. Acabava de verificar que tinha agido tarde e que estalara mais uma arruaça. Da próxima vez, e apesar da consideração que Máximo Cantaber me merecia, prenderia Mílquion no ergástulo.

Tenho toda a consciência de que este discurso foi um tanto injusto, em face da pouca culpa de Mílquion naqueles actos. Confesso que me movia alguma irritação contra o estrangeiro, pela influência que já exercia em Tarcisis sobre cidadãos romanos, mas também por aquela arrogância tranquila, impante de falsa ciência, dizedora de frases, pairando acima dos destinos do mundo. E sobretudo porque conseguia estar mais próximo de Iunia Cantaber do que eu.

Tinha-o chamado para o admoestar, para lhe recomendar moderação nos actos do seu culto, recatando-os das curiosidades, as mais das vezes malévolas, da cidade. Agora que me via confrontado com um desacato já consumado, e que sentia uma forte antipatia por Mílquion, não tinha boas razões para moderar as palavras!

— Há muito que ouço falar de ti, estrangeiro. Não creio que a tua chegada a Tarcisis tenha sido uma boa coisa.

— Mas que mal tenho eu feito, duúnviro?

— A discórdia...

— Eu trouxe mas foi a verdade.

— Então porque te apresentas como mercador, bispo?

— Porque é esse o meu ofício de ganhar a vida.

— ... E o disfarce com que penetras nas casas e insinuas a tua superstição. Isso dá-te algum domínio sobre os fracos. Buscas o poder, que mais não seja sobre os derrotados e desvalidos. Não é, Mílquion?

— Não, eu não sou assim. Não sou romano.

— Azar teu!

Ordenei que escoltassem os dois homens a casa de Máximo Cantaber, evitando a porta de Rufo. Resolvi, doravante, prestar mais atenção ao estrangeiro. As mãos dele eram largas e nodosas. Já tinha vivido sete vidas este Mílquion e nem todas bem vividas...

174

— Que te parece, Aulo?

Aulo encolheu o ombro direito como que a exprimir desdém e desconfiança.

— Um caçador de oportunidades. A cidade passava bem sem ele... — acabou por dizer.

E chamou-me a atenção para o ajuntamento que se ia aglomerando no fórum. Rufo, de novo com uma toga brilhante, subira a um pedestal desocupado e arengava, de costas para a basílica: vinha denunciar junto de todo o povo de Tarcisis a pérfida seita, apostada em minar confianças, apodrecer os costumes e lançar os cidadãos em práticas aberrantes, impróprias da humanidade. Um cartaz de madeira que alguém agitava mostrava um peixe a debater-se, trespassado por um tridente. O poeta Cornélio cirandava por perto. O homem do cartaz empurrou-o com desprezo.

— Ele fala bem, lá isso fala... — observava Aulo, espreitando pela janela, entre reposteiros. E, depois de uma pausa: — Queres que os varra da praça?

— Deixa, faz-se noite...

— Este Rufo cresce, cresce...

Aulo preparava-se para a ronda. Afivelou o cinturão em sacões bruscos, compôs a capa:

— A senha para esta noite, Lúcio Valério?

— «As águias não caçam moscas» — respondi-lhe a rir.

Comecei por ouvir passos desencontrados que pareciam correr pelo átrio de minha casa. Depois, um bichanar de vozes, mais alto, mais baixo. Logo, uma réstia breve de luz a deslizar por debaixo da porta.

Deparei com Máximo Cantaber sentado no átrio, visivelmente fatigado. Àquela fraca luz que embatia na pintura da parede, parecia ele próprio incluir-se na cena representada, em que o velho Príamo, rodeado de carpideiras e de anciãos entristecidos, lamentava a morte de seu filho Heitor.

Mara aproximou-se ao mesmo tempo e, vendo o estado de prostração de Máximo, tomou-lhe a mão.

— Diz, Lúcio Valério, diz, Mara, alguma vez provoquei os meus concidadãos? Alguém pode apontar-me alguma indignidade?

As chamas dum lampadário acendiam-lhe os olhos marejados. Mara apertou mais a mão de Máximo.

A fala saiu-lhe inconstante e defeituosa:

— Mataram-me os cães, Lúcio. Mataram todos os cães da minha casa. O que terei eu feito para merecer isto?

Cabisbaixo, encolhia-se depois contra a parede, como se repassado de frio.

Mara, condoída, secou-lhe a face com um lenço.

Capítulo X

— Não sei porque vieste.

— Não sei porque vim.

Fora dar com Iunia no jardim rodeado de colunatas que ficava por detrás da casa, em jeito de peristilo, aberto aos prados. Roseiras caóticas que misturavam pétalas murchas com pétalas vivas trepavam pelas colunas, amparadas a fios de esparto. Iunia sentava-se num banco formado pelo ressalto de tijolo que corria todo o muro de suporte das colunas e lia, não quis saber o quê. As ancilas que lhe faziam companhia demoraram a afastar-se, relutantes, e foram conversar, aos risinhos, para o outro extremo da colunata. Nesse momento, junto à porta de honra da cidade, frente ao pequeno templo consagrado a Marte, decorriam as operações de recrutamento e treino da milícia de Tarcisis. Eu resolvera, não sem hesitações, abandonar o terreiro por algum tempo para falar com Iunia. Saí tão precipitadamente, após o sacrifício, que todos devem ter pensado que fora chamado para negócios urgentes. Subia, sozinho, os caminhos da casa dos Cantaber e já vinha arrependido. Logo que vi Iunia, senti estranhamente um baque, uma espécie de sobressalto como se todo o peito se me contraísse, e esqueci tudo o resto, mesmo a culpa que me moía por ter abandonado as minhas obrigações para comparecer em frente dela.

Acolheu-me com frieza, enrolou meticulosamente o papiro, firmou-lhe um laçarote com as duas fitas vermelhas e aprestou-se a mandar acordar o pai, que descansava, lá dentro. Não consenti. Só a Iunia queria eu falar, com perturbação minha e, porventura, enfado dela.

Foi-me difícil entrar no assunto que ali me levava, e passar além dos cumprimentos, porque Iunia ora mantinha grandes silêncios, ora desviava secamente a conversa para banalidades irritantes, em absoluto alheias ao meu interesse e ao dela. Como as rosas tinham crescido em tão pouco tempo, como as noites eram frias em Tarcisis, como zoavam ruidosas as ruas em volta... Acabei por me precipitar e adiantar, sem qualquer preparação, uma frase que depois me pareceu não ser a mais própria:

— Sei o que aconteceu ontem em tua casa. Mataram-vos os cães...

— Temos de castigar o ostiário. Não deu conta de nada. — Iunia respondia mecanicamente, com a neutralidade própria de qualquer matrona a tratar de corriqueiros negócios domésticos, fugindo deliberadamente ao sentido do que eu queria dizer.

— Não podes esperar zelo do escravo que mandas acorrentar.

— Achas que ele foi conivente? — insistiu ela, no mesmo tom administrativo.

— Não foi isso que eu disse.

— Ah, percebi mal...

Afectei paciência, fui didáctico:

— Há que ter cautela com os escravos. Não é boa ocasião para castigos. A proximidade dos mouros suscita tentações de rebeldia.

— Transmitirei a meu pai isso que me dizes.

Iunia encolheu os ombros. Contive a minha contrariedade e desviei o olhar. Atrás das colunas eu via a pequena Clélia que, num carro destinado a ser tirado por gansos, brincava ao longe, na companhia de dois rapazes, um deles ainda de pretexta. Os rapazes fingiam não ter força suficiente para puxar o carro que se voltava ao peso dela. Um minúsculo pónei, malhado, pastava tranquilamente por ali. Desta vez, Clélia não parecia mostrar qualquer interesse por mim, nem se aproximara sequer para me saudar. Mas, em certos relances, notei que se distraía da brincadeira e olhava, muito séria, para o nosso lado.

Entretanto, aquela minha conversação com Iunia ameaçava tornar-se completamente inútil e estéril. Eu sentia-me incomodado, de tão canhestro. Houve um silêncio. Ouviram-se, distintamente, as risadas de Clélia e dos moços, nas suas brincadeiras. Mais uma queda. Crepitou o rolo que Iunia apertava entre as mãos.

— São um lugar maldito, as termas? — provoquei eu.

— A que propósito?

— Tu é que disseste!

— Contaram-te isso?

— Compete-me estar informado. Quero saber: são malditas, as termas?

Iunia hesitou e passou fugazmente a língua pelos lábios. Não parecia estar bem certa de que lhe interessasse aquele rumo da conversa. Depois decidiu-se, levantou para mim os olhos e afrontou-me, brusca:

— As termas... os espectáculos... os banquetes... os enfeites... artifícios dos demónios para desviarem as almas de Deus, já que perguntas...

— Havia termas no tempo dos meus avós, há termas e balneários desde que Roma é Roma... e sempre haverá. As termas são uma aquisição da romanidade. Uma das fronteiras entre nós e a barbárie.

— E quem serão os bárbaros, aos olhos do Deus único? Os que exibem despudoradamente a nudez como serão julgados?

— Mas que é que isso te importa?

— A mim também nada de humano é estranho, para citar o obsceno Terêncio, a teu gosto. O que se passa nesta cidade diz-me respeito. Alguém tem de denunciar o escândalo, para que não venham dizer que nenhuma voz se ergueu. Talvez Deus se apiede dos outros, sabendo que em Tarcisis há alguns justos. Tu próprio, duúnviro, quem sabe?, beneficiarias disso.

O discurso afigurava-se tão extravagante, tão vulgar e tão infantilmente subversivo, que suspendi as palavras e os gestos e fiquei a olhar, estupefacto, para ela. Iunia apertou o papiro ao peito, a ponto de quase o dobrar, e fez frente à minha perplexidade:

— A resposta satisfaz o teu inquérito? Ou tens ainda mais quesitos, duúnviro?

— Alguns cidadãos sentiram-se ofendidos com o comportamento dum estrangeiro que tu acolhes. Um tal Mílquion. Atiraram-no para a cisterna. Mas tu sabes disso melhor que eu... Não apresentas queixa?

Iunia cruzou os braços, passou o papiro ao de leve sobre a face. Inclinou a cabeça para diante, levantou-a de novo e mordeu o lábio inferior. Evitou um sorriso:

— Ao tribunal dos homens? Ah, deixa, Lúcio Valério, Mílquion está resignado, perdoa e abençoa os que o seviciaram.

— Não é essa a questão!

— «As minhas costas dou aos que ferem, a minha face aos que me arrancam os cabelos; não escondo o meu rosto dos que me afrontam e me cospem»...

— Já ouvi essa citação.

— Isaías.

— Quero lá saber...

Iunia encolheu os ombros, com agastamento. Estava farta. Via-se que procurava um pretexto para me despedir. Decidi-me por um circunlóquio. Tentei que Iunia pensasse comigo:

— Escuta-me: eu sou um homem recto, não te parece?

Ela tomou o seu tempo, alisou o rolo de papiro, compôs-lhe o laço da fita, procurou as palavras:

— Não quero ofender-te, duúnviro. Respeito a amizade que sente por ti o meu pai. Mas não posso mentir-te. Tu não és um homem recto. Só poderias sê-lo se renunciasses à vida que levas. Não passas de um pagão. Pior: és o símbolo do poder pagão de Roma.

— Pagão? — O vocábulo grosseiro soava-me despropositado e ofensivo. Eu, que estava de toga... Quase me ri na cara de Iunia. Ela ficou indiferente como se não tivesse acabado de proferir um insulto. Mas eu já havia reparado que a linguagem de Iunia não coincidia inteiramente com a minha, para não falar dos sentimentos.

Crispei a cara. Procurei ser mais directo. Exagerei um pouco. Ela premiu as mãos uma contra a outra, amarrotou mais uma vez o rolo de papiro que tinha no regaço, pronta para o que viesse.

— Tu e a tua seita que pensem o que quiserem. Mas não admito que provoquem a ira popular, embora tu te sintas no direito de provocar a minha. Por mim, suporto isso bem. Mas não consentirei desacatos na cidade.

— É sempre sobre os justos que recai a ignomínia, quando o poder não reconhece Deus.

Que poderia eu responder a isto? Não estava ali para me atolar numa ridícula discussão religiosa. Tentei apelar ao sentido da cidadania de Iunia e lembrar-lhe o perigo mortal que rondava a cidade. Os bárbaros já se mostravam! Mas Iunia era um templo sem portas. Eu não conseguia descobrir nenhum acesso.

— Os mouros... — discorria ela. — Esses pobres mouros a quem recusam até a sepultura também são criaturas de Deus e deslocam-se a Seu mando. Pensas que eles surgem agora por acaso?

— Temos profecia?

— Os mouros são um instrumento de Deus. Vêm revelar ao mundo como o poder de Roma é frágil, transitório e condenado.

— Que sabes tu disso? A Providência confia-te, particularmente, os seus desígnios?

Acho que gritei. Clélia, à distância, observava-me, inquieta, com as mãos em pala sobre os olhos. Os seus companheiros riram. Baixei a voz e procurei ocultar o rosto atrás de uma coluna, para que os jovens me não vissem a expressão. Indiferente, Iunia prosseguia:

— A peste de Roma, pensas que foi um acaso? E as revoltas do Danúbio? E as inundações do Tibre? E os tremores de terra? Julgas que o mal acontece por acontecer? Achas que a desagregação moral pode ficar impune perante Deus?

— Devias ser bem ruim, tu, para mereceres as desgraças que te calharam...

Fui infeliz, reconheço, e despropositadamente cruel, nesta alusão pessoal. Mas Iunia não percebeu ou não quis perceber a ironia. Ao que sabia, tinha tido até aí um comportamento digníssimo e irrepreensível, nas palavras de todos quantos conheciam a família Cantaber. Não havia nenhuma razão, que fosse patente ao senso comum, para que pudesse merecer a ira vingativa de qualquer deus, com os desgostos que lhe sobrevieram. Ela não pensava assim:

— Era ruim, sem dúvida! Tinha os hábitos iníquos dos pagãos e sacrificava a falsos ídolos! Deus castigou-me. Com justiça.

Indignou-me esta resignação e entrega a um destino tecido por sobre os céus da Judeia, tao desajustado aos romanos.

— Lembra-te de que és uma mulher livre e filha dum romano!

— Uma serva de Deus é o que eu pretendo ser...

Iunia apertou os lábios, fez rodar o rolo entre as palmas das mãos estendidas, olhou-me de viés e depois voltou os olhos para baixo, como se a ponta da sandália lhe tivesse despertado uma súbita atenção. Ela também não sabia se valia a pena prosseguir. Mas recomeçou, com uma voz clara, afectando paciência, sublinhando as palavras com pequenas pancadas do papiro no mármore:

— Escuta, Lúcio: nos tempos de Tibério, antes de ser crucificado, o filho de Deus deixou na Terra uma boa nova...

Resolvi frustrar a prelecção. Reparara que Iunia adoçava a voz quando se tratava da sua propaganda religiosa, como se, nessas alturas, quisesse assegurar a minha atenção e garantir o meu silêncio. Condescendia em prestar-se à suavidade desde que eu a ouvisse pregar. Irritou-me o expediente. Interrompi-a:

— Não tenho disposição para lendas orientais. O que quero é que não me obrigues a proceder contra ti, em atenção ao respeito que tenho por teu pai.

A artificiosa suavidade maternal de quem conta histórias de maravilha arrepelou-se e Iunia retomou a agressividade:

— Mas procede contra mim, se me achares culpa, ou mesmo não me achando culpa. Vá! Nós estamos preparados para todas as iniquidades.

— Mede as consequências do que dizes, Iunia.

— Que importa o que nos possa acontecer nesta vida terrena, que nem é a verdadeira vida, se mais tarde seremos os únicos a contemplar o rosto de Deus...? Eu não sou daqui, duúnviro!

— Não há maneira de conversarmos? Não te parece pueril essa preocupação de me desafiar constantemente?

— Pueril... Tu é que és como as crianças, duúnviro, que não têm ainda aberto o entendimento.

— Tenta perceber, Iunia.

— Tu não me queres ouvir...

— Ouve-me tu a mim!

184

— O filho de Deus ressuscitou na Judeia! Não podes proceder como se nada se houvesse passado! O mundo mudou, duúnviro! Mudou!

Puxei com força uma gavinha da videira, que se me partiu na mão. Ridiculamente, dois ou três bagos de uva vieram esmagar-se no solo. Respirei fundo e procurei conter a ira. As folhas da parreira continuaram a tremer e a rumorejar durante algum tempo depois de eu serenar.

Foi então que ela encolheu os ombros: «Não sei porque vieste», e eu anui: «Não sei porque vim.»

Não havia mais nada a dizer. Não creio que Iunia tivesse um interesse especial em hostilizar-me. As minhas palavras é que foram, decerto, ineptas, inadequadas à exaltação de que ela fazia razão de vida, e que uma vez mais me derrotava. Afinal, porque insistira eu em procurá-la, fugindo às minhas obrigações, abrindo um momento livre quando não devia?

Ao sair, pressentia, contrafeito, que não seria a última vez que um impulso qualquer, inesperado, irresistível, havia de arrastar-me até junto daquela mulher, como há pouco tinha acontecido. E isso não me deixava de bem comigo próprio. Iunia começara por ser apenas a filha desviada do meu amigo. Um nome, uma vaga reminiscência. Um problema dele. Era agora uma companhia que eu cegamente prezava, sem saber bem porquê. Um problema meu. Impunha-se-me como que um obsidiante desafio de conseguir chegar a Iunia, à verdadeira Iunia, à humanidade de Iunia, por detrás daquele enleio espesso de frases e atitudes. Do ponto de vista dela — pressentia-o — eu não passava de um objecto para aplicação e exercício de proselitismo, como se quisesse experimentar-se a si própria, no seu poder de resistência, na sua capacidade de persuasão. Iunia, quando muito, condescendia em fazer-me frente e parecia, até, não excluir a hipótese de me converter. Ambos estávamos iludidos sobre a vulnerabilidade do outro. Ela, porque não era pela sua piedade insólita que me tocava. Eu, porque sondava atrás das defesas de Iunia, onde, se calhar, não existia mais nada...

Clélia, em despedida, acenou-me de entre o arvoredo quando me acercava do portão. Já lá não penava o velho escravo acorrentado, mas um negro musculoso, com um cinturão militar, sentado perto de dois dardos pousados no solo.

Foi nessa altura que, para o lado das ilhas, atrás dum muro alto, reparei num escravo que, empoleirado numa escada, acarretava água para um depósito de chumbo, que estava a ser lavado. O escravo olhava-me descaradamente, de gesto suspenso, pote nos braços, com um meio sorriso nos lábios. Fez depois um aceno breve, com o queixo. A cabeça de Rufo Cardílio apareceu por breves instantes ao lado do escravo. Os nossos olhares cruzaram-se, num relance. Rufo desapareceu.

— Que muro é aquele ali? — perguntei ao negro que guardava a porta.

— As traseiras da loja de Rufo Cardílio.

Regressei, apreensivo, ao terreiro onde Aulo e os seus militares tratavam ainda do recrutamento. Dezenas de homens agrupavam-se em redor de várias mesas improvisadas em que os escravos do pretório registavam os seus nomes. Aulo, de um lado para o outro, esfalfava-se a gritar. A agitação parou quando a minha liteira reentrou na praça e me dirigi a uma espécie de tribuna, onde, sozinho, porque nenhum dos decênviros me quisera acompanhar, assistia ao acto.

De manhã, muito cedo, eu presidira aos sacrifícios no templo, com a assistência de todos os notáveis e muito povo no terreiro. A ausência de Calpúrnio não me causou preocupação, dada a sua doença e o estatuto especial de que gozava na cidade. Estranhei mais a falta de Máximo Cantaber, que perdia aquela ocasião de mostrar a sua piedade. Depois, assisti, durante uns momentos, ao começo ruidoso da mobilização. A cada recruta que não possuísse armas era fornecido um par de dardos ou um saco de pelouros de barro, se o preferisse. À medida que iam sendo despachados, os homens sentavam-se no chão, por grupos. Rufo Cardílio, de toga brilhante, apareceu à frente de um magote de escravos, todos vestidos de igual, e armados de venábulos e lanças curtas. Saudou-me de longe, deixou ostensivamente algumas moedas sobre uma mesa e indicou o nome dos seus escravos, um a um. Depois, retirou-se, apenas com alguns acompanhantes.

Logo a seguir, eu acorria a casa de Máximo Cantaber, para falar com Iunia, longe de pressentir que Rufo devassava tudo o que se passava naquele jardim a partir do muro das suas traseiras. E, mais uma vez, com razões acrescidas, dei por mal empregada aquela minha conversa com Iunia...

Quando regressei ao palanque, iniciava-se o treino de armas, por entre alguma despreocupada confusão que Aulo tentava energicamente disciplinar. A meio do terreiro, tinham sido levantadas umas estacas com pranchas de cortiça pregadas. Os homens corriam em fila, em grande galhofa, e atiravam os dardos contra a cortiça. Perto, no pomério, instalava-se ruidosamente a enorme máquina de guerra, recém-construída, que vibrava, zunia, estalava, enquanto a experimentavam.

Os fundibulários haviam sido conduzidos para fora das muralhas e adestravam-se nos campos, ao comando dos subalternos de Aulo. Confundiam-se nos ares alegria, risos e displicência, como se se tratasse de jogos ou festividades.

Não tinha mais nada a fazer ali. Mal me levantava, crepitou um burburinho num dos lados da praça. Os lictores de Calpúrnio adiantavam-se, solenes, empurrando com violência os grupos de basbaques. Logo veio balanceando, lenta, a liteira riquíssima do senador, ornada de prata e de púrpura, aos ombros de oito escravos que a transportaram até meio do terreiro. Atrás, uma comitiva de servos e libertos vestidos com luxo. Estalaram aplausos. As atenções repartiam-se entre Calpúrnio e o duúnviro, estando os populares curiosos de saber como iria eu reagir à presença do cidadão mais importante de Tarcisis. Aproximei-me da liteira, mas Calpúrnio, togado, já saía, dificultosamente, sustido por dois escravos. Um terceiro recolheu um dardo e passou-lho para a mão. Os escravos correram com Calpúrnio às cavaleiras, e era como se transportassem a própria morte, lívida, esquelética e adunca, arrastando a sua mortalha branca a esvoaçar. Calpúrnio, soerguendo-se um pouco, com esforço manifesto, foi cravar o dardo num dos cortiços. A ponta ressaltou, o dardo caiu. Mas estralejaram as aclamações. Só depois de as agradecer o senador veio saudar-me, sempre às costas dos escravos.

Recusou sentar-se no palanque. Tratou-me com deferência, desfez-se em desculpas e dirigiu-me, muito sereno, sorrindo, umas amabilidades breves. Tinha consciência de que toda a

188

multidão admirara o seu gesto e de que ninguém tirava os olhos dele. Convidou-me, em voz baixa, a comparecer quando pudesse em sua casa, porque tinha urgência em falar comigo.

Quando a liteira de Calpúrnio desapareceu da praça, entre ovações, reparei que havia mais determinação nas filas de homens que atiravam o dardo e mais certeza nos lançamentos. Era mais vigoroso o braço, mais sonoro o impacte. A intervenção cívica do velho senador, superando a sua própria velhice e enfermidade, levantou os ânimos e conferiu majestade ao que, sob a minha supervisão, não tinha passado dum mero exercício inusitado e recreativo. Sobre aquela tropa-fandanga, ali amalgamada, perpassara o génio do Senado e do Povo de Roma. Eu devia estar grato a Calpúrnio e não me ficaria bem ignorar o seu convite, que ele soubera tornar honroso, face à plebe reunida.

Passei ainda pelo pretório, para o despacho de rotina. O fórum estava quase deserto. Apenas algumas mulheres se atardavam a conversar, aqui e além. Sem o colorido das tendas, a multidão nos pórticos, o rumor e a agitação de todos os dias, prevaleciam os gestos intemporais das estátuas, as suas faces silenciosas, os olhares vazios.

Qualquer estátua — é sabido — contém um princípio vital que uns dizem derivar do artista que a moldou, outros, da entidade que representa, outros ainda, do próprio vigor da pedra, que apesar de cortada e extraída continua a nascer e a crescer nas pedreiras. Talvez seja ilusória aquela aparente rigidez das formas. Provavelmente, a estátua observa o que se passa em volta. Tudo vê, ouve e guarda. Mas apenas actua nos momentos propícios, raros e ponderosos.

E, sendo assim, deve haver um segredo para penetrar na alma das estátuas. Um gesto, um vocábulo, um pensamento piedoso emergindo no tempo e na conjunção astral adequados. Ou talvez apenas uma pessoa bem determinada, escolhida pelo favor dos deuses, seja apta a chegar à alma que se disfarça na pedra. Terá cada estátua o seu Pigmaleão?

E à alma de Iunia, seria possível aceder? Obter um sinal qualquer, mesmo mínimo, que significasse: olho-te, vejo-te, reconheço-te, compreendo-te? Eu não exigia mais que um momento em que as nossas palavras, em vez de se entrechocarem e enovelarem em linhas dispersas, eriçadas de asperezas, conseguissem convergir...

Como teria Iunia interpretado a minha visita, a minha insistência, a minha veemência? Estaria ela revoltada, também, pelo persistente absurdo dos nossos encontros? Que pensava realmente Iunia? Que pensava Iunia de mim?

E comigo, o que se passava? Que me estava a acontecer? Que é que eu queria? Iunia era o que era, comportava-se como entendia, que direito tinha eu de esperar dela o que quer que fosse, sequer de me interrogar? Eu não vou para junto dos pedestais e dos nichos do fórum interpelar as estátuas, nem perco tempo com os seus segredos. Para com ela, cumpri o meu dever de amigo e magistrado. Fui prudente, expus o que tinha a expor. Tentei ser persuasivo. Insisti. Esforcei-me. Cheguei a interromper o exercício das minhas funções. Gastei nisso horas do meu dia precioso. Mais tempo do que seria avisado gastar. Pronto. Assunto arrumado! Mas o olhar de Iunia, naquele relance ao sol, dias atrás, as mãos muito brancas que hoje apertavam nervosamente o rolo de papiro, a voz ríspida, quase áspera, a secura das palavras, o retomo insistente aos temas da superstição oriental, interpunham-se, num turbilhão de contradições que caldeavam o enlevo com o desgosto.

Quis aturdir-me pelo trabalho. Despachei com o tesoureiro, deixei instruções escritas a Aulo, passei a limpo uma sentença, informei-me do prisioneiro, descompus um escravo do pretório que me veio contar que uma espécie de fogo-fátuo, azulado, aparecia todas as noites perto da muralha nova, no lugar em que se tinha suicidado Pôncio Módio.

Cheguei cansado a casa. Quando saí do balneário, Mara contou-me, num sussurro, que um dos nossos palafreneiros, um tal Lucíporo, era cristão. Os outros viam-no rezar, lá no seu canto, três vezes ao dia. Impunha-se jejuns. Às vezes esgueirava-se para casa de um certo Mílquion. Mara preocupava-se:

— E se ele nos envenena a água? Contam para aí tanta coisa a respeito deles... Cospem quando passam em frente dos templos, sabias?

E relatou-me que vários cidadãos indignados tinham atirado Mílquion e outro para a cisterna velha, depois de os haverem surpreendido em sacrilégio no terreiro do templo de Júpiter. Eram gente estranha, de impulsos agressivos. Quem sabia se eles praticavam sacrifícios humanos? E se matassem ou mutilassem o nosso escravo, que faríamos nós? Mas o que mais surpreendia Mara era ver a família dos Cantaber relacionada com esta seita...

— Acho que devo contar-te uma coisa — hesitou Mara. — Não estranhaste que Máximo Cantaber tivesse faltado à cerimónia, no templo?

— Podia ser que não se sentisse bem. Máximo está velho, adoentado.

— Não me pareceu assim tão incapacitado, ontem, quando, por seu pé, se veio queixar por causa dos cães.

Mara fazia passar o indicador, devagar, entre uma pulseira e o pulso. Depois, breve:

— Dizem que a filha o impediu de sair de casa.

Iunia, as suas escravas e outros sectários interpuseram-se no caminho do pai, prantearam, gemeram, esfarraparam os vestidos. Máximo, perturbado, voltara para trás.

E ali mesmo, na aparente quietude de minha casa e pela boca de Mara, vinha Iunia assombrar-me. Não sei se Mara notou o meu embaraço. Numa espécie de defesa supersticiosa, não lhe pronunciei o nome:

— Não estou a vê-la a prantear e a rasgar os vestidos...

— A quem?

Seria malícia de Mara, obrigar-me a declinar o nome que eu queria omitir? Certo é que fez a pergunta serenamente, natural-mente, sem expressar na face qualquer intencionalidade. Mas eu conhecia a minha mulher tão bem como ela me conhecia a mim...

— Iunia Cantaber.

— Ah...

Longuíssima pausa de Mara. Ajeitou levemente o cabelo e compôs a fíbula da túnica. Depois sorriu-me e encolheu os ombros:

— É o que consta... Que faço ao escravo?

— O intendente que o vigie e não o deixe sair de casa. A não ser que o requisitem para as muralhas...

192

Mas já Mara, como se tivesse esquecido por completo a conversa sobre os Cantaber, me tomava por um braço e me conduzia, solene, para um dos cubículos, que normalmente não era ocupado. De dentro, vinha uma claridade azulada. Entre duas lucernas penduradas por correntes, reluzia, numa armação de madeira, uma velha armadura que pertencera ao meu avô e nunca fora usada. Mara tinha-a procurado durante toda a manhã, descobrira-a, enfim, numa arca, muito tocada de ferrugens e zinabres. Passara toda essa tarde, com a ajuda das servas, a bruni-la e limpá-la. As volutas da loriga mostravam restos de brilhos líquidos. O elmo tinha penacho novo, de um vermelho ainda húmido.

— Não toques. Deixa secar.

O gládio, de cabo de prata dourada, representando uma cabeça de cavalo, havia sido areado e afiado. Experimentei-o distraidamente na palma da mão. E ali estava Mara, sempre oportuna, a lembrar-me as contingências que se aproximavam:

— Nem calculas, Lúcio, como me foi penoso desencantar estas armas...

Mara suspirou, cruzou e descruzou os braços, esboçou um meio sorriso e, depois, correu para fora do quarto, para que eu lhe não visse as lágrimas.

Na manhã seguinte, quando, finalmente, me dirigi a casa de Calpúrnio, levei tábuas de processos para ir consultando na liteira. Cruzei-me com um destacamento de recrutas, de dardo ao ombro, que Aulo iniciava na ordem unida. Entre os homens, de espáduas descaídas pelo peso dos dardos, arrastava-se arquejando, num pungente esforço para evidenciar brio castrense, o poeta Cornélio Lúculo. Foi a última vez que o vi em vida.

Calpúrnio habitava longe do fórum, num casarão que se entremeava num dos bairros mais pobres e mais antigos da cidade, onde coexistiam as antigas cabanas redondas dos rústicos e as ilhas escalavradas dos miseráveis. A casa não seguia a traça habitual da dómus, antes se multiplicava num labirinto de peristilos, salas e corredores construídos em várias épocas, aproveitando, não raro, a pedra rugosa de construções ancestrais. Não havia vestíbulo e entrava-se directamente para uma espécie de átrio coberto, dominado por uma enorme piscina rectangular que pouco espaço deixava para a passagem. Aquela piscina não servia para nada. As águas, raramente renovadas, exalavam um cheiro bafiento, e a escuridão da quadra não permitia que sequer aí se cultivassem peixes, como dizem que é costume nas casas de África.

Percorrido este estranho átrio, decorado com pinturas de pássaros, enfileirados sobre linhas dobradas, alinhando-se as aves de presa, diurnas e nocturnas junto ao tecto, e os pardais e gaios antes do debrum que marcava o limite para um rodapé esverdeado, coberto de plantas vagas ou imaginárias, já muito carcomidas da idade, chegava-se a um peristilo com um tanque seco e raras ervas crestadas. Depois, um escravo acompanhante, que não um nomenclador, antecedia-nos cortando à direita e passando por um enfiamento de salas em que jaziam expostas, cobertas de pó, várias estátuas, de todos os tamanhos, algumas de regiões muito longínquas. Seguia-se um novo peristilo, mais largo e cuidado, com peixinhos dourados nadando no tanque e colunas caneladas rebrilhantes de vermelho, por onde ressoava um rumor ciciado de vozes. Para lá deste peristilo, encastoado na parede, desproporcionava-se uma espécie de arco do triunfo, baixo, de mármore rosa que, sabia eu, dava para um outro átrio que ligava directamente a uma rua transversal. Aí recebia Calpúrnio os seus clientes pela manhã, boa razão para o meu ingresso pela outra rua, que me assinalava diferente estatuto.

Sentado numa cadeira de bunho, Calpúrnio ouvia o seu escravo leitor que lhe lia trechos de Menandro, em grego. Quando eu entrei no peristilo, fortemente batido pelo sol, o escravo calou-se. À sombra, a um canto, remanesciam os toques repenicados dum escopro. O escultor continuava a trabalhar no busto do senador, mas já directamente na pedra. O molde de gesso pousava, inspirador, num banco alto. Ao ver-me, Calpúrnio fez--me sinal para que me aproximasse, mas não despediu logo o leitor. Sorria, deliciado, parecendo saborear ainda, em pensamento, os últimos diálogos ouvidos. Queria, obviamente, fazer--me esperar o seu tanto...

Depois, enxotou o homem, que arrumou meticulosamente os papiros no estojo. E demonstrou entusiástico regozijo, abrindo os braços.

— Ah, até que enfim! Com que impaciência eu te esperava, Lúcio!

Capítulo XI

Reconheci aquela afectuosidade e aquela solicitude. Era o mesmo sorriso aberto e largo com que Calpúrnio havia acolhido, na sua casa de Roma, dez anos atrás, a delegação de Tarcisis em que eu me incluía e que fizera todo aquele caminho para agradecer ao Imperador um donativo de um milhão de sestércios destinado ao restauro do fórum, das termas e dos templos. Nessa altura ainda a paralisia não tolhera os membros de Calpúrnio e ele podia descer, com elegância, os poucos degraus que dividiam o seu átrio em dois e vir saudar-nos, prazenteiro, abrindo a toga a toda a largura, para exibir a púrpura do laticlávio.

Hospedámo-nos em casa de Calpúrnio, enquanto aguardávamos que o Imperador nos recebesse, por ocasião dos jogos que celebravam no Circo Máximo o terceiro aniversário do jovem príncipe Lúcio Antonino Cómodo. Tomando muito a peito a sua aura de protector de Tarcisis, Calpúrnio esmerou-se nas atenções e nos requintes. Fez sentir a todos e a cada um em particular as influências que tinha movido para captar a munificência de Marco Aurélio. Tudo era falso, como vim a apurar depois. Apesar do fausto com que vivia, do seu laticlávio e do seu anel de ouro, Calpúrnio não exercia qualquer influência no Palácio ou no Senado. Contraíra dívidas enormes, empenhara-se em negócios malvistos, dava-se com libertos riquíssimos, estrangeiros e outra gente de baixo quilate.

Mas se Énio Digídio Calpúrnio, em Roma, representava a escória da Ordem Senatorial, esplendia entre as nuvens e Jove, aos olhos dos modestos delegados duma cidade perdida da Hispânia. Todos nos sentíamos esmagados pelo sumpto brilhantíssimo de Roma. O luxo dos notáveis de Tarcisis, as suas prosápias e fatuidades apequenavam-se e faziam-se rasteiros, naquele mundo de púrpura, incenso e prata. Que era a mansão dourada dos Cantaber, comparada com as ruínas da verdadeira? As termas de Tarcisis, apertadas entre ruelas bisonhas e acanhadas, comparadas com as termas de Trajano? O nosso fórum minúsculo, não no tamanho, mas no esplendor, comparado com os vários fóruns da urbe? E a própria miséria e imundície dos subúrbios plebeus de Roma nos pareciam ter infinita grandeza comparados com a pobreza mesquinha dos nossos bairros de casebres nativos e ilhas atarracadas. Naquela ingenuidade e deslumbramento de provincianos, quase trocaríamos a nossa cidade inteira pelos casebres fedorentos de Suburra.

No dia aprazado, fomos, enfim, admitidos aos lugares que se estendiam à ilharga da tribuna imperial, em que, por essa época, se sentavam os senadores, os reféns de qualidade, os príncipes e os embaixadores. Instalaram-nos na última fila, um pouco abaixo da passadeira por onde circulavam os archeiros partas, ricamente vestidos, com carcases e flechas prontos a

197

varar homem ou fera que desacatasse os limites prescritos. Calpúrnio levou-nos aos nossos lugares, muito solícito, mas não prescindiu de uma cadeira entre os da sua Ordem, de togas purpuradas. Sentava-se junto à coxia. Os seus pares não lhe prestavam muita atenção.

Mantinha-se em vigor a cominação, tantas vezes repetida, e outras mais esquecida, de os cidadãos romanos usarem toga nos espectáculos. No entanto, do que me era dado ver, na extensão imensa das bancadas em frente sobressaíam as vestes escuras ou coloridas, e apenas nos lugares destinados à plebe, por espaços irregulares, como farrapos no forro de um tecido rico, ressaltava, às vezes, a brancura nem sempre imaculada de togas de aluguer.

Passaram-se horas, antes que o Imperador viesse à tribuna. Desde o nascer do sol, depois da procissão das imagens, mataram-se naquela arena homens e animais, à fantasia dos lanistas e dos organizadores dos jogos. Apenas retive a imagem dum gladiador que, sobre umas andas de metal, curtas e esguias, que pareciam nascidas das sandálias, armado só duma lança curta, esventrou três javalis ferozes, rodopiando sobre si próprio, com a graça dum bailarino. Não sei se era impressão minha: parecia-me que, ao fim de algum tempo, o cheiro húmido, salgado, do sangue sobrelevava o odor dos perfumes preciosos que impregnavam a bancada em que nos sentávamos.

Repito que nunca fui amador de jogos, mesmo reduzidos às proporções mais modestas do meu rincão da Hispânia. Não me orgulho dessa minha rara desafeição, nem sempre declarada, que persiste, apesar de todas as prevenções. Chego a pensar que há algo em mim de estranho, por não conseguir aderir ao senso do comum dos meus concidadãos. Eu bem via o entusiasmo dos senadores e estrangeiros ricos, na minha frente, aplaudindo, agitando-se, gesticulando, erguendo-se, gritando, urrando, a ponto de se pensar se não extravasariam a gravidade e compostura que lhes eram exigíveis em público. O senador que mais tarde me falaria com condescendência, em frases curtas e ligeiramente desprezivas, era o mesmo que agora se levantava, dançava, ululava, frenético, de toga descomposta e cara afogueada, porque o reciário tinha enredado o mirmilão. E os meus patrícios de Tarcisis, cantando em coro, «busco um peixe, não a ti, porque foges?», não se sentiam eles a viver o momento culminante das suas existências, a pulsar com o coração da Urbe?

Toda aquela movimentação cromática na arena, os gritos, os golpes, os entremezes, a ostentação pomposa de armaduras e roupas preciosas, renovavam-se, de tempos a tempos, monotonamente, assim como a areia da pista era revolvida e aplanada de todas as vezes que o sangue a embebia e maculava.

E eu, fora os relances rápidos, algumas revoadas indistintas de cor e ruído, e à parte a recordação do tal gladiador de andas, apenas guardei, obsidiante, na memória, a franja amarela da pesada cortina que, no local em que nos encontrávamos, propiciava alguma sombra e assinalava o privilégio do nosso estatuto, num dia em que o velário não tinha sido estendido.

Lembro-me, com absurda exactidão, da espessura e da trama do tecido, pesadíssimo, do debrum de fios dourados, engenhosamente entrelaçados, do vermelho carregado, das missangas cinzentas em volutas apertadas que o decoravam a espaços, da ligeira ondulação à brisa, do franjeado de cordões de púrpura arroxeada que descaíam sobre uma coluna quando um rompante da aragem os impelia... Lembro-me até do ruído seco, sacudido, com que se desdobrava nas suas voltas.

Admito que pareça estranho privilegiar alguém do Circo Máximo a recordação dum reposteiro. Uma vez trouxeram-me da villa um dos meus escravos rústicos, ainda jovem, para aprendiz de tricliniário, em substituição de um velho que tinha morrido. Quando o intendente, por graça, lhe perguntou que mais o havia impressionado na cidade, ele designou uma lucernazita de barro, da cozinha, em que estava desenhado um lírio. As ruas, o fórum, os prédios altos, a azáfama do mercado, as termas, o luxo da minha própria casa, as pinturas, o peristilo, as refeições, nada disso lhe despertara o interesse. Apenas um liriozito desenhado no disco duma lucerna barata... Assim são os simples. Assim simples me senti eu — e com vergonha — perante o consabido e proclamadíssimo resplendor daqueles jogos.

O gladiador musculado que entrava de braços levantados, entre clamores, saía daí a minutos arrastado pelos pés, depois de o crânio lhe ter sido rebentado com um malho pelos oficiais da arena, travestidos de Caronte. Dentro em breve, nesta ou noutra hora, o mesmo aconteceria ao que o tinha derrubado. «Dá-lhe!», «Degola!», berravam os lorários saltitando em volta dos combatentes de chicote em riste. Hiante, a populaça acompanhava em coro: «Derruba!», «Fere!».

Para que queria o génio do Príncipe, nesse dia consagrado, todas aquelas vítimas? Que fazia delas? De que servem os cadáveres às divindades? Sendo os lutadores homens afeitos à morte e com especial aptidão para as armas, não seria melhor que os aproveitassem ao serviço da República? Sobravam os pretorianos e a guarda estrangeira do Imperador? Sobravam as vinte e oito legiões de Roma, para que se pudessem dissipar assim aquelas reservas? Sobravam as vidas jovens, saudáveis e robustas? Nunca vi ninguém interrogar-se sobre estes pontos, nem eu me atreveria a expô-los perante quem quer que fosse. Mas não me atribuía especiais dotes de clarividência lá das profundezas de Tarcisis. Tinha portanto o meu íntimo de resignar-se a carregar com o meu erro.

Primeiro, quatro guardas germânicos, muito altos e louros, com armaduras de escamas douradas e elmos pontiagudos de penacho escarlate, vieram dispor-se no camarote imperial. Um tribuno pretoriano assomou a seguir. Logo, tocaram as trombetas, o povo levantou-se e Marco Aurélio ficou por instantes de pé, acenando à multidão, que se erguia em grande clamor. Atrás dele, os cônsules, os pretores, os flâmines, as vestais e toda uma corte protocolar e minuciosa ia deslizando para a tribuna, até formar grupos compactos em torno do Imperador, que não trazia quaisquer ornamentos. Enrolava-se num manto azul, grosseiro, e distinguia-se, entre os que o acompanhavam, precisamente pela modéstia das vestes. E eram elas tão marcantes e individualizadoras, que ninguém se atrevia a copiar o Príncipe, nem a transformar em moda o seu vestuário simples, embora, na corte, esse efeito de imitação tenda a acontecer naturalmente.

Faustina, vestida com um quíton comprido, açafroado, tomou o pequeno Cómodo pela mão e aconchegou-o ao colo, por um instante. Depois, entregou a criança a Marco Aurélio, que a ergueu bem alto, de braços estendidos. O povo aplaudiu de pé, cerimoniosamente. O Imperador devolveu Cómodo à ama, que esperava atrás, sentou-se, com Faustina ao lado, e fez um sinal ao cônsul, para que os jogos recomeçassem.

As quadrigas entraram na pista, uma após outra, em cortejo, com as suas equipagens e servidores. Na nossa área, dois servos distribuíram tésseras e anotaram nas tábulas as apostas. Corria um frémito nervoso pelas bancadas. Alguns não se contiveram e procuraram os escravos antes que eles chegassem perto. Vi Calpúrnio, no meio dum grupo, a gesticular e a puxar um dos escravos pela túnica.

Naquele sector, fui talvez o único que não apostou. Hesitei, deixei que os escravos passassem por mim. O pai de Trifeno, que se sentava a meu lado, levantou-se, precipitou-se no torvelinho, e eu abstive-me. Ninguém registou o meu nome, nem me veio à mão nenhuma téssera com um número.

O cônsul, enfim, após um toque de tubas, a indicar que as quadrigas haviam recolhido aos locais de partida e estavam prontas, mostrou o lenço ao público e, com um aceno gracioso, pediu autorização ao Imperador. Eis que se debruçou e deixou cair o pano na arena. A multidão rugiu. As doze cancelas abriram-se simultaneamente, mas apenas quatro carros partiram. Os verdes e os azuis despediram pela pista, numa mó de poeira.

Notei que o Imperador, enquanto a corrida fervia, lá em baixo, fixando todas as atenções, aproveitava para dar o seu despacho. Tinha nos joelhos uma prancheta de madeira e conferia quaisquer documentos. Depois, alguém se aproximou com um molho de tábuas e Marco Aurélio, de estilete distraído na mão, falou-lhe ao ouvido. Os golfinhos de prata na spina marcavam a quarta volta. Todos, de súbito, se ergueram, as pedras vibraram com o clamor da turba. Houve urros e lamentos. Sobressaíram estridências de relinchos aflitos na distância. Tive de me levantar, também, um tanto contrariado, porque o que se passava na tribuna me era mais importante que tudo o resto. Na pista, ainda deslizava uma quadriga tombada, sulcando a areia de vincos grossos, de escura lavra semicircular. De envolta, debatia-se uma confusão de cascos de cavalo redemoinhando nos ares, como patas dum gigantesco insecto esmagado e moribundo. O auriga azul não tinha conseguido segurar o carro na curva da spina, nem cortara a tempo as correias que lhe amarravam o corpo. O seu tronco e os braços abertos, talvez já sem vida, saíam de baixo do carro, de que uma das rodas continuou a rodopiar, por muito tempo, com um zunir lamentoso, menos e menos estridente.

Sucederam-se, entre acordes musicais fortes, as bigas e as quadrigas, as apostas, as discussões. Para mim, as corridas eram todas iguais, mais queda, menos queda, mais ou menos habilidade nas curvas, mais ou menos destreza dos cavalos funales, mais ou menos leveza nos lances rápidos. Mas toda a gente seguia com avidez os mínimos movimentos dos aurigas e dos cavalos. Conheciam uns e outros pelos nomes. Gritavam recomendações. Eram muito entendidos em pormenores técnicos. Os meus conterrâneos, que de corridas sabiam tão pouco como eu, já berravam: «Larga!», «Ferra!», «Aguenta!», como se os jogos de Miróbriga, a que tinham comparecido uma ou duas vezes, os equiparassem à nata dos entusiastas de Roma.

Parece, enfim, que aquele foi um dia de grande infelicidade para os azuis e para os vermelhos e de triunfo para os verdes e brancos. Da delegação de Tarcisis, uns lamentavam-se; outros exibiam, sorridentes, as moedas ganhas. Fosse como fosse, todos tinham por bem passado o seu dia, levavam que contar e os sestércios perdidos haviam de ser creditados na sua reputação. Na tribuna, Marco Aurélio continuava a escrever. Vi-o falar com um escravo, de cenho carregado, e reparei que, em dada altura, talvez para refrear o entusiasmo de Faustina, colocou a sua mão sobre a dela. Tornou-se para mim mais emocionante conseguir distinguir os gestos e os comportamentos do Imperador, por entre os corpos que se deslocavam e agitavam na sua tribuna, que seguir os percursos palpitantes dos aurigas. Fui talvez o primeiro, entre os assistentes, a notar que Marco Aurélio se levantou e saiu. Por essa altura, na arena, uma trupe de mimos, vestidos de cores bizarras, cabriolava em acrobacias e saltos, enquanto a areia, brilhante de malaquite, era mais uma vez revolvida e regada.

Não correu muito tempo, antes que um centurião viesse convocar a delegação de Tarcisis, que o Príncipe se dispunha a receber nesse momento. Entreolhámo-nos, surpresos. Pôncio voltou-se para o pretoriano com um ar vago, como se o tivessem despertado de um sonho. Calpúrnio, não sei como, pressentiu lá do seu lugar que éramos chamados e veio a correr pela bancada acima, empurrando um e outro.

Fomos conduzidos até uma passagem subterrânea, iluminada por brandões chantados nas paredes, que ligava a tribuna imperial ao exterior. Nesse subterrâneo — disseram-me depois —, os conspiradores Cássio Quereio e Cornélio Sabino tinham executado o tirano Caio. O pai adoptivo de Ápito, Gemínio, a quem cabia o discurso da delegação, mostrava-se enervado e segredava protestos por não contar ser levado assim, de repente, à presença do Imperador, e recear não ter o seu discurso bem decorado. Virámos à direita, sempre enquadrados por pretorianos, e, antes de subirmos umas escadas, fomos todos, incluindo Calpúrnio, minuciosamente revistados. Não houve prega das nossas togas que não fosse esquadrinhada pelos dedos ágeis dum escravo, sob a vigilância de militares, sem armadura, mas portadores de dardos pesados.

Enfim, do patamar da escada em que faziam guarda os soldados bárbaros, de aspecto imponente, passámos para uma sala quadrangular que deitava uma grande janela para o exterior. Todos os notáveis que havia visto na tribuna, desde os cônsules aos flâmines, estavam à nossa espera, com excepção de Faustina e das outras mulheres do séquito. O Imperador, de pé junto de uma mesa, voltou-se quando soou o rumor dos nossos passos, multiplicado pelo das cáligas ferradas do pretoriano, e saudou-nos, graciosamente, levantando um cálice. Estávamos todos espantados e boquiabertos e quase nos apertámos uns contra os outros quando um nomenclador anunciou em voz de trovão a delegação de Tarcisis, na Lusitânia. O próprio Calpúrnio, mais afeiçoado a estes ambientes, mostrou embaraço e limitou-se a designar o velho Gemínio, com uma espécie de vénia desajustada.

E Gemínio fez o seu discurso, longo, como convinha. Marco Aurélio ouviu sem quaisquer sinais de impaciência. Era uma oratória convencional de agradecimento. Nada acrescentou ao mundo da retórica. O Imperador respondeu em poucas palavras, com simplicidade. Aludiu ao carinho que sentia pelos povos da Hispânia de onde era oriunda a sua própria família;

mencionou os vínculos de romanidade que uniam a cidade mais remota da Lusitânia a qualquer posto militar das montanhas da Bitínia, numa uniformidade e coesão que nós estávamos ali a comprovar. E assim como a alma de cada homem era uma parcela do espírito universal e geral — acrescentou — assim cada urbe do Império, por mais pequena e distante, era comparte do génio de Roma.

A luz, vinda de fora, dava de chapa na opacidade dos vidros da janela, encastoados em losangos de ferro, acordando-lhe as cores suaves e irisadas e fazendo brilhar em pontilhados fugazes os grãos de sílica numa constelação movente e irregular. As figuras ricamente vestidas, com toques gregos e orientalizantes, que se dispunham em torno, olhavam-nos com uma serenidade distante, que pouco faltava para ser irónica. Após o breve discurso do Imperador, a rigidez das disposições desfez-se e retomaram-se os grupos e as conversas. Calpúrnio entendeu que era o momento de sairmos. Marco Aurélio despediu-nos com um sorriso e fomos recuando, canhestramente, até à porta. Calpúrnio tinha-nos avisado de que, em caso algum, devíamos beijar a mão do Príncipe, pelo que não sabíamos muito bem que forma de cortesia utilizar. Quando dois soldados afastavam os batentes para passarmos, e quando eu já respirava de alívio, ansioso por outro ambiente, ainda que fosse o da turbamulta do circo, ouvi, bem clara, a voz do Imperador que me chamava:

— Lúcio Valério Quíncio!

Não quis acreditar, mas, logo que me voltei para trás, comprovei que era mesmo de mim que se tratava, porque já o Imperador, de longe, me endereçava um gesto de acolhimento.

— Queres chegar aqui?

Fiquei sem pinga de sangue, num sobressalto. Por um instante, o mundo apagou-se à minha volta. Os contornos, as sombras, os claros-escuros, a janela flamejante, recompuseram-se a pouco e pouco. Os meus prenome, nome e cognome bem escandidos pela própria voz de Marco Aurélio... Como era possível? Que teria eu feito? Quem me havia denunciado? A propósito de quê?

Em passos estupefactos e inseguros, aproximei-me do Imperador, correspondendo ao seu aceno. Marco Aurélio tomou-me por um braço e conduziu-me para um canto. Todos se afastaram. Calpúrnio e a delegação de Tarcisis estacaram à porta, a olhar para mim, num pasmo. Eu, ou estava a ser misteriosamente distinguido, ou estava perdido, também por razões misteriosas.

— Não há razão para teres medo de mim, Lúcio Quíncio. Porque tremes?

— Eu não tremo — dissimulei —, sinto-me surpreendido e honrado.

— Honrado? Não vejo porquê. Sou apenas o funcionário mais carregado de deveres de Roma e um mero inquilino do Palácio... Não me cesarises... — e, mudando de tom: — Preferes os azuis ou os verdes, Lúcio?

— Os azuis ou os verdes? Não sei que diga, senhor.

— Um cidadão não chama «senhor» a um cidadão. Não sou teu amo.

O rosto de Marco Aurélio, contra a luz opalina da janela, que lhe toava o perfil de uma leve aura colorida, mantinha-se imperturbado; a voz clara, de fala bem articulada, chegava-me sem quaisquer inflexões, nem hostis nem amigáveis. Os olhos, pisados, quase inexpressivos, acusavam uma fadiga antiga. A barba, descaindo em bico, numa cachoeira de caracóis cuidadosamente enrolados, denunciava mais os cuidados dos tonsores que a despreocupação do filósofo.

— São-te indiferentes as equipagens?

Hesitei, procurei as palavras adequadas, mas o meu embaraço de provinciano não me permitiu encontrar uma frase suficientemente ambígua para fugir airosamente à questão. O génio dos cortesãos é, por qualquer especial dádiva divina, conseguirem adivinhar e prevenir o pensamento dos príncipes. Não era o meu caso, que nem sonhava vir algum dia à presença do Imperador, em boa verdade, para mim mais incómoda que festiva.

— Dos homens-bons do teu sector foste o único que não apostou, Lúcio Quíncio...

— Não calhou...

Não me atrevi a dizer que não me tinha dado conta de que o Imperador, ele próprio, tivesse apostado. Podia ser mal interpretada a minha excessiva atenção à tribuna. Mas ele sorria agora, bem na minha frente. De costas para a luz, a cara sombreava-se-lhe pelo contraste com os revérberos multicores dos vidros que variavam a qualquer leve movimento do olhar. Pareceu ter adivinhado a minha dúvida:

— Eu também não apostei, Lúcio Valério. Mas o meu... chamemos-lhe «posto», que alguns gostariam que fosse divino, permite-me ser imune às paixões dos humanos, e autoriza-me a permanecer indiferente às contingências dos verdes, dos azuis, dos vermelhos ou dos brancos. Se aprecio ou não as corridas, isso é do meu foro íntimo. No entanto, ali me viste, a presidir... Então, não me queres responder?

— Nestes jogos só vi sangue, mortandade. Nós, os Romanos, proibimos os sacrifícios humanos e, no entanto...

Senti imediatamente que escusava de ter dito aquilo. Nunca se deve confessar um pensamento a alguém que não seja nosso confidente. Porque é que esta minha estulta sinceridade acabava sempre por prevalecer? E logo em frente do senhor dos destinos do Império. Eu não estava a conversar com o filósofo, sob a rosa e no recato do meu lar. Não era um homem que esperava na minha frente. Era um aspirante a deus. Interrompi-me e corei.

— Eu não me enganava. Tu não gostas das corridas, Lúcio Quíncio, e julgas poder dar-te ao luxo de deixar que isso se perceba. Olha que é falso que nós, Romanos, tenhamos acabado com os sacrifícios humanos. Apenas alterámos os procedimentos. O que proibimos aos povos submetidos são as suas formalidades peculiares de matar. E consideramo-los romanizados e felizes quando adoptam os nossos ritos, que são estes.

Permaneci em silêncio, embaraçado. Sabia que não devia contrariar o Imperador, nem retê-lo, prolongando a conversa. Baixei os olhos e esperei que Marco Aurélio prosseguisse. Lá fora estrondeou o clamor da multidão. Tinham terminado os sorteios. Dava-se início ao bestiário.

— Ouves, Lúcio Quíncio? Aí tens o povo a aplaudir o sangue. Repugna-te? Achavas bem que o Senado e eu acabássemos com as corridas, os combates, os bestiários?

Eu murmurei qualquer coisa sobre o poder do Imperador, a excelência dos padres conscritos e o seu discernimento, mas ele falava-me antes de bom senso:

— Sabes? A sede de sangue é tão grande que, não podendo saciá-la nos anfiteatros, iriam saciá-la nas ruas. Se eu proibisse os espectáculos, voltaríamos talvez às guerras civis e às proscrições. Surgiriam outros césares. Devo correr esse risco?

O Imperador baixou mais a voz:

— As coisas são como são, Lúcio Quíncio. Suporta-as e abstém-te da indignação. Não se pode impor a cada cidadão um filósofo a seguir-lhe todos os passos. E, sendo, pelo que sei, um jovem promissor na tua cidade, nunca demonstres, por actos ou omissões, que estás longe do sentir do povo. Poderias romper um equilíbrio fixado na ordem natural das coisas, em que as tuas convicções interviriam como um mero capricho pessoal, alheio e perturbador.

Deu um passo atrás, acercou-se da mesa e levou de novo o cálice aos lábios. Era água de rosas que ele bebia, não vinho. Os grupos que conversavam, aqui e além, abriram-se, deslassaram-se, quase se desfizeram. Algumas cabeças voltaram-se para nós. Mas Marco Aurélio tinha ainda qualquer coisa a confiar-me, em particular:

— Deves estar a pensar como é que eu descobri que não apostaste.

Aproximou de mim o rosto, senti-lhe o hálito, rescendendo a rosa, quase enjoativo:

— Um outro dever do homem público é saber tudo o que se passa à sua volta. Não te esqueças.

O sorriso do Imperador, agora afastando-se um pouco de mim, e apontando-me a saída com um floreio gracioso da mão, era o sinal para a despedida. Mas reteve-me ainda mais um instante para me dizer:

— Escreve-me sempre que quiseres, Lúcio Quíncio.

Estas últimas palavras foram proferidas em voz suficientemente alta para que todos ouvissem.

Nessa noite, à ceia, em casa de Calpúrnio, os meus companheiros comportaram-se para comigo de uma forma estranha e
inabitual. Pressionaram-me para que lhes contasse a conversa
com o Imperador, sabendo, à partida, que eu, por discrição, seria
incapaz de o fazer. Todos se mostravam alterados nas palavras e
nos gestos e eu fui alvo de observações muito vagas, de ironia
especiosa, que por si não faziam sentido, mas que, juntas às suas
expressões e gestos, manifestavam desconfiança e — custa-me
dizê-lo — despeito. Eu era o mais jovem do grupo. Não sabia
defender-me daquela hostilização, elaboradamente perversa.

Embrenharam-se numa mexeriquice malévola sobre Faustina; puseram em dúvida que o jovem Cómodo pudesse ser
filho do Imperador. Riram do «governo de filósofos». Ridicula-
rizaram e imitaram Frontão e Rústico; reproduziram ironias de
Avídio Cássio; citaram epigramas dos mimos.

De permeio, iam insinuando subtilezas, com alusões remo-
tas, sobre incumbências de que me teria encarregado o Imperador e que subentendiam uma vigilância traiçoeira a seu
mando. Entre risos e expansões, misturando as palavras amigáveis e tranquilizadoras ao comentário dúbio, fizeram tudo para
que a ceia me fosse desagradável e incómoda. «Tu, que és
íntimo do Imperador...», chegou a dizer o pai de Trifeno, por
entre as gargalhadas dos outros. Calpúrnio manteve-se quase
sempre em silêncio. Recordo o seu olhar torvo, de viés, por
cima da taça que levava à boca.

Capítulo XII

Acenava-me agora para que me sentasse junto dele. Ordenou aos escravos e ao escultor que se afastassem. Eu quis instalar-me num escabelo, mas ele impediu-me com um gesto brusco, de cara agastada. Logo se voltou para trás e gritou alto que queria ali uma cadeira para o duúnviro, que não havia de se sentar no mesmo escabelo em que estivera sentado o leitor. Trouxeram outra cadeira de bunho, a medo, e Calpúrnio prometeu vergasta ao servo que a carregou.

— Desculpa, Lúcio, os miseráveis abusam da minha velhice...

— Venho agradecer-te...

— A mim? Não sei porquê. Não tens permitido que te faça muitos favores...

— A tua intervenção, em frente do templo, ajudou a levantar os ânimos.

Calpúrnio tomou de uma mesita uma tigela de barro cheia de pequenas raízes, retorcidas e escuras. Agarrou uma mão-cheia delas e mastigou-as com um esgar. Nas comissuras dos lábios brilhou-lhe uma espécie de baba esverdinhada.

— Porque é que os remédios — perguntou-me — hão-de ser sempre amargosos e difíceis de engolir? Os médicos entendem que ao sofrimento da doença se deve sempre acrescentar o sofrimento da panaceia...

Passou uma revoada de pombos, numa tropeada de asas. A formação desfez-se e vieram pousar nas telhas, um a um. O mais expedito atreveu-se a descer e debicar por entre as ervas dos canteiros.

— Mas eu convoquei-te porque queria justificar-me. De manhã, as dores eram tantas que não consegui comparecer no templo... Quero que saibas que sacrifiquei em casa, junto ao lar, em tua intenção...

Eu ia fazer qualquer comentário de circunstância, mas Calpúrnio atalhou-me as palavras, autoritário, de mão levantada. Debruçou-se ligeiramente para mim:

— Devemos procurar o sentir do povo como os nautas procuram o sentido dos ventos. É preciso que eles vejam que comungamos de todas as vicissitudes da cidade. Por isso me sinto culpado de não ter comparecido. Perdoas-me, Lúcio?

Baixou os olhos, quase os cerrou. As feições exprimiam uma humildade compungida.

— Perdoar-te? Devo agradecer-te, já te disse.

Calpúrnio levantou a cabeça e sorriu. Parecia estar satisfeito com o desenrolar da conversação. Passou a língua, ainda esverdeada, pelo lábio superior e pinçou a minha túnica, amigavelmente, entre dois dedos.

— Vou ser sincero para contigo, Lúcio. Que mais não seja, a minha... antiguidade autoriza-me umas palavras francas. Dizem-me que estás a isolar-te dos nossos concidadãos. Não

213

recebes os clientes, incompatibilizas-te com a cúria, não frequentas as termas, nem o triclínio dos outros...

— Não tenho tempo nem disposição. Os bárbaros já correm pelos campos dos arredores. Não me parece ser a altura para cumprir vida social...

— Ah, pois... Acho que um dia subestimei esses mouros... E eles aí estão, ao que dizem... Absurdo, hem?

Calpúrnio meneou a cabeça, com desgosto. Numas das colunas, ondeando por entre as caneluras, uma osga trepou, rápida.

— Mas sabes, Lúcio?, é precisamente nos momentos atribulados que a afirmação da romanidade é mais urgente. O povo tem que estar unido em volta de chefes em que se reconheça.

— Não pedi para assumir o duunvirato. Já pus o meu lugar à disposição na cúria...

— Que aliás trataste duma maneira... um tanto, digamos... descortês. Mas estás muito bem como duúnviro. Ninguém te censura aquilo que tens feito, pese embora a tragédia de Pôncio... mas o que tens omitido, que é, de tudo, o mais fácil, pensando bem...

— Os assuntos da cidade corriam melhor se eu perdesse tempo a receber os clientes, a distribuir espórtulas, a presidir a jogos, a passar os serões em ceias?

— Apenas farias o que esperam de ti! Lúcio, meu caro Lúcio, tu tens sido visto a deslocar-te a pé! E, às vezes, sozinho! — E perguntou-me, de chofre: — Quem ganhou a última corrida nas calendas passadas? Os azuis ou os verdes, os brancos ou os vermelhos? Talvez os restos dos dourados ou dos purpurados...? — Não quis saber da minha impaciência e insistiu ainda: — Como se chama o mais glorioso auriga dos azuis?

Como se chama o cavalo imortal dos verdes que já sobreviveu a setenta corridas? Ah, não sabes nada disto, Lúcio...

— Nem quero saber. Não me parece importante. De resto... Sou como sou.

— E o povo é como é. E está inquieto, dividido. Murmura-se, conspira-se. Já ouviste falar no fantasma de Pôncio a assombrar a casa que derrubaste? Fizeste alguma coisa para esconjurar o fantasma?

— Eu não acredito em fantasmas, Calpúrnio. E tu também não.

— Não se trata daquilo em que nós acreditamos. Nós lemos livros. Podemos dar-nos ao luxo de uma intimidade particular. Refiro-me ao povo de Tarcisis.

Calpúrnio retirou outra mancheia de raízes, mas desta vez não as levou à boca: esmagou-as no mármore da mesa. Não deixou que o interrompesse. Tinha o discurso pensado:

— Tens um salteador preso. És tu que o sustentas, presumo. Porque não o sacrificas na arena, como o povo reclama? A ocasião é azada. Temos guerra em perspectiva. Podias consagrar jogos a Marte, nesta altura. Tu, que nunca ofereceste jogos, como é teu dever...

O tom condescendente e paternalista de Calpúrnio ia-se alterando de frase para frase e transformava-se na aspereza dum requisitório e duma censura. Lembrava-me as minhas obrigações, com autoridade senatorial:

— Vá, responde, Lúcio Valério!

— Sabes o que me disse o salteador quando foi preso? «Eu sou um homem.» Não quero derramar o sangue dum homem num momento tão grave para a cidade.

— É discutível que um salteador seja um homem. Não consigo conceber um homem fora da cidade e do Direito, mas, enfim... E porque é que não havias de entregar um homem culpado aos cães?

— Porque me recordo da aversão que o Imperador tem ao sangue. Lembras-te, aqui há muitos anos, daquela vez em que, no circo, recusou manumitir um escravo suplicante que exibia um leão devorador de homens? Consta mesmo que mandou embotar às escondidas as armas dos gladiadores...

— Lúcio Valério, meu amigo, que ingénuo és... Cada príncipe tem as suas particularidades. Este entregou-se à fantasia do governo de filósofos. No entanto, nunca eu tinha visto tanta desgraça. Os deuses devem estar incomodados, com o excesso de filosofia. Houve um terramoto. Até a peste desabou sobre Roma. Os próprios mouros acorrem lá dos seus descampados... Pobre Marco Aurélio... Passará, como os outros. Subirá aos céus, em apoteose, e levará a filosofia com ele... Mas o Senado e o Povo de Roma permanecem.

— A era dos césares acabou. A conspiração de Avídio Cássio foi desmantelada.

— E foi isso um bem?

Calpúrnio olhou-me muito fixamente, de início com um ar muito sério. Pensativo, esfregou na cara o anel senatorial, esboçou um sorriso, ao princípio muito leve. Depois desatou a rir, quase convulsivamente, a ponto de se engasgar.

— Tu sabes quem é Cómodo? Lúcio Élio Antonino Cómodo?

— Sei que tem sido educado por Frontão e pelos melhores filósofos do Império.

— Lúcio, meu caro, faz uma experiência. Compra dois filó-sofos gregos em Gades, instala-os na tua cavalariça e põe-nos a discorrer para as tuas mulas de carga, durante vários anos. Talvez consigas assim o prodígio de uma mula filosofante...

— Que queres dizer com isso?

— Que Cómodo é ainda mais bruto que as tuas mulas. Passa a vida no anfiteatro, entre gladiadores. Como Nero, a maior aspiração dele é vir a ser auriga. Estrangulou um dos amigos que o acompanhavam, às mãos nuas, apenas porque ele recitou um verso que considerou equívoco. Nada lhe ficou, nem de Frontão nem de Rústico, nem dos outros.

— Não é possível.

— É verdade, Lúcio. E Marco Aurélio nada quer perceber. Nunca soube avaliar os mais próximos. Exalta Frontão e Frontão é um parvo; glorifica Faustina, e Faustina não passa duma mulherzinha irritante e infiel; pretende associar Cómodo ao governo, e, provavelmente, Cómodo nem é filho dele. Se viveres até lá, terás Cómodo como Imperador. E aí verás de regresso a era dos césares. É bom que te conformes e prepares para isso.

— A grande virtude deste Imperador está em que te é permitido falar dessa maneira, sem ser debaixo da rosa.

— Falo à vontade porque estou muito velho. Entre chegar uma denúncia a Roma e procurar-me o verdugo já terei partido, provavelmente. Além disso, Lúcio Valério, a tua lealdade e sentido do decoro são tão fortes que parecem quase patológicos. Tu nunca serias capaz de me denunciar, ainda que repudiasses as minhas palavras.

Ele tinha razão. Não era preciso muita perspicácia para perceber que eu nunca trairia, não digo um amigo, mas alguém que me confiasse qualquer segredo. Calpúrnio sorria, e deu-me uma ligeira palmada na mão.

— Lúcio, meu caro, respeita a vontade popular. O povo quer o salteador? Dá-lhe o salteador. O povo quer os cristãos? Dá-lhe os cristãos. Mas mantém o povo a teu lado.

— Eu faço o que me parecer justo, não o que lisonjeia a plebe.

— Justo é o que a canalha aceita como justo, não o que Lúcio Quíncio pensa.

Calpúrnio cruzava agora os braços e fitava os olhitos descoloridos em mim. Parecia que tinha começado um jogo de rebater todas as minhas opiniões, com um propósito quase lúdico de parada-resposta que lhe dava imenso prazer:

— Dizem que és demasiado condescendente para com essa seita abominável dos cristãos.

— Um deus mais, que mal faz?

— Eles cospem nos templos, sacrificam crianças, adoram animais monstruosos, planeiam envenenar as águas, organizam orgias incestuosas...

— Não tenho provas disso.

— É o que dizem, é o que corre. Os habitantes de Tarcisis odeiam essa gente. O ódio dos cidadãos é a prova. Não te basta?

— Sou um magistrado, dependo da lei, do Senado e do Povo de Roma. Não sou um sátrapa!

— Sabes porque é que Máximo Cantaber não compareceu ao sacrifício?

— Máximo Cantaber é livre...

— Não, não é! Seria livre se o deixassem proceder de acordo com os seus deveres de cavaleiro. Mas esses cristãos impediram-no pela força de se dirigir ao templo.

— Ele não se queixou!

O diálogo estava a decorrer muito depressa. Calpúrnio tinha largado a minha túnica e batia, alternadamente, com os dois punhos cerrados na mesa de mármore. Chegado o momento de atacar, ele alargava-se, descobrindo todo o elenco de acusações que tinha recolhido em segredo. De repente, apontou o dedo mirrado na minha direcção:

— Eu sei! Tu, Lúcio Valério Quíncio, estás enfeitiçado por Iunia Cantaber e é daí que derivam as tuas evasivas. Não do entendimento, mas do coração. Estas seitas maléficas têm artes e encantamentos capazes de destruir o discernimento de um homem. Previno-te, Lúcio...

Era de mais. Levantei-me, de supetão. A cadeira caiu atrás de mim, a almofada rolou.

— Que fazes, Lúcio? Escuta-me!

Calpúrnio agora gritava muito alto. Eu fiquei-me ainda, espantado, encostado a uma coluna, a olhar para ele. Iunia na boca de Calpúrnio escandalizava-me. Eu não me conformava a partilhar Iunia com aquela múmia corrupta. Ao rumor, escravos assomaram a uma porta.

— É para o teu sentido de romanidade que eu estou a apelar. Acorda, homem! Apesar de tudo, nota, apesar de tudo, prefiro ver à frente desta cidade um cidadão bem-nascido como tu, em vez dum filho de liberto como Rufo Cardílio. Mas fixa bem: se Rufo defender melhor os interesses do povo, que seja Rufo, então...

Despedi-me, com um aceno de cabeça, e precipitei-me para a saída. Nunca esperara nada de Calpúrnio, sabia que mais cedo ou mais tarde havíamos de entrar em conflito, mas a menção de

Iunia parecera-me um golpe traiçoeiro, de um extremo mau gosto. Eu nunca tinha falado nela a ninguém. Como se atrevia aquele traste, decrépito e devasso, a mencionar o nome de Iunia, sem que eu o tivesse pronunciado?

— Airhan! Airhan! — bradava Calpúrnio atrás de mim.

Airhan apareceu, vindo de dentro, curvou-se ligeiramente e foi-me acompanhando até à saída. Nada me ocorreu, tão confundido que fiquei. Percorremos sala após sala, em silêncio. O rumor das sandálias entoava, gelado, pelos espaços vazios. Já à porta, sem que eu lhe tivesse perguntado nada, Airhan, dobrando-se de novo, quis esclarecer:

— Trabalho agora para Énio Digídio Calpúrnio. Mordomo e procurador... Às tuas ordens, Lúcio Valério.

— Acho que ainda não te paguei o último serviço, Airhan...

— Não precisas de me pagar nada, Lúcio Valério. O que Énio Calpúrnio, na sua bondade, me dá, sobra-me.

— Aquela estatueta de prata, que te prometi...

— Guarda, por favor, a tua estatueta...

Creio ter visto um brilho cinzento, gordo, a correr-lhe fugaz pelos cabelos. Um piolho. As roupas bordadas oferecidas por Calpúrnio não lhe tinham removido o fedor; a proximidade do senador não lhe inibia a vérmina. Esperou à porta, muito compenetrado e senhor de si, que eu subisse à cadeira e partisse.

O que me inquietava, no meu regresso, era perceber que, no fundo, os conselhos do senador hispânico Énio Calpúrnio coincidiam, bem vistas as coisas, quase ponto por ponto, com as observações do filósofo Marco Aurélio, dez anos antes...

No pretório, enfim, esperavam-me ordens do Governador. O mensageiro, cansado, coberto de suor, dormitava encostado à porta do meu tablínio. De Emerita, aonde acorrera recentemente, Sexto Tigídio Perene remetia-me uma carta. Numa prosa grega meio cifrada, de rebuscado estilo oriental, em que não se percebia onde começava a medida cautelar e terminava o empolamento da frase, dava-me conta da invasão moura que ele designava por «hordas de inconformados bárbaros», aconselhava-me a fazer recolher os cidadãos dos subúrbios e das villas à cidade, a reforçar as muralhas e a proceder a sacrifícios. Só agora! Acordei o mensageiro e perguntei-lhe se tinha topado com os mouros pelo caminho. Disse-me que sim, que avistara um grupo, no fundo de um valado, mas que não o perseguiram, provavelmente por não possuírem montadas.

— Arriscas-te a voltar a Emerita? — perguntei-lhe.

— É o meu dever. Devo entregar um recibo.

Chamei um cartulário, ditei ao Governador uma nota em grego, assaz irónica e enigmática, dando conta da recepção da mensagem e esboçando um breve apontamento das medidas tomadas em Tarcisis. Logo despedi o portador, que ainda tinha muito que cavalgar.

Aulo esperou que eu despachasse o homem para me dar a notícia infausta: Cornélio Lúculo havia sido encontrado morto, num quintal, debaixo do aqueduto, no declive abarcado pelo lanço mais alto. Ao que se supunha, na noite passada, depois de uma bebedeira na taberna de Rufo, arriscara-se, com a confiança que dá o vinho, a seguir aos bamboleios pelo aqueduto fora. Os frequentadores da taberna tinham-no visto sair, mas, pelo que diziam, nenhum deles supôs que Cornélio se aventurasse a seguir pelo estreito caminho que, aliás, não conduzia a sua casa. Talvez quisesse atalhar para a rua das prostitutas, que era um dos seus destinos habituais...

— Isto é o que dizem, duúnviro. Mas há algo de mais estranho. Entre as roupas de Cornélio encontraram um peixe morto.

— Achas que Cornélio foi assassinado?

— Talvez. Mas ninguém sabe de nada. Ninguém viu.

— Será o peixe um sinal?

— Quem sabe?

— E porque não apenas a refeição de Cornélio para o dia seguinte?

Aulo encolheu os ombros, ambíguo:

— Há por aí gente capaz de tudo, Lúcio Valério.

Pobre, desgraçado, infimíssimo Cornélio. Morto sem atingir a fama, nem a riqueza, reduzido à condição mínima de mendigo de Tarcisis, estupidamente trucidado por maquinações que estavam fora do seu poder e do seu entendimento. Não era tempo de se investigar as circunstâncias desta morte que eu, com raiva, tinha a certeza de ter sido provocada. Não ia interrogar todos os frequentadores da taberna de Rufo, nem o próprio Rufo, nem levantar mais suspeições e inquietações na cidade. Tratava-se de uma retaliação contra mim. O sinal do peixe era-me dirigido. Qualquer investigação neste momento poderia resultar em desaires e em chacotas da turba. Ficaria para depois, em havendo ocasião... Não estava disposto a deixar que Rufo Cardílio levasse a melhor.

Aulo perfilava-se na minha frente, junto ao busto do Imperador. Aguardava, ainda, impenetrável, que eu tomasse qualquer decisão sobre o caso de Cornélio. Eu deixei-me ficar muito tempo com os cotovelos apoiados no tampo da mesa. Mas não era em Cornélio que eu pensava. Era em Aulo. Agradava-me aquela soturnidade discreta, os gestos precisos, a escassez de palavras. Não tinha para com Aulo nenhuma intimidade. O convite para minha casa, uma vez, fora uma excepção absoluta, embora soubesse que Galla tudo fazia para ser recebida por Mara e partilhar confidências. Esta minha reserva para com Aulo, que não deixava de assinalar a diferença de estatuto, parecia convir-lhe perfeitamente.

Nunca Aulo me levou a suspeitar de corrupção, nuns tempos em que a venialidade é quase sinónima do centuriato. Mas aquela fidelidade tão constante e humilde, de «cão de Sabino», parecia às vezes dum conformismo e duma frieza que chegavam a preocupar-me. Quem era este Aulo, afinal? Não haveria fissuras naquela rigidez? Porque havia sido tão equívoco, momentos atrás?

— Que pensas de tudo isto, Aulo?

— Havia menos divisões antes, duúnviro.

— Antes de quê?

— Antes destes cristãos...

Hesitei antes de lhe fazer a pergunta, quase de chofre:

— Aulo, ultimamente, ninguém te procurou?

Aulo reflectiu durante uns momentos. Via-se pelo franzir das rugas que procurava adivinhar o sentido da pergunta. Mas, contra a minha expectativa, apenas respondeu, impassível:

— Ninguém, duúnviro.

Logo pediu licença para ir tratar do funeral de Cornélio, que não pertencera a nenhuma confraria funerária, nem deixara

223

quem lhe acompanhasse o esquife... Aulo sempre tinha detestado Cornélio. Não deixava de ser estranha esta generosa solicitude.

Iunia de surpresa, no pretório. Afastou o reposteiro e aproximou-se da minha mesa, em silêncio... Suspendi a respiração e fiquei-me, hirto, até que as mãos me deixassem de tremer. Devo ter empalidecido. Depois senti o sangue afluir-me às faces. Possivelmente enrubesci. Iunia, indiferente à minha turvação, olhou por instantes para o busto do Imperador.

— Mármore de onde?

Eu, por gestos, intrigado, confessei a minha ignorância.

— Hum, não é de cá... Deve vir de Itália... O mármore daqui tem os veios mais largos e um cinzento a pender para o esverdeado...

Espreitou pela janela e deu uma volta sobre si própria. Aproximou-se de mim, sorrindo. Eu sentia-me estranhamente embaraçado. Não esperava ver Iunia no pretório, a invadir os meus domínios, e interrogava-me sobre aquele jeito mundano e desprendido com que ela circulava pela sala de reuniões e sobre o tom levemente zombeteiro com que me falava, manejando as pontas do véu, ora descobrindo inteiramente o rosto, ora ocultando-o em parte. Resolvi calar-me antes que dissesse qualquer frase errada. Aquele sorriso, largo, era tão raro em Iunia que alterava a imagem, sempre grave e composta, que eu tinha dela. Receoso de desfazer o encanto nem ousei perguntar-lhe como passara pela guarda nem o que pretendia de mim.

— Preciso da tua autorização para visitar o preso.

Decidida, seca, inesperada. Eu não sei bem com o que contava. Talvez apenas que Iunia se deixasse estar um pouco. Talvez que se sentasse e fosse ficando por ali, na minha frente, e eu a vê-la, apenas a vê-la. Talvez mesmo que viesse retomar as nossas discussões desencontradas, em que eu — sempre perdedor — me via obrigado a reconhecer um secreto, inconfessável prazer. Mas o pedido dela tomava-me agora completamente de surpresa. Uma névoa sombria, pesada, caiu sobre todos os objectos. A face de pedra de Marco Aurélio pareceu-me subitamente entristecida. Enregelaram-se-me as mãos:

— Arsenna, o salteador?

— Arsenna, o prisioneiro.

— Mas tu conheces Arsenna?

— Não conheço o Arsenna. Nem sei sequer como é a cara dele. Sei apenas que é um preso, que não tem mais ninguém, que o espera um fim horroroso, e que precisa de consolo e de caridade.

— Queres convertê-lo à tua superstição? Para quê? Já não há escravos disponíveis em Tarcisis? Vais falar com um homem que está naturalmente destinado a morrer. O que lucras com isso?

— Recusas-te a deixar-me ver Arsenna?

Eu podia ter dito «Recuso!». Seria mesmo a decisão natural perante um requerimento tão descabido. No plano pessoal, representaria até um desforço perdoável como contrapartida ao desengano que Iunia me havia provocado.

Mas ouvi-me a chamar um lictor e a transmitir-lhe a ordem de conduzir Iunia Cantaber até ao preso. Ela nem me agradeceu. Saiu rapidamente adiante do lictor. Observei pela cortina

225

entreaberta que se juntava às suas servas e que o grupo virava lá ao fundo pela escada que descia para o interior...

Cheguei tarde ao tribunal. Dei tempo a que Iunia saísse. A presença na cidade de gente desocupada enchia a grande nave da basílica de agitação e rumores. Embora os processos constituíssem por esses dias o entretenimento possível, não deixei de estranhar que o espaço do meu tribunal estivesse tão apinhado de gente. Para esse dia o secretário agendara o caso de uma mulher acusada de difamar outra e o dum talhante que não tinha mandado varrer a rua em frente da sua loja. Causas simples e rápidas, com que eu não tencionava perder muito tempo. Mal me instalei no meu lugar e me certifiquei de que as partes estavam presentes, Rufo, acompanhado de Proserpino e de um grande grupo, vestido de cerimónia, apresentou-se a juízo. E Proserpino, com grandes gestos e a voz trémula das grandes ocasiões, pediu a palavra, com urgência, requerendo a prioridade sobre os casos do dia. Subornara, obviamente, os outros litigantes. Inquiridos, nenhum se opôs. Deixei-o falar e ele, compondo a toga, desenrolou teatralmente uma folha, que esticou de cima a baixo, com um estalo. Tínhamos papiro, despesa, solenidade, complicações. Preparei-me para ouvir a acusação, que logo adivinhei, contra Máximo Cantaber, sua filha Iunia e um rol de indivíduos, de nome para mim desconhecido, com excepção de Mílquion.

Rufo Glicínio Cardílio, ali representado por Gneio Soluto Proserpino, denunciava formalmente Máximo e Iunia Cantaber e outros por actos indiciadores de impiedade, com incitamento à rebeldia contra o Senado e o Povo de Roma; por sacrilégio para com os deuses da República, através de factos e omissões; pela prática de ritos obscenos e repugnantes, com celebrações ocultas; por associação ilícita e não autorizada, com violação dos éditos imperiais; por traição à cidade, com prestação de honras fúnebres aos seus inimigos; por promiscuidade social, com a celebração de mistérios em que participavam escravos; por feitiçaria, com expulsão de demónios e predições do futuro, matéria reservada aos áugures; por desacatos e violações da paz, com lesão da liberdade política dos cidadãos. O que melhor seria desenvolvido, explanado e provado em julgamento.

A isto acrescentou Proserpino, de viva voz, algo que lhe foi segredado, ali mesmo, por Rufo: conluio com salteadores, abusando da benevolência do duúnviro, visitando-os, encorajando-os e conferindo-lhes a dignidade que a lei e os costumes negavam. Era uma insinuação pérfida de cumplicidade que eu, na qualidade de juiz, não podia contrariar.

Um lictor recolheu a acusação, que arrumei sobre a mesa, sem a desenrolar. Que ficava registada — disse —, tomaria uma decisão noutro dia...

Cresceu um clamor rancoroso, hostil, que logo se transformou numa aclamação estrondosa de Rufo e Proserpino, que agradeciam, triunfantes. Saíram do meu tribunal, com os seus cortejos, entre as alas do público que os vitoriava e floria. Na minha frente ficaram apenas os desvalidos protagonistas dos casos correntes.

Enganei-me sobre a duração das causas, que os advogados tiveram arte de prolongar até escurecer. Era já noite e eu corria, a pé, apenas acompanhado de um escravo, para casa de Máximo

Cantaber. Tivemos de bater ao portão de ferro para acordar o ostiário, que demorou. Senti que, ao ruído, se abriam portadas, indignadas ou curiosas, nas casas em frente. Máximo recebeu--me estremunhado, de mãos trementes, no átrio deserto. Olhei em volta. Não vi Iunia. Luzes raras e esmaecidas alumiavam tristemente o espaço. Por cima do complúvio, um céu negro, de estrelas adormecidas. Ao fundo, o triclínio sem luz fechava-se, escuro e silencioso.

— Há uma acusação de impiedade contra ti e contra Iunia.

Máximo fez-me pena. Sentou-se, devagar, numa arca e ficou a olhar para mim sem nada dizer.

— Dum tal Rufo Cardílio...

— O padeiro? O filho do liberto? — perguntou, enfim, quase num sopro. Aquele abatimento pareceu-me excessivo. Máximo possuía servos, libertos, clientes e meios para fazer face a qualquer processo de Rufo Cardílio, ainda que ele contasse com o apoio de Calpúrnio e da sua gente. Em circunstâncias normais, Rufo nunca conseguiria sequer fazê-lo comparecer em tribunal. Mas Máximo mostrava-se profundamente fatigado, naquele estado de prostração em que qualquer contrariedade toma foros de catástrofe. — Mas porquê? Por não ter ido ao templo, ontem?

— Sim, entre outras acusações. Quis prevenir-te, para que não soubesses a notícia por outro. De resto, adiei a decisão liminar. Nas actuais circunstâncias parece-me prudente suspender todos os julgamentos.

— Não, eu vou ao teu tribunal, duúnviro!

A voz de Iunia, como uma pancada seca a traçar-me o peito! Senti o coração a saltar. Provavelmente estremeci. Àquela luz ninguém poderia distinguir. Espero não ter evidenciado nenhum gesto em falso, nem deixado alterar a fisionomia. Iunia emergia do escuro e vinha caminhando, no seu jeito vagaroso, até nós. Passou uma mão carinhosa sobre os cabelos do pai e firmou-se na minha frente, pronta a tomar conta da situação.

— Tu não mandas no meu tribunal, Iunia.

— Mas eu quero comparecer. Vou de livre vontade.

Há pouco, quando falava a Máximo Cantaber, sozinho, no desconforto do átrio sombrio, apercebia-me de que havia qualquer coisa de falso na minha precipitação de vir avisar o meu amigo, a horas mortas. De facto, uma vez mais, não era Máximo que eu queria ver. Tinha-me enganado a mim próprio...

Quando ouvi a voz de Iunia e lhe senti a presença, passada a perturbação inicial, tudo estranhamente mudou de sentido: tomou-me uma sensação intensa de plenitude, de companheiro de deuses, de desbravador de horizontes, de senhor dos mares, e não pensei mais na adequação da minha presença ali. Deixei de ver Máximo, que continuava sentado na arca, e as faces de Iunia, ao reflexo azulado da lucerna, encheram todo o espaço. De muito longe, de muito fundo, difusamente, um rebate qualquer moía em mim um leve remorso, não sabia eu bem de quê. E Iunia estava ali para me contrariar, como sempre:

— Não tens o direito de me poupar. Se me querem julgar, julguem-me. Não te pedi protecção.

— Nem eu ta daria. Apenas não quero complicações na cidade quando a cidade está ameaçada. Amanhã anuncio a suspensão de toda a actividade judicial.

— O teu cuidado com a cidade... Desta cidade não ficará pedra sobre pedra, Lúcio.

— Oxalá não sejas tu responsável por isso. Eu faço o que posso para cumprir o meu dever e para a manter intacta.

— É para isso que ordenas sacrifícios grotescos no templo e molhas um dardo no sangue das vítimas?

— Sim, é!

— Pobre Tarcisis condenada. Outra cidade virá substituir esta. A nova Jerusalém já se anuncia. Priscilla de Pepusa viu-a, durante quarenta dias, por entre as nuvens...

E Iunia, cruzando os braços, recitou:

— «O lobo e o cordeiro», anuncia Isaías «se apascentarão juntos, e o leão comerá palha como o boi, e o pó será o alimento da serpente. Não farão mal nem dano algum, em todo o meu Santo Monte...»

Eu interrompi-a e prossegui com Virgílio:

— «Por si mesmas, as cabras virão trazer a casa os úberes tensos de leite, e aos leões, enormes, não temerão os rebanhos... Por si, o teu berço espalhará mimosas flores. Morrerá a serpente e a erva venenosa, falaz, morrerá. A esmo há-de nascer o amomo da Assíria...»

— Não tem o mesmo sentido!

— Não?

— Talvez um dia consigas perceber, duúnviro...

— Continuas a dar espectáculo, à porta das termas?

— Os teus espiões não te têm informado?

— Causas tanto escândalo que nem chego a precisar de espiões.

A voz de Máximo interrompeu, fraca e sumida, lá dumas profundezas remotíssimas: «Estou cansado!»

Máximo alçou-se dos abismos, com um grande suspiro, e apoiou-se ao braço de Iunia, que nem se voltou. Iunia e eu,

olhando-nos fixamente, afogueados pela raiva, quase roçáva-
mos as caras uma pela outra. Endurecida, a de Iunia, presumo
que a minha também. Só demos atenção a Máximo quando ele
riu, baixo, cortesmente, fez estalar os dedos e disse: «Bom...»

De volta a casa, dei por mim a agrupar ainda argumentos
contra as palavras de Iunia. Contra as que ela disse, contra as
que eu imaginei que ela poderia ter dito. Ocorriam-me novas
citações, versos, trechos de tragédias, mitos. Importunava-me a
ideia de que faltava dizer-lhe qualquer coisa e de que aquela
hostilidade que sempre desastrava entre nós resultava, afinal,
duma incompreensão que poderia ser removida por raciocí-
nios, por demonstrações, por palavras. Pensei em frases, atitudes. Gesticulei, só comigo. E, no fundo, sabia que tudo isto provinha apenas da minha imaginação...

O meu cubículo era pequeno para deambular, recordar e
remoer razões. Passeei longo tempo pelo átrio, sentei-me perto
do tanque e procurei concentrar-me numa prática antes usual
para mim, mas que os últimos tempos não vinham propi-
ciando: o exame de consciência. Ganhei o dia? Perdi o dia? E a
imagem de Iunia, olhando-me um pouco de viés, entre o irónico e o desconfiado, teimava em se interpor e perturbar.

Acabei por entrar no cubículo de Mara. Ela acordou, logo
que sentiu a luz da lucerna. Estremunhada, sorriu-me, e compôs os cabelos.

— Mara — perguntei eu —, quem ganhou as últimas corridas no Circo Máximo de Roma, os azuis ou os verdes?

Demorou algum tempo antes que Mara respondesse, ainda
não convencida de que estava acordada:

— Cinco vezes os azuis, duas os verdes.

— Como se chama o auriga da moda?

— Censónio.

— E o cavalo funal da quadriga dele?

— O do lado da spina? *Polydoxos.*

— Como sabes, Mara?

— Toda a gente sabe, Lúcio.

Capítulo XIII

De manhã, muito cedo, antes de o sol romper, foi pendurado um cartaz à porta da basílica. Relembrava-se a iminência dos perigos, a necessidade de coligir os esforços e atenções para a defesa da cidade, insistia-se na urgência de os cidadãos acorrerem ao alistamento com o seu pessoal, e suspendiam-se, até nova ordem, todos os actos judiciais. Os demandantes deveriam aguardar nova oportunidade, os juros das dívidas ficavam suspensos, os cárceres privados declaravam-se proibidos.

Não posso garantir que este anúncio determinou o clima de excitação que voltou a Tarcisis. Mas, às vezes, acumuladas e perfeitas todas as condições para que determinado acontecimento se dê, basta um facto mínimo, não raro desprezível e imponderável, para desfechar a eficácia das causas. Nos últimos dias, os sentimentos populares sobre o avanço dos mouros oscilavam entre a bazófia arrogante e displicente, o alheamento ligeiro e irresponsável, o quase esquecimento e o rompante histérico, meio apavorado. E, ao que sabia, esta variação de estados de espírito chegava a ocorrer sucessivamente, no espaço entre sol e sol.

233

Nesse dia, os frequentadores do fórum exibiram um comportamento diferente do habitual. Os movimentos dos compradores eram mais rápidos e nervosos, os saltimbancos, com os seus ursos, não conseguiram quase reter a curiosidade de ninguém, toda a gente parecia estar com pressa. Quando a minha liteira passou, os circunstantes saudaram-me com uma curiosidade estranha, expectante, e poucos se agruparam atrás de mim, em cortejo. Talvez para a tensão que ia no ar contribuíssem em grande parte as pancadas regulares da grande catapulta, já pronta, que eu ia agora inspeccionar, junto à muralha.

De rua para rua, tornava-se mais e mais nítido um guincho estridente, arrastado, a que se seguia uma breve pausa e o golpe cavo que, num estrondo poderoso, rematado num estremecimento metálico a zunir por sobre os telhados, atroava os ares e lembrava aos cidadãos a eventualidade da guerra.

Chamavam «ónagro» àquela máquina, não se sabe bem porquê. Se a pequena lançadeira que Aulo havia descoberto podia, com boa vontade, lembrar um escorpião, tomando em conta a estreiteza horizontal da calha, o arco à cabeça, a alavanca alçada da cauda, esta só evocaria um «ónagro» imaginando-se, em abstracto, o tamanho, a bruteza e a grossura pesada do animal.

Tinham aproveitado os prumos das gruas e os barrotes dos andaimes. Puxados por contrapesos, os braços altos de madeira, rematados pelos pratos de metal suspensos de correntes, iam embater contra uma trave, num amortecedor de couro, e despediam os projécteis a uma distância muito irregular e incerta. Perto do engenho, negro e disforme, pirâmides de pedras grossas esperavam que as colocassem nos pratos. Penosas filas de escravos e rústicos, tisnados, cansados, iam amontoando, ao alcance, a cantaria das demolições.

Tratava-se de uma improvisação engenhosa, medonha, que enchia de orgulho os empreiteiros de Tarcisis. Sobre os montantes devidos pelas obras, esperavam vir a ser recompensados pela sua dedicação à defesa da cidade, com o sacrifício das suas gruas e o empenho dos seus capatazes.

A azáfama de pedreiros e homens de ofício que se pudera presenciar, um mês antes, em torno das muralhas, era agora substituída por um corrupio de gente que acarretava pedra, desbastava o mato, ou evoluía em formação, ao som das ordens castrenses dos oficiais de Aulo. Fiz um pequeno discurso aos empreiteiros, distribuí presentes, e prometi benesses para depois das contingências que nos esperavam.

No regresso, por imprevidência dos lictores, cruzei-me com o funeral de Cornélio Lúculo. A minha liteira deteve-se e eu censurava os lictores por não terem escolhido um caminho fasto, quando, do pequeno ajuntamento em volta da padiola, saltou uma mulher que se atirou ao chão, em alta grita, a contorcer-se, espojada no lajedo. Aquilo era mais do que se exigia a uma carpideira. Aulo, que vinha próximo, procurou afastar o grupo, mas juntava-se mais e mais gente aos gritos da mulher, que soavam cada vez mais estridentes. Desci da cadeira e fui-me chegando. Os que me reconheceram deram-me espaço, de maneira que a mulher, na sua agitação, ficou quase a rojar-se a meus pés, de peito já descoberto pelos repelões que dava às roupas com as mãos enclavinhadas. As feições enrubescidas removiam-se em esgares grotescos, algo assustadores. Dois homens tentaram segurá-la pelos braços, mas foram arrastados e repelidos. Assustada, a multidão recuava. A mulher firmava-se agora pelos cotovelos, arqueava o corpo e rompia num grito rouco que parecia interminável. De repente calou-se, sentou-se, de braços cruzados sobre o peito, e fitou os olhos congestionados num homem que avançou não sei donde e se postou à sua frente: era Mílquion.

Desajeitadamente, a mulher arremeteu contra ele, guinchando, mas Mílquion levantou a mão espalmada e ela deteve-se, rodopiou sobre si e caiu ajoelhada no chão, a arquejar. Fez-se um total silêncio em volta. Ninguém ousava bulir. Apenas ressoava, a espaços, lá longe, o estrondeio dos lançamentos da catapulta. Então, Mílquion falou e a sua voz tranquila, a que o sotaque dava mais estranheza e solenidade, ecoou pela rua apertada:

— Em nome do Senhor ordeno-te: declara como te chamas!

A mulher, de olhos postos no chão, começou a sacudir-se em risadas convulsas. A boca dela tinha a fixidez arreganhada das estátuas das máscaras de cena. Fios de uma baba viscosa escorriam-lhe pelo queixo. E a voz, antes esganiçada e estrídula, mudou de súbito para um tom grave, quase masculino. Foi entre risos ásperos que escandiu um nome e o repetiu vezes sem conta.

— Belmorot!

Mílquion estendeu ambos os braços por sobre a cabeça da possessa e comandou:

— Belmorot, serpente imundíssima, em nome do Pai, do Logos e do Filho, ordeno-te que saias desse corpo!

236

Ele a proferir a última palavra, e a mulher a entrar de novo em convulsões horríveis, entremeando palavras célticas e latinas, risos e grunhidos, insultos berrados e obscenidades melífluas, até que, de repente, se enrolou no chão, inerte, em profunda sonolência. Outras mulheres rodearam-na e levantaram-lhe a cabeça. O rosto transfigurara-se e exprimia uma serenidade adormecida, de respiração tranquila e inocente.

O grupo voltou a agitar-se. O corpo de Cornélio foi de novo alçado aos ombros. Ao estridor de uma flauta, o mísero préstito ia prosseguir. Antes de se afastar, impávido e triunfal, Mílquion olhou-me por cima do ombro. A mulher compunha agora as roupas, parecia envergonhada e falava baixinho com as outras, que a abraçavam e levavam consigo.

Regressando à liteira ainda perguntei a Aulo:

— Que te parece isto?

O meu centurião encolheu os ombros:

— Se não existisse o exorcista, não existia a exorcizada...

Em cima da minha mesa, no pretório, um pequeno embrulho. Dois jogos de tábulas de cera, um estilete, uma placa de madeira com as letras do alfabeto embutidas, um minúsculo frasco de vidro azul, com um unguento, tudo dentro de um saquitel de estopa.

— Vieram entregar, da parte de Iunia Cantaber, para o preso Arsenna — explicou o cartulário. — Achámos melhor não lhe entregar nada sem que tu autorizasses...

— Tragam-no cá.

— Está imundo e malcheiroso, duúnviro. Todos estes dias na palha...

Que o lavassem primeiro! Quando Arsenna chegou, acorrentado, tinha os cabelos ainda molhados dos baldes de água que lhe atiraram para cima.

— Alguém te enviou isto. — Espalhei o conteúdo do saquito na mesa. — Dá-me uma boa razão para eu te entregar estes objectos.

Arsenna exibiu os pulsos, num tilintar corrido das cadeias. Os trapos que lhos envolviam estavam manchados de sangue pelo atrito continuado dos grilhões.

— Razão para o unguento? Muito bem... E as tábuas? E o estilete?

— Quero aprender a ler, duúnviro.

— Mas tu vais morrer, Arsenna. Aprender a ler para quê?

— Tu também hás-de morrer, duúnviro. Viver para quê?

— Sempre deixo a minha pequena obra...

— Eu deixo a minha fama...

Mostrava-se mais altivo que da primeira vez que o tinha visto. Mas, em todo o caso, observando-o como era, magro, pequeno, de feições inexpressivas, ninguém acreditaria que à frente de uma dúzia de salafrários havia tornado inseguras as estradas de Tarcisis e Ébora. Estendi-lhe rapidamente o frasco e os materiais de escrita. Recolheu-os, apertou-os ao peito e não me agradeceu. Fiz sinal ao carcereiro para que o levasse. Mas ele pretendia ainda falar:

— Duúnviro, peço-te que, em meu nome, agradeças a Iunia Cantaber estas atenções para comigo. Tenho pedido ao deus dela que a proteja.

Sempre Iunia! Até este mesquinho salafrário pronunciava aquele nome e tinha sobre mim o poder de me impor a lembrança dela.

238

— Pois sim! Anda!

Mas Arsenna, perto do reposteiro, ainda quis voltar atrás. De cara ansiosa, a voz saía-lhe agora trémula e suplicante:

— Afinal, que vais fazer de mim, duúnviro?

— Provavelmente serás crucificado no lugar em que te capturaram. É o costume!

Arsenna sacudiu-se, procurou libertar o braço que o carcereiro apertava. As grilhetas retiniram de novo. Quis aproximar-se de mim.

— E se eu te contar onde estão escondidos os nossos espólios?

Recusei ouvir a enumeração das tentadoras riquezas de Arsenna. Não estava disposto a deixar que o salteador me desiludisse mais. Aos gritos, ordenei que o levassem. O carcereiro, ajudado pelo lictor, empurrou o preso. A sórdida túnica do salteador ficou ainda mais esfarrapada. Saíram, enfim, num ruído de ferros entrechocados. O saco com os presentes de Iunia tombou no chão. Arsenna ainda gritou:

— Aos cães, não, suplico-te! Tem compaixão de mim, duúnviro!

Arsenna, salteador de estradas, protegido de Iunia Cantaber... Não havia sítio para onde eu me voltasse em que Iunia não afirmasse a sua existência obsidiante. Se eu ao menos tivesse poder para varrer da cidade aquela maldita seita, com o seu afinco perverso de criar dilemas, dividir espíritos, atrair as atenções... Se eu conseguisse chamar à razão Iunia Cantaber, relembrar-lhe os gestos e as palavras elementares da romanidade... Se, ao menos, ela me escutasse...

Melhor seria até que eu nunca mais ouvisse falar de Iunia. Que ela deixasse de me assombrar, de me incomodar, de me roubar a paz. Que eu a esquecesse, de vez! Que o seu nome nunca mais me ocorresse.

Eu não merecia isto. Precisava do espírito liberto e disciplinado. Naquela mesa desabavam todos os problemas da cidade. À minha direita, equilibrava-se um monte de tábuas e de rolos, a que eu devia dar despacho. Porque é que Iunia havia de ter vindo interferir assim na minha vida?

Senti-me a detestá-la com uma raiva febril. Cabia-me pô-la no seu lugar. Fazer-lhe ver a sua insignificância. Era uma mulher sujeita ao poder do seu pai! Impunha-se convencê-la de vez da inanidade da sua crença, do ridículo das suas atitudes, da futilidade dos seus propósitos. Houve razões que não me acudiram na última ocasião em que estivera com ela. Surgiam agora dados novos. Ocorreu-me interrogá-la sobre a sua conversa com Arsenna, sobre os inquietantes poderes mágicos do seu *Episkopos*, sobre... sobre... sobre...

Tudo o que acontecia, afinal, convergia em Iunia e levava-me a Iunia... Parei, quando, pronto para sair, já tinha a clâmide posta e os lictores se perfilavam junto à porta. Não podia ser. Que fazia eu? Eu não tinha o direito de estar tão obcecado por aquela criatura. O que era ela, afinal? Uma viúva, filha de pai rico, que, para se consolar de desgostos da vida, decidira promover, valendo-se da sua posição social, uma tola religião esotérica, semelhante a tantas outras que agregam plebeus e escravos. Seria supinamente ridículo, aparecer o duúnviro em casa dos Cantaber para travar razões com uma das filhas do paterfamílias. Para discutir pontos de doutrina...

Por outro lado... Talvez eu conseguisse chamá-la à razão, persuadi-la ao menos de que, durante estes tempos incertos, adiasse que mais não fosse a manifestação pública das suas convicções. Eu diria: «Iunia, basta!», e ela faria talvez aquele olhar de condescendente paciência, ajeitaria o cabelo, suspiraria e... Se eu lhe explicasse que a situação na cidade não comportava mais factores de perturbação, que já nos bastava a iminência dum ataque, ela acabaria por compreender. Era uma romana, filha de cavaleiro. Nem que eu tivesse de lhe falar, devagar, repisando bem as sílabas, com todo o cuidado... Ela entenderia? Evidentemente que não! Ela não queria compreender. Odiosa Iunia. Iunia foi uma praga que os deuses me enviaram. Eu tinha era de me defender de Iunia. Iunia merecia ser desprezada, olhada de alto, com severidade.

Claro que poderia procurá-la, com qualquer pretexto de acaso e tratá-la friamente, ou, mesmo, rudemente, em frente das suas escravas para melhor a humilhar. Não, nada de discussões. Uma ordem, uma proibição, um grito. Ao fim e ao cabo... eu era o magistrado supremo da cidade... Tinha-a tratado até aí com complacência e ela prevalecera-se do excesso de confiança. Muito bem: era de um par de berros que ela precisava? Eu daria um par de berros. Também era capaz disso!

Lá estava eu de novo a enredar-me em Iunia. A imaginar-lhe os gestos, as feições, o jeito, as palavras. E tudo era sempre tão contraditório, tão inconcluso, tão insuportável... Tinha, absolutamente, de fazer qualquer coisa, de me distrair, de expulsá-la do meu pensamento. Passando pelo fórum, homens formados faziam ressoar as cáligas no empedrado. Ouviam-se vozes de comando. Soou uma canção de marcha. Onde estavam os resultados do último censo militar? Remexi nas tábuas de cera, irritado. Algumas caíram no chão. Inclinei-me para as recolher.

Mas já se alteava uma altercação indistinta para os lados da porta. Houve brados, ruído de correria. Antes que eu me recompusesse, Iunia Cantaber, na minha frente, informava, muito naturalmente, como se tivesse sido convocada e respondesse a uma pergunta:

— A minha irmã desapareceu!

Máximo, atrás de Iunia, alquebrado, saudou-me e fez um vago gesto de apresentação de um homem togado que eu não conhecia e que, por aparente acanhamento, não saía de perto do reposteiro. Depois, ansioso, começou a relatar que Clélia saíra de manhã cedo em companhia do escravo custódio e dum jovem, com quem habitualmente privava, filho daquele cidadão, chamado Vispânio. As horas passaram e nunca mais houvera notícia de Clélia. Já tinham corrido toda a cidade, incomodando vizinhos e conhecidos, e mobilizado todos os seus escravos para a busca. Clélia faltara à refeição da tarde, ao contrário do seu hábito. Os outros servos, interrogados, não sabiam qual o destino ou o paradeiro dos jovens.

Não havia sinais, mas adensava-se uma desconfiança. Máximo lembrou que mataram os seus caes, que perseguiram um escravo seu e um frequentador da sua casa e que, sistematicamente, o ofendiam e acusavam nos discursos públicos.

— Suspeitamos de Rufo Cardílio e da sua gente — resumiu Iunia, definitiva e seca.

— Mas com que intenção?

— De magoar e causar desgosto. As motivações do demónio não têm de ser razoáveis.

— Iunia, deixa-me regular este pequeno mundo de homens. Os demónios são doutra jurisdição. Disso parece saber o teu protegido Mílquion.

Antes que ela interrompesse, garanti a Máximo que iria promover buscas por meu lado e procurar deslindar o assunto. Acompanhei-os à porta. Procurei mostrar-me optimista e tudo fiz para consolar o desespero de Máximo. Mas, ao saírem, Iunia foi ficando para trás. Não queria, manifestamente, que me coubesse a última palavra. E, mantendo o reposteiro entreaberto, segredou-me:

— Suspendeste os processos, não foi? Eu preveni-te. Preferia mil vezes comparecer no teu tribunal a criar uma ocasião para molestarem a minha irmã. E tudo isto por minha causa! Queres humilhar-me?

— Não te julgues tão importante.

— Tudo se paga, duúnviro!

E estendeu para mim um dedo acusador. Parados ao fundo da galeria, Máximo e o outro aguardavam. Fiquei a vê-la percorrer o corredor e juntar-se-lhes, num passo lento e soberano. Antes de descerem, Iunia deitou-me ainda um olhar demorado que eu interpretei como uma admoestação muda.

Decidi falar imediatamente com Rufo, por mais que isso me contrariasse. Pouco depois, entrava no antro dele, deixando os dois lictores à porta, um de cada lado. Rufo apareceu-me, vindo de dentro, com um avental sujo e manchado ainda do vinho de que, na altura, fazia a trasfega. Quando me viu, quedou-se, de olhos esbugalhados. Levantou os braços, olhou para baixo, para o vestuário que trazia, e lamentou-se:

— Desculpa, duúnviro, não estava à espera da tua visita. Eu sou um homem de trabalho...

E mostrava-se sinceramente preocupado por se ver surpreendido naquele preparo. O Rufo que se apresentava agora na minha frente, embaraçado, não parecia ser o mesmo das intervenções triunfais no fórum. O homem de ganhar, com uma profissão ignóbil, surpreendido nas suas sórdidas tarefas, destoava do candidato a edil, bafejado pelos deuses, revestido de toga cândida. Quase senti, naquele instante, comiseração por Rufo Glicínio Cardílio... Na taberna, por essa hora, estanciavam apenas meia dúzia de bêbedos, absortos na sua sonolência. Rufo não via ocasião de se afirmar. Precisava tanto de multidões como o gigante Anteu do contacto da terra.

— Onde escondeste Clélia Cantaber?

Precipitei-me e disparei a pergunta, de chofre, avantajando-me sobre Rufo, que limpava desesperadamente as mãos ao avental. Ele olhou alternadamente para mim e para os frequentadores da taberna. Fixou-se, de cenho carregado, nos lictores que esperavam lá fora, com os seus feixes. Perguntou, enfim, desafiador, o que se passava.

— És inimigo dos Cantaber!

— Eu não sou inimigo dos Cantaber! Sou contra as superstições malévolas, isso sim!

Rufo, de cara franzida, parecia estar a pensar velozmente em todas as hipóteses que pudessem explicar a minha deslocação ali, com os lictores, tão insólita e inesperada. A frase foi proferida em tom morno, reflectido, de quem ganhava tempo. Quis acrescentar qualquer coisa, mas hesitou e a voz ficou-lhe na garganta. Depois respirou fundo, engoliu em seco e pareceu retomar a tranquilidade:

— Duúnviro, por favor, explica-me o que te traz aqui...

Compreendi logo que Rufo estava inocente. Em poucas palavras expliquei-lhe que havia suspeitas de que ele pudesse não ser estranho ao desaparecimento de Clélia Cantaber. Rufo reagiu, com indignação. Tirou o avental, em gestos violentos, chamou os escravos, em alta grita, e mandou abrir todas as portas da casa, para que eu pudesse ver o que quisesse, até ao esconso mais íntimo, até ao bojo da última ânfora. Ele próprio, teatral, acudiu à porta a chamar os lictores para que procedessem à busca! Bisonhos, assustados, os trabalhadores de Rufo foram assomando, aqui e além, num grande espanto. Os bêbedos presentes acordaram do torpor e olharam-nos com mais interesse. Era-me óbvio que me tinha atolado numa falsa pista. Restava-me a saída, um tanto desairosa:

— Toma cuidado, Rufo Cardílio!

— Cuidado deves tomar tu, duúnviro, porque há entre nós quem queira lançar a cizânia entre os cidadãos.

— Ainda havemos de esclarecer a morte de Cornélio Lúculo.

— Ah, então qualquer razão vale contra mim!

Vinha ao de cima o verdadeiro Rufo. A voz perdera as hesitações e já atroava a taberna:

— Desapareceu Clélia Cantaber? Já te asseguraste de que os cristãos não a sacrificaram durante os seus mistérios monstruosos? Entre eles, devias saber, o filho não respeita o pai, o irmão não respeita o irmão...

Deixei Rufo a perorar, retomada a verve retórica, para os escassos frequentadores do seu antro e para os seus escravos. Transeuntes detinham-se à minha passagem, voltavam para mim a cabeça e cumprimentavam, surpreendidos. Não ia longe quando uma voz áspera rouquejou atrás de mim:

— Duúnviro!

O homem, grotesco, tentava correr, aos tombos. Por duas vezes embateu com o ombro na parede. A distância até à taberna de Rufo não era grande, mas ele ofegava, como se viesse de um esforço de milhas. Um dos lictores segurou-o, no fim da corrida. Era um vagabundo calvo, imundo, que, de voz enrolada, me interpelava com manifesta falta de à-vontade.

— Eu atrevo-me a falar-te porque Rufo mandou. Eu acabo de dizer que vi Clélia sair da cidade esta manhã, num dos carros de Tóbio. E Rufo obrigou-me a vir ter contigo.

— Conheces Clélia Cantaber?

Não conhecia. Mas estranhara aquela rapariga e aquele moço, bem vestidos, rindo, num carro de aluguer, completamente indiferentes ao torvelinho de refugiados que havia em volta. Ela trazia um quíton tingido de açafrão, bordado. Só podia ser Clélia Cantaber. Que perguntasse a Tóbio se lhe não tinha desaparecido um carro...

Tinha razão o vagabundo. Nem foi preciso procurar o liberto Tóbio. Ele aparecia pouco depois no pretório, a comunicar que ainda não regressara um dos seus carros de aluguer. E que desconfiava, embora não o pudesse garantir, de que Clélia Cantaber o havia alugado para um percurso breve. Passaram-se as horas, havia rumores na cidade e ele, antes de mandar procurar o carro, entendera comunicar-me o ocorrido.

Aulo desencantou um dos janitores que estivera de serviço essa manhã, junto à porta que dava para Emerita. Deixara sair Clélia, apesar das proibições expressas, porque ela lhe garantira que, com o seu amigo, ia dar uma volta às muralhas, em cumprimento duma promessa a Apolo. Transtornado, o homem atirava-se aos pés de Aulo, com as mãos juntas em jeito de suplicante.

Nesse momento, a gente que se concentrava fora da muralha largou a correr e confluiu toda num ponto. Desfizeram-se as filas de escravos que transportavam pedras e as formaturas que se exercitavam no terreiro. Lá para diante, tinha acontecido qualquer coisa que suscitava as curiosidades e excitava os ânimos.

Não tardei a saber. Trouxeram à minha presença o jovem Vispânio, desnudado, completamente exausto, com a cara coberta de sangue seco. Sentaram-no na plataforma da catapulta e ampararam-no. Ele parecia prestes a desmaiar, de um momento para o outro. Com muita dificuldade, contorcendo-se de dores, contou o que se havia passado nessa manhã:

Clélia tinha caprichado em seguirem para o santuário dedicado a Endovélico, perdido no meio de um azinhal, muito distante, onde havia uma nascente, quase sempre seca no Verão, que brotava dentro dum templete rústico. Era sítio pouco frequentado fora das romarias, de tal modo temido pela presença de inquietantes vibrações que poucos homens se atreviam a passar ao perto, sozinhos. O que ela queria pedir ao deus não o soube o moço explicar, mas, ao que parece, teria que ver com um sinal mágico para escolher um de entre vários amigos. Uma gaiatice leviana e inesperada que se impôs, com promessas e ameaças, às vontades do escravo custódio e do que conduzia o carro.

Quando, já a pé, entravam no templete, à sombra duma fraga descomunal, coberta de antiquíssimas inscrições, repararam que as oferendas se encontravam removidas e quebradas e que havia vestígios duma fogueira recente sobre o altar. Inquietaram-se. Mais os sobressaltou um rumorejo no mato em redor. Os escravos acorreram, talvez a pensar que se tratava de qualquer animal, mas logo recuaram e fugiram esbaforidos. Um pequeno grupo de bárbaros, cinco ou seis, saiu de entre os tojos, perseguiu e atacou os escravos, que ficaram estendidos, um trespassado de uma lança, o outro derrubado por uma pedra. Desarmado, o rapaz tinha-se postado em frente de Clélia, que gritava, desesperada. A última imagem que recordava desse transe era a de um dos bárbaros, rindo, a erguer para ele uma clava. Ficou inanimado, durante horas, no fundo de um barranco. Depois tinha-se arrastado, um pouco ao acaso, até que um rústico o havia recolhido e trazido para a cidade, no seu jumento.

Daí a cerca de uma hora, contra a vontade e o conselho de Aulo, cavalgava eu pela charneca, à frente de um grupo de voluntários armados. Pela primeira vez na minha vida, coloquei a couraça e o elmo. Mara ajudou-me a apertar a loriga e cingiu-me o cinturão do gládio. Não procurou sequer dissuadir-me da expedição, mas a sua contrariedade exprimia-se bem no rosto tenso e gestos sacudidos. Todos consideravam aquela patrulha, naquelas circunstâncias, uma insensatez inútil. Era pelo meio da tarde, o sol já declinava, a noite não vinha longe. Ninguém tinha esperanças de que libertássemos Clélia. Mas cumpria-me evitar que Iunia tomasse a iniciativa e arrastasse consigo o velho Máximo, doente e atormentado. E bem que custou impedi-los de nos acompanharem... Do grupo que, junto à porta, nos viu sair, guardei o olhar angustiado de Iunia.

Junto ao santuário, após dez ou doze milhas de charnecas desertas e empoeiradas, jaziam os cadáveres descompostos de dois escravos, que enterrámos suficientemente longe dos altares para não ofendermos o deus. Não achei conveniente que se procedesse à incineração para não denunciarmos, pelos fumos, a nossa presença. Depois, fomos seguindo as marcas do rodado do carro, desviado para os campos ermos.

Um dos homens que seguia à nossa frente, à desfilada, vimo-lo refrear subitamente a montada, a ponto de a fazer empinar, no cimo de um outeiro que se alteava sobre a planície. Regressou pela encosta com mais pressa que a que levava antes:

— Duúnviro! — bradou quando chegou ao meu alcance. — É melhor voltarmos!

Aulo e eu largámos a galope para o cabeço em que o homem se tinha detido. E foi-me dado assistir a um dos espectáculos mais estranhos que já presenciei em toda a minha vida.

A partir de cinco ou seis estádios de distância, a planície estava coberta de homens e animais em movimento. Milhares de figuras progrediam devagar e desordenadamente, por planuras e valados, até onde deitava o olhar. Nada que se parecesse com uma ordem de batalha ou uma legião em marcha. Aparentavam antes uma revoada de insectos, amolecida pelo calor, perdidas as asas, dispersando-se custosamente na altura em que se lhes arrasa o ninho. Arrastavam-se indivíduos e grupos dispersos, uns carregando fardos, outros eriçados de armas rudimentares, outros trazendo o seu jumento, alguns a cavalo, a grande maioria a pé, pouquíssimos de carro. Não havia ali vanguarda nem retaguarda, nem vélites nem impedimenta. Era uma massa, dispersa, à toa, pela charneca fora. E mostravam-se tão escuros e pobres os seus trajos que pareciam nascidos da terra e comungar da mesma constituição dos matos e tojos secos que pisavam. Nunca imaginara que a aglomeração de bárbaros pudesse ser tão extensa e que os remotos desertos de África tivessem algum dia produzido uma multidão capaz de cobrir tão vastamente os nossos campos, passando para lá dos horizontes. Pareceu-me que ao longe um grupo a cavalo se juntava. Provavelmente tinham-nos visto. Era tempo de regressarmos.

Afinal ninguém nos perseguiu. Quando chegámos, já de noite, mandei tocar as tubas junto aos postos de observação das muralhas e organizar piquetes e turnos de vigilância. O alvoroço correu a cidade, acenderam-se as luzes em todas as casas. À nossa espera, Iunia e Máximo não tinham abandonado as cercanias da porta. Foi-me penoso aproximar-me de ambos, logo que lhes pude prestar atenção. Mílquion, muito hierático, perfilava-se atrás de Iunia, numa altura em que todos os homens acorriam às vozes de comando ou se apresentavam com as suas armas. Dei-lhes esperança de que Clélia pudesse estar viva, contei-lhes das marcas do carro, dos cadáveres dos escravos e da ausência de quaisquer vestígios dela. Duas lágrimas escorreram pela face silenciosa de Iunia, que abraçou o pai, com força.

Máximo nada respondeu e foi andando devagar, apoiando-se em Iunia. Aulo interceptou Mílquion, que seguia atrás, travando-o por um braço, rudemente:

— E tu, que fazes por aqui? Não tens destino nas muralhas? Qual é o teu grupo?

Iunia acudiu logo, dirigindo-se a mim:

— Mílquion está sob a minha protecção, duúnviro. É um estrangeiro. Não combate!

Mas já me chamavam de lado. Máximo, Iunia e Mílquion desapareceram no escuro das ruas. Alguém me puxava pelo manto e garantia que se viam clarões ao longe. Subi às ameias. De facto, os céus pareciam roseados, logo acima do horizonte. Os bárbaros acendiam as suas fogueiras.

Em Tarcisis ninguém dormiu. Altas horas, num ponto das muralhas afastado das portas, um sino começou a tocar a rebate. Do lado de fora, passava uma tropeada de cavalos a toda a brida, alumiados por archotes. Atirado com força, um pequeno volume voou por cima da muralha e veio cair sobre um telhado. O grupo de bárbaros afastou-se, aos gritos, perseguido por uma surriada de pedras.

Era o véu de Clélia Cantaber, enrolado, com uma madeixa dos seus cabelos. Uma pedra, a servir de contrapeso.

Capítulo XIV

— São muitos?

Mara estendia-me uma travessa com castanhas e figos e reclinava-se a meu lado, contra o seu costume. Depois de me assegurar de que tudo estava em ordem, e de render Aulo, nas muralhas, eu passara por casa para dormir um par de horas. Mara impusera-me a refeição. Tão cedo não voltaria ali. Os meus servos distribuiriam alimentos pelas muralhas e, desses, eu comeria.

— Cobrem os campos, Mara...

— E ninguém nos acode? Abandonam-nos?

— As legiões são lentas. E vêm de muito longe...

— Lúcio, guarda-te, amigo.

E Mara não deixava que alguém me ajudasse a vestir a armadura. Ela própria, mais uma vez, me apertava as correias e cingia o cinturão. Era como uma investidura, lenta e solene, em que Mara talvez quisesse afirmar qualquer poder sobre mim, enquanto eu, lamentavelmente, não deixava de me interrogar sobre o que faria Iunia Cantaber, àquela hora...

Transgredindo a proibição das saídas, logo pelo nascer do sol, alguns cidadãos desceram das muralhas, por cordas, para ir espreitar os inimigos. Soubemos que os mouros vinham a caminho, quando um magote de rústicos, desarmados, largou a correr, em turbamulta, para a porta, que logo se fechou com estrondo. Com o ranger do cabrestante, o deslizar zunido e o impacte seco da grade levadiça no solo, a cidade fechava-se aos campos. Restava-nos esperar.

Enfim, eles foram-se mostrando. Longas e demoradas filas de homens de aspecto sombrio e hirsuto iam-se aglomerando frente às portas da cidade, para além da necrópole, nos limites entre o terreno desbastado e o rebordo de matos e arvoredo. Apresentavam um aspecto inofensivo de gente cansada, que se deslocava miseravelmente, numa qualquer procissão a um santuário. Se algum, raro, se evidenciava pelo colorido das vestes, sobre o castanho das estopas e serapilheiras, era sinal de ostentação do fruto duma pilhagem em terras romanas. Os cavaleiros, de montadas certamente rapinadas no talar dos campos, misturavam-se indistintamente com as turbas, em que não se notava qualquer diferença entre superior ou inferior, cavalaria ou infantaria, civilidade ou tropa. Não se exibiam insígnias nem estandartes. A pouco e pouco iam formando multidão, confusamente, à distância de três ou quatro tiros de flecha. Repiques de sino, noutros pontos das muralhas, davam sinal de diversas aproximações e ajuntamentos.

Durante horas, aquela massa humana foi-se desenrolando frente às muralhas, sempre fora do alcance das flechas e das pedras. Nuns pontos era mais compacta e nutrida. Noutros, esparsa e aberta. E impressionava tanto o silêncio daquela lerda concentração como o nosso, a observarmos, quedos, atrás dos adarves. Nos pratos da grande catapulta, pesadas pedras de cantaria esperavam uma ordem minha, balançando-se sinistramente das correntes.

De súbito, na massa mais espessa, frente à porta, houve um corrupio, uma gritaria. A multidão inverteu o sentido da marcha, redemoinhou, alguns correram, os gestos fizeram-se mais vivos. Um carro atravessou a turba, com os cavalos puxados à mão, e foi disposto na primeira fila, de maneira que pudesse ser visto da cidade. Era o carro de aluguer de Tóbio, a que haviam arrancado o toldo. Amarrada a uma trave, implantada verticalmente entre os taipais, contorcia-se Clélia Cantaber. Máximo plantara-se no caminho de ronda, próximo de Aulo, e não tirava os olhos da filha, nem as mãos enclavinhadas dos merlões.

Em volta do carro, havia agora agitação e altercações, num aglomerado compacto. Depois, um homem, só, foi empurrado com brutalidade. Tropeçou, quase caiu, levantou-se e veio-se aproximando das muralhas. Vestia à romana, uma túnica escura de escravo. Mas, pelos ombros, trazia uma pele de lobo e, na mão, alçava um ramo de oliveira, à maneira dos parlamentários celtas da tradição. Movimentava-se de uma maneira estranha, como se coxeasse, arrastando uma das pernas. Dentro de pouco tempo, era visível que tinha um dos tornozelos atado por uma longa tira, cheia de nós, que de entre a multidão alguém ia desenrolando. Com o peso do atilho, à medida que avançava, o andar do homem tornava-se cada vez mais penoso. Parou a trinta ou quarenta passos das muralhas e levantou ambos os braços, o ramo de oliveira bem ao alto. Vinha parlamentar. Os arcos e as fundas distenderam-se. Eu debrucei-me das ameias.

— Quem fala por Tarcisis? — perguntou o escravo, fazendo concha com as mãos em volta da boca.

Entreolhámo-nos nas muralhas. Não teria aquela gente um chefe, uma comissão, o que quer que fosse que dispensasse a humilhação, maior para eles que para nós, de falar pela boca de um escravo aprisionado? Ao sentirem a minha interrogação muda, os decênviros que estavam por perto baixaram os olhos. No meu braço fincou-se a mão tremente de Máximo:

— Lúcio, pergunta-lhes quanto querem pela minha Clélia!

Desembaracei-me brandamente de Máximo e optei por parlamentar com o escravo. Não podia arriscar-me a precipitar situações. Mais tarde talvez me censurassem por isso, mas agora era o que havia a fazer:

— Quem és tu?

O homem quase se curvou, à minha voz, satisfeito por virem à fala com ele, em vez de o lancearem de cima dos muros:

— Sou servidor de Apónio Sosumo, de Volubilis, e fui tomado por aqueles bárbaros por não me ter recolhido a tempo às defesas da cidade. Faço de intérprete, à força, e coacto, como todos estão a ver, e requeiro que isso fique registado, para o regresso de melhores dias.

E o escravo levantou o tornozelo preso pela imensa tira de couro. Houve gritos de impaciência do lado dos mouros. Tive eu próprio de impor silêncio, perante o clamor que já se levantava, em resposta, das muralhas.

— Que querem eles?

— Dizem que vêm em paz e que têm fome. Garantem que, se abrires as portas e os deixares entrar na cidade, para se abastecerem, pouparão todas as vidas, as fazendas e os edifícios. E logo, depois de comerem, sairão, sem causar o menor dano. Isto é o que eles declaram...

— Nem merecem resposta! Volta para junto deles e diz-lhes que se vão...

De novo a pressão dos dedos de Máximo nos meus braços e a sua respiração arquejante:

— Fala de Clélia, Lúcio, por favor!

O escravo prendeu o ramo de oliveira entre os dentes, tomou a tira de couro na mão e foi-a enrolando no braço à medida que se afastava. Sabia que a resposta não podia ser outra, encolhia os ombros e considerava o seu papel cumprido.

— Escravo! — bradei eu ainda. — Diz-lhes que libertem imediatamente a rapariga que têm presa.

Em altos gritos, o escravo trocou frases numa língua desconhecida com um grupo de mouros, mais destacado, que rodeava o carro em que estava amarrada Clélia. A conversação, com palavras ásperas e guturais, indiscerníveis àquela distância, demorou algum tempo. Depois, o escravo voltou-se para a cidade, arrastou-se uns passos e bradou:

— Eles dizem que libertarão a jovem contra todas as oferendas, em ouro e prata, que haja nos templos de Tarcisis.

Repetiu a frase, vezes sem conta, como um pregoeiro, enquanto se aproximava de novo das muralhas.

Ignorei Máximo, que não me largava o braço e me chamava baixinho: «Lúcio», «Lúcio!». Afastei-me um pouco das ameias e procurei o consenso de todos os decênviros presentes, olhando-os fixamente, um a um. Todos baixaram o rosto. Apenas Aulo me olhava bem nos olhos, pronto a cumprir o que eu ordenasse.

— Lúcio — segredava-me Máximo, desesperado. — Entrega-lhes o que houver nos templos. Eu darei à cidade tudo o que tenho, eu empenhar-me-ei, eu tenho amigos...

Chamei Aulo de parte. Numa surtida não teríamos qualquer possibilidade de recuperar a rapariga viva e poríamos em risco a própria defesa da cidade. Entregar o ouro dos templos era um sacrilégio e uma cobardia: negociar a retirada dos bárbaros, entregando-lhes ouro ou prata, representava o pagamento dum tributo. Todos iríamos a julgamento por traição. O escravo continuava à espera, lá em baixo, apoiando-se ora num pé ora no outro. Eu voltei às ameias:

— Se querem ser alimentados que entreguem a rapariga, deponham as armas e formem fileiras, sentados no chão.

O escravo fez um gesto de desconsolo, um tanto resignado, como se já calculasse o desfecho da parlamentação. Desta vez, não comunicou logo a nossa voz. Foi recuando até ao limite do alcance das nossas setas, sempre a arrastar a correia que o prendia, e, já próximo das fileiras dos mouros, falou-lhes, agora baixo. Houve agitação e gesticulações. Duas vezes veio ainda o escravo a meio do terreiro, com outras propostas e outros preços. Máximo, alucinado, quis afastar-me para falar. Pretendia negociar em privado o preço de Clélia. O seu desespero de pai não lhe permitia discernir a completa inutilidade das suas palavras. Aulo e os decênviros quase o arrastaram para dentro da torre mais próxima.

— Então, não há nada a fazer? — perguntava o escravo, no terreiro, entre a insolência e a indiferença.

Mandei que lhe atirassem um gládio:

— Liberta-te e corre para a porta!

Os mouros rugiram e agitaram-se. O escravo não recolheu o gládio, que rebrilhava quase a seus pés, na poeira. Encolheu os ombros:

COMC_DFBT-17

— Tanto se me dá morrer de um lado como do outro.

Escolheu mal. Os mouros mataram-no à lançada, logo que ele se chegou ao alcance. Não lhe perdoaram o inêxito. Ou deram puramente despejo à sua impaciência desesperada.

— Catapulta! — gritou Aulo a um gesto meu.

Do lado de dentro da muralha subiu ao ar um ruído áspero de ferragens e madeirame rangente. Os grossos braços do «ónagro», tirados pelos cabos repuxados dos cabrestantes, inclinaram-se para trás e balançaram ao peso dos projécteis que os serventes fizeram deslizar para os pratos.

Aquela revoada de sons sinistros alvoroçou os mouros, que remexeram num borboteio disperso de formigueiro perturbado. Logo de seguida, nas primeiras filas correu uma onda que agitou a mole dos bárbaros, e na crista da onda balanceava o carro a que Clélia estava amarrada. Bem em frente das portas, claramente à nossa vista, uma azáfama de mouros dispôs o carro com os varais para diante suportados por uma armação de pau, de maneira que Clélia sobressaísse bem nítida ao nosso olhar. Em carreiros sucessivos, foram colocando lenha dentro do carro. Cada homem depunha um ramo ou dois, como se fosse uma participação sacrificial que se queria lenta e doseada. E já um bárbaro, muito aclamado, corria, ao longo da multidão, por fora das filas e alteava um archote aceso, em ar de negaça.

Aulo e os homens de serviço ao «escorpião» compreenderam o meu olhar. Vi-os deslocarem e regularem cautelosamente o engenho, polegada a polegada, de sobrolhos crispados, numa atenção minuciosa.

Agora encostado à parede da torre, sem nada dizer, Máximo assistia, suspenso, a todos os preparos: os deles e os nossos. Era

258

já impossível conter o clamor nas muralhas. Armas levanta-vam-se, punhos esbravejavam, os brados de indignação atroa-vam-nos os ouvidos. Distingui, por entre o alarido, a voz de Máximo, que me chamava:

— Lúcio, Lúcio!

O mouro do archote chegou fogo à lenha. Uma chama brilhou aos pés de Clélia, rolou, apaziguou-se, sumiu-se, rompeu, cres-ceu, subiu. Os gritos da rapariga arrepiaram o espaço. O virote do «escorpião» estava apontado. Os homens debruçados sobre a máquina. Antes de Aulo dar a ordem de lançamento, Máximo agarrou-lhe o braço. E foi ele próprio quem soltou a alavanca da máquina e expediu o dardo que soprou pelos ares, já o fumo envolvia o carro. Os virotes sucederam-se, sempre accionados por Máximo, freneticamente, até que a calha da máquina entrou a fumegar. Assim morreu a pobre Clélia.

Inesperadamente, Máximo, descomposto, correu, subiu para o parapeito e deixou-se cair para o lado de fora. Num último momento foi agarrado por quem estava perto, debateu-se, ficou suspenso pelas roupas que, cedendo ao seu peso, se foram ras-gando e lhe amorteceram a queda. Pensámos que estivesse inanimado, mas levantou-se a custo, coxeando, e arrastou-se, aos gritos, para o lugar em que luzia o gládio recusado pelo escravo mensageiro. Tomou-o nas mãos e prosseguiu, aos tom-bos, lamentosamente, com a arma apontada, em direcção aos mouros. E, nesse instante, tudo se calou em redor e o silêncio foi tão denso, que fez perto o longe, e da muralha chegávamos a ouvir o crepitar do carro em chamas.

Foi como um sinal para o assalto das hordas. Toda aquela

desvairada massa de gente, aos uivos, brandindo as suas armas primitivas, se precipitou para as muralhas e enegreceu o terreno em volta. De outras ameias romperam repicos de sineta e sonoridades de tubas. O assalto bramia à toa, em todas as direcções, sem ordem nem tino. As catapultas vibraram e ressoaram, com o seu rugido cavo. Frechas e pelouros insinuavam o corte sibilante por entre os clamores e o entrechoque das armas. Em arremesso contra as portas, troncos de árvore serviam de aríetes; outros troncos, rudemente escavados, eram encostados às muralhas, e logo chusmas de bárbaros marinhavam por eles, querendo ficar ao alcance dos parapeitos.

Era como se, numa nau, de altos bordos, fôssemos de repente assediados por massas e massas de águas negras e encrespadas, quando Neptuno se ira e convoca todos os deuses do mar contra os pobres humanos.

Caíam por todo o lado pedras e zagaias. Perto de mim, uma chusma de bárbaros conseguiu assomar por entre os merlões. Lembro-me com nitidez daquela cabeça hirsuta, coberta de sangue, de olhar alucinado, com uma espada atravessada na boca, que emergiu a dois passos, para me trazer a morte. Foi Rufo Cardílio quem a decepou de um golpe certeiro de gládio, antes que eu reagisse.

Muitos ficámos feridos. Uma pedra levou-me a cimeira do elmo. Alguns dos nossos caíram das muralhas. Outros foram derrubados pelos projécteis e gemiam agora pelos caminhos de ronda e pelo pomério.

Passada uma hora, assim como tinha rolado e corrido para junto das muralhas, num ímpeto que parecia avassalador e imparável, assim a multidão refluía, abandonando armas e petrechos, desistia dos seus troncos de árvore e toscos engenhos, desfazia os brados de guerra em gritos esparsos de dor e regredia para a lonjura em que as nossas armas já não faziam dano. Ao rés das muralhas amontoavam-se os corpos, imóveis e descompostos uns, retorcendo-se em gestos finais outros. Para além, até onde o olhar divisava, mais esparsamente aqui, mais aglomeradas acolá, sobressaíam manchas escuras de cadáveres entre os derrames do sangue vertido. Nesse momento, quando as catapultas suspenderam a sua azáfama e os sinais sonoros que nos vinham de outros pontos da muralha indicaram o recuo dos mouros, eu admirei-me, e estou certo de que todos tínhamos o mesmo pensamento, da relativa facilidade com que uma guarnição tão diminuta e impreparada havia rechaçado a leva compacta dos atacantes. Entre os corpos dispersados não consegui distinguir o de Máximo Cantaber. Ninguém conseguiu, apesar dos meus pedidos e promessas.

Já os mouros pareciam contidos, à distância, numa gesticulação de alaridos e chufas, quando me vieram contar que alguns tinham conseguido entrar na cidade por uma corda, pelo lado do aqueduto, e corriam agora, ao desamparo, pelas nossas ruas. Vi que Rufo já se adiantava a Aulo, à frente de um grupo, que galgava as escadas de armas enristadas e se perdia na escuridão. Entre os seguidores de Rufo reconheci alguns decênviros, que pareciam cada vez mais transferir para ele a sua autoridade e responsabilidades.

Depois contaram-me que haviam interceptado um magote de mouros, acossado pelos defensores, já a caminho do fórum e que, quase sem luta, os trespassaram com os dardos. Suspensos pelos pés, esses cadáveres foram ainda nessa tarde expostos sobre as portas da cidade, de modo a penderem do lado de lá da grade levadiça, provocando grande arruído nas fileiras dos bárbaros.

Houve ainda vários arranques esparsos dos mouros, que se chegavam por grupos às muralhas e arremessavam pedras de funda ou setas. Mas, depois do colapso da vaga inicial, aquele desforço, embora obrigando à vigilância e, por vezes, à deslocação dos nossos homens de um troço de muralha para outro, não representava já o perigo inicial de submersão.

Quando a noite caiu, acenderam-se múltiplas fogueiras do lado do inimigo, e, de um instante para o outro, todo o espaço entre as muralhas da cidade e os brejos circundantes se cobriu de luzeiros. Algumas dessas luzes, isoladas e dispersas, vieram ziguezagueando em direcção à cidade. Outras as acompanharam. Pela forma irregular e tresmalhada como se moviam, não pareciam prenunciar novos assaltos. Os bárbaros apenas recolhiam os seus mortos.

Impedi que o «escorpião» fosse accionado, quando os homens já se preparavam, quase alegremente, para alvejar os bárbaros circunvagantes, um a um, e dei instruções para que ninguém atirasse até nova ordem. A recolha de cadáveres era útil à cidade, transferindo as pestilências para o outro lado. Durante toda a noite, assistimos àquela actividade formigueira de que nos chegavam ecos longínquos de estranhos cânticos, ritmados ao som de tambores. Ao amanhecer, os campos estavam quase limpos de cadáveres e a chusma de mouros parecia mais adelgaçada, não tanto pelas perdas que houvessem sofrido, mas porque, por cada um que ficou, outro teria partido a talar os campos ou a procurar melhor sorte mais além. Raras e desconvictas eram as investidas contra as muralhas. Pareciam ter optado por um cerco prolongado, sem que alguém pudesse perceber que vantagem teriam nisso. Pobremente acampados, debaixo de coberturas de pele, continuavam a fazer ressoar os tambores, que retumbavam nos ares. Um assomo da brisa trazia-nos, de vez em quando, os seus cantares, em coro. No mais, era um estendido e miserável acampamento de nómadas. Nós cremámos os nossos mortos, com o cerimonial mínimo. À música dolente que ondulava ao longe, respondia a cidade com os gemidos das carpideiras, o toque das flautas cerimoniais e o lamento dos familiares dos mortos.

Ao segundo dia, pela hora sétima, Calpúrnio veio visitar as muralhas, com alguma pompa, acompanhado por Ápito e outros decênviros. Caminhando a pé, a seu lado, logo atrás dos lictores, Airhan, de armadura de ferro e elmo à cinta, trazia ao ombro alforges com dinheiro, que ia distribuindo aos combatentes. Escravos de Calpúrnio já tinham percorrido as ruas, dispensando espórtulas aos familiares de mortos e feridos, de acordo com a categoria social de cada um: mais aos mais ricos, menos aos menos.

Aos ombros dos seus carregadores, Calpúrnio subiu pelas escadas da muralha e, antes de espreitar para fora, esperou que eu e Aulo fôssemos saudá-lo. Alguém lhe tinha colocado um elmo na cabeça, que, por contraste com a toga purpurada, lhe dava um ar sobremaneira ridículo. Contemplou, demoradamente, o acampamento dos mouros, produziu uns comentários depreciativos sobre a sua miséria e dirigiu-me umas palavras brandas de felicitação. Depois, sem transição e sem mudar o tom de voz, perguntou:

— E o herói, onde está? Mostrem-me o herói.

Aulo e eu entreolhámo-nos. Só ao aperceber-me da atitude triunfal dos decênviros, compreendi que ele se referia a Rufo Cardílio. Ápito já o trazia por um braço, mas Rufo fingia-se embaraçado e opunha resistência. Curvou-se muito perante o senador. A placa de ferro quadrado que trazia ao peito descaiu e atravessou-se-lhe sobre a túnica.

— Rufo Glicínio Cardílio — proclamou Calpúrnio, em voz alta. — Em devido tempo e com o cerimonial adequado, Roma saberá prestar-te as homenagens a que tens direito. Permite, porém, que desde já, e com autorização do duúnviro, aqui presente, te faça oferta de uma prenda modesta, desproporcionada aos teus feitos, mas significativa do apreço que mereces.

Airhan trouxe uma bacia de prata dourada, decorada com relevos de silenos. Rufo apertou-a ao peito, falsamente confundido.

— Quanto a ti, Aulo Mânlio, também não ficarás esquecido pela abnegação que tens demonstrado.

Aulo corou e desviou os olhos. Calpúrnio devolveu o elmo e desceu as escadas, aos ombros dos seus homens. Houve aplausos. A fábula estava consumada. Voltámos aos nossos postos.

Durante todo esse tempo, em que a população inteira se revolveu e se mostrou, quer apoiando os combatentes, quer municiando as máquinas, quer tratando de feridos e chorando mortos, quer exortando os nossos, quer execrando os inimigos, quer oferecendo o peito aos pelouros e investidas, quer ajudando nos minuciosos auxílios de retaguarda, quer sacrificando nos templos, quer afirmando simplesmente, a romanidade, pela rotina quotidiana de movimentos, palavras e gestos, contra a ameaça que a queria violar, durante todo esse tempo, Iunia não tinha aparecido. Nem para derramar uma lágrima, à vista do corpo carbonizado da irmã, nem para chorar os restos trucidados do pai.

Hesitei muito, antes de me dirigir a um homem que não havia abandonado as muralhas desde a primeira investida moura, mas que, deliberadamente ou por acaso, se mantivera sempre a uma escassa distância de mim. A seu lado combatia um jovem, assistindo-o, provavelmente seu filho. Uma tábua larga, a que tinha pregado uma correia, servia-lhe de escudo. Na mão, brandia toscamente uma adaga. O filho, nada. Aquele homem, nas situações de maior perigo, tinha manejado a sua adaga, enquanto a turbamulta revoluteava em seu redor. Nos momentos de acalmia fazia guarda, como os restantes. Regozijava-se com as vitórias, agitava-se com a sua arma curta durante os embates, bradava quando era ocasião de bradar, lamentava-se nos momentos maus. Tinha um risco de sangue no couro cabeludo, de uma seta, mas nunca me dei conta de que tivesse abandonado as muralhas para que o tratassem.

Não tive a certeza de o reconhecer, ao princípio, nem se propiciaram oportunidades de me aproximar muito dele. Mas, com o decorrer do tempo e em diversos relances, firmei a convicção de que era um dos assistentes à cerimónia que eu havia surpreendido nos jardins de Máximo. Arrisquei falar-lhe:

— Como assim, cristão? Os teus companheiros abandonaram-te, ou tu a eles?

O homem, que fingira não dar pela minha aproximação e que, aos meus passos, se apoiara na muralha, olhando para fora, voltou-se sobressaltado. Sentiu de repente que a adaga, na sua mão, poderia considerar-se desrespeitosa e tentou, atabalhoadamente, suspendê-la do cinto. A sua cara gorda, manchada de sangue e sujidade, corou de embaraço. Logo, desatou a falar, muito depressa:

— Eles ficaram a rezar, duúnviro. Eu... não podia. Que Deus me perdoe. Mal ou bem, o meu lugar é aqui, junto aos outros.

— Como te chamas?

— Squila, duúnviro!

— Onde estão os outros cristãos?

— Por favor, duúnviro, não me obrigues a dizê-lo. Tu sabes.

De súbito, muito ansioso, agarrou-me o manto e logo desfez o gesto, arrependido do atrevimento:

— Eu não acredito, duúnviro, não posso acreditar que a intenção de Deus seja aniquilar esta cidade, nem que aqueles desgraçados que ali estão sejam o instrumento Dele. A vontade de Deus, penso eu, no meu humilde entender, será preservar o que os homens edificaram, usando a inteligência que Ele lhes deu, não o contrário. A cidadela divina não há-de construir-se sobre ruínas. Isto a meu ver, duúnviro. Além disso... — Chegou-se mais e confidenciou-me: — Eles adoram imagens, estatuetas. Eu sou contra o culto das imagens...

— Onde está Iunia Cantaber? — perguntei eu.

O homem emudeceu de espanto. Eu caí em mim e afastei-me.

Capítulo XV

Aos arraiais mouros, instalados à vista de Tarcisis, deu-lhes para um estranho sossego. Dos muros, observámos aquela gente a deslocar-se de uma para outra tenda, carros e cavalos a mover-se, magotes pasmados aqui e além, actividades quase domésticas de acarretar água e cozinhar sabe-se lá o quê, mesmo algumas dissidências e zaragatas. Não pareciam agora mostrar qualquer interesse pela cidade. Limitavam-se a ir ficando por ali. O aglomerado, porém, era ainda excessivo para que pudéssemos encarar a hipótese de os varrer com uma surtida.

Com os mouros assim acomodados, Tarcisis foi-se afazendo à situação de cerco, que apenas se manifestava longe dos seus limites, muito para além das defesas. O aqueduto mantinha-se intacto, desinteressados os bárbaros de cortar a água à cidade. Havia poços e cisternas em número suficiente e não faltavam alimentos para um assédio prolongado, mesmo com inimigos mais destros e disciplinados que os que nos enfrentavam. Com o correr do tempo, instalou-se a rotina. A presença dos bárbaros passou a representar menos uma ameaça de destruição que uma incomodidade inesperada, como se uma inundação ou uma insólita queda de neve tivessem vedado os acessos da cidade. Os turnos de vigilância às muralhas sucediam-se conformes à escala e sem novidades. A vida, entremuros, retomou o seu curso dos dias simples. O próprio mercado reabriu. Os templos encheram-se. Prosseguiu o despacho no pretório. Houve até um litigante que veio protestar, em forma, por encontrar o tribunal encerrado.

E assim como o giro no acampamento beduíno parecia figurar o ordinário duma instalação nómada, ampliada até aos horizontes, o quotidiano da cidade quadrava quase ao ramerrão de qualquer outro município provincial. Eram duas anormais normalidades, com o carácter transitório das coisas humanas, bocejando em frente uma da outra.

A pouco e pouco, fomos compreendendo que a nossa resistência à grande vaga de ataque dos bárbaros, que para todos os participantes, no momento, representou apenas instantes fugazes de torvelinho, confusão, ruído, sangueira, atabalhoação, podia afinal ser contada como um feito de guerra heróico, ponderadas agora as circunstâncias com a frieza e a circunspecção que a turbamulta dos acontecimentos não tinha consentido. E apurado o essencial do secundário, que eram as impressões individualizadas, dispersas e subjectivíssimas, resultava que o grande salvador de Tarcisis, já pela sua presteza em acorrer aos pontos de maior perigo, já pela vontade com que oferecia o peito aos golpes, o braço às armas, a inteligência às previsões, traças e manhas que assinalam o chefe de guerra, era Rufo Glicínio Cardílio. Afastavam-se com respeito quando ele subia às muralhas, dirigiam-se-lhe curvadamente, em voz baixa, penduravam folhas de loureiro à porta da sua taberna, mencionavam-no com enlevo, acrescentando aos actos provados as façanhas supostas, ampliando o valente a herói, o herói a semideus.

Ao vê-lo passar, as feições de Aulo quase se enterneciam agora e não era difícil perceber a admiração que, de hora para hora, ia acumulando por aquele homem. No início do cerco chegara a sugerir-me, para meu escândalo, de maneira rude e pouco discreta, que seria fácil tirar-lhe a vida, simulando um acidente, ou aproveitando qualquer contingência que pudesse ocorrer. Tive, na altura, de me mostrar extremamente severo para com Aulo. Entretanto, parecia ter já esquecido o seu antigo ódio por Rufo. Chegava mesmo a obedecer-lhe aos gestos e ao olhar.

Ao fim daquele dia, que tinha decorrido sereno e sem incidentes, salvo a gritaria do prisioneiro Arsenna que, à força de querer participar na defesa da cidade, quase agredira o carcereiro, apareceram dois homens a correr, afogueados, pedindo-me que acudisse a casa de Máximo Cantaber, onde havia tumultos.

Acorri, com Aulo e alguns homens armados. Uma multidão, na maior parte formada de mulheres, agitava-se, ameaçadora, nos jardins. Soavam gritos por todo o lado. Parecia que o pessoal da casa se encontrava do lado de dentro, junto de Iunia, enquanto cá fora o populacho vociferava e arremetia. Ouvi que pedras ressaltavam contra as paredes da casa e, à luz dos archotes, distingui os reflexos de armas enristadas, aqui e além. Parte dos homens ainda trazia os seus escudos. Afastaram-se quando eu cheguei, dando-me espaço, mas sem deixarem de gritar. Era como se, à minha presença, o clamor se fizesse mais alto e mais compacto.

Não creio que me tivessem visto de dentro. Devo, portanto, interpretar como uma coincidência o facto de as portadas da casa se abrirem quando cheguei ao perto. A multidão recuou, com um murmúrio hostil. Afastados os batentes, Iunia, vestida de claro, surgiu, rodeada por um conjunto de escravas, que alteavam lucernas. Após, como num coro de teatro, alinharam em duas ou três filas Mílquion e outros indivíduos.

— Bruxa! Parricida!

Quase a meu lado, a voz de Rufo sobrepunha-se ao alarido e convocava um silêncio de curiosidade. Iunia olhou na direcção de Rufo e manteve-se imóvel, de braços cruzados. À luz avermelhada que, tocando-o, lhe fazia ressaltar a túnica branca e chispar a placa de metal que trazia ao peito, reparei que Rufo me deitara um breve olhar de soslaio. Sabia que eu ali estava, mas ignorou-me e não se coibiu de falar alto com trémulos de orador:

— Tu, Iunia Cantaber, és responsável pela morte do teu pai e da tua irmã! Tu quiseste que fosse ofendido o génio da cidade! Tu atraíste as maldições e as desgraças! Tu trouxeste o inimigo! Tu envenenas os ares e os corações! Tu tens de responder perante o povo!

Iunia limitou-se a dizer, baixo, mas de maneira que se ouviu em todo o redor:

— Sai do meu jardim, taberneiro!

Sobre o silêncio, um sussurro foi-se alteando, rumorejou e ondulou pelos grupos em volta. Depois a multidão voltou a excitar-se e começou a escandir, ritmadamente:

— Bruxa! Bruxa!

Agarrei por um braço um dos homens que me acompanhavam e que era Squila, o cristão que optara por combater. Assistia a tudo, armado, de boca muito aberta e olhos circunvagando, como se não soubesse que partido tomar. Disse-lhe, muito firmemente, ao ouvido:

— Vai para a muralha e toca a rebate! — E, como ele hesitasse: — Já!!

Só então, pela manifestação da minha impaciência, Rufo deu sinais de atentar em mim. Fez-me uma ligeira saudação de cabeça, alçou um braço e, como a multidão não se calasse, tomou o escudo de um que estava próximo e, com o punho fechado, fez ecoar pancadas repetidas no couro.

— Ouçam! Ouçam todos! O duúnviro dignou-se a estar presente! E perante o magistrado alinham-se os acusados de traição à cidade e de outras felonias já levadas ao pretório. Nenhum destes homens que está na vossa frente, livre, liberto ou escravo, compareceu nas muralhas ou colaborou na defesa da cidade. Iunia Cantaber instigou a traição. Eis que o magistrado vem, decerto, fazer justiça, como lhe compete! Deixemos que o magistrado proceda...

Rufo aproximava-se de mim, passo a passo. Alguém acercou um archote. As feições dele, à luz acobreada, tomaram uma expressão respeitosa quando chegou à minha beira e segredou, quase amigavelmente:

— Tenho feito o possível para os conter, Lúcio Valério. Ainda bem que chegaste. Vê como o povo está descontente. Não sei se conseguiria, sozinho, impedi-los de fazer justiça por suas mãos...

Aulo havia entretanto disposto os da escolta a separar a multidão dos acompanhantes de Iunia. A movimentação dos homens armados provocou chufas e alaridos. Levantaram-se dardos, atiraram-se torrões de terra. Aulo pousou a mão válida no punho do gládio e olhou para mim. Mas a voz de Iunia, que se adiantava ao seu grupo, ressoou:

— Não há armas entre nós! O que conta é o verbo, não as armas.

As palavras de Iunia suscitaram uma vaia agreste, a turba apertou-se, ergueram-se punhos, os archotes bandearam, os homens de Aulo alçaram os escudos.

— Ouves, Lúcio? Vês, Lúcio?

A meu lado, falando-me familiarmente ao ouvido, Rufo parecia apelar para qualquer sentido de cumplicidade. Ousava tratar-me pelo prenome. E, quando a turbamulta cresceu e os brados se fizeram mais irados, saltou para diante e postou-se ao lado de Aulo, de mão espalmada no ar:

— Haja respeito pelo magistrado que está entre nós!

Iunia, imperturbável, respondeu-lhe como se falasse a um dos seus servos:

— Como te atreves, taberneiro? Esta é a casa de meu pai. Parece que há quem consinta que perturbes a paz da minha casa. Eu não! Ala, todos daqui para fora!

— Não se compreende é como estás ainda em liberdade! Roma permite a sua própria corrosão? Quem responde perante o Senado?

Não foi Rufo quem se pronunciou desta vez. Foi o tal Domício Primitivo, seu parceiro na candidatura a edil. E arrastou um coro de apóstrofes, em crescendo. Era eu que estava agora em causa. A reacção foi de tal ordem que me senti na obrigação de falar à turba. Deixei que os homens de Aulo afastassem os mais enervados e improvisei um discurso.

Louvei o valor com que os habitantes de Tarcisis haviam defendido a sua cidade, valor que havia de ser posto à prova mais vezes, pois os bárbaros continuavam bem à vista, em chusmas compactas, e tão imprevisíveis se mostravam que nada garantia que não voltassem à carga, valendo-se da desprevenção dos defensores das muralhas. Era em primeiro lugar contra os mouros que haviam de estar voltadas a nossa vigilância e vigor. Uma vez afastado o perigo, resolveríamos as dissensões internas, em conformidade com o costume, o direito e a vontade do Senado e do Povo.

Procurava ganhar tempo, ansioso por que tocasse nas muralhas o sino que, contava eu, iria dispersar o ajuntamento, cada vez mais ameaçador. Mas ousavam interromper-me. A coberto da escuridão, várias vozes levantaram-se:

— Como podemos estar a salvo nas muralhas, se, nas nossas costas, se trama a perdição da cidade?

— Os mouros agradecem as feitiçarias dos cristãos!

— Pior é o inimigo de dentro que o de fora.

— Falas bem, mas não fazes nada, duúnviro?

A vozearia na multidão soltou-se de novo, em crescendo. As falas misturaram-se, qual mais agreste, qual mais brutal. Queriam-nos presos, queriam-nos mortos, queriam-nos entregues aos bárbaros, queriam-nos dependurados das muralhas.

Rufo, a meu lado, de braços estendidos, aparentava apaziguar a chusma. Mas não era difícil perceber, mesmo ao clarão incerto dos archotes, o seu ar de triunfo. Murmurou, entredentes, muito solidário:

— Isto está feio, duúnviro...

Depois começou aos berros, conclamando a que o escutassem. Todos o conheciam, todos tinham visto como tudo pusera de parte para defender a cidade, todos sabiam da sua disposição de contribuir como cidadão responsável, com a sua fazenda e o seu engenho, para a coisa pública. Não admitia faltas de respeito ao duúnviro nem aos magistrados de Tarcisis. Os homens e mulheres que ali viam, celebrantes de mistérios abomináveis, mesmo enquanto a cidade estava assediada, haviam já sido devidamente acusados por ele próprio e breve responderiam em juízo. Queriam justiça? Pois seria feita justiça! Entretanto, pedia humildemente ao duúnviro que pusesse os acusados ao abrigo das compreensíveis exaltações do povo.

Rufo ia continuar, mas a sineta retiniu, nas muralhas. A multidão moveu-se, gerou-se a confusão, homens começaram a correr, ainda com as energias da exaltação de há pouco. Rufo desapareceu da minha frente. Expliquei rapidamente a Aulo o expediente de que me havia socorrido e não me pareceu que ele concordasse com a ideia. Mas se a maioria dos homens desarvorava, com os seus armamentos e escudos, as mulheres permaneciam e, ao alarido e agitação, mais se haviam juntado. De maneira que o meu derivativo do toque a rebate, que não previa aquela afluência feminina, acabou por ter um êxito muito duvidoso.

É que chegara a vez das ménades, das fúrias e das harpias. Parecia que todas as mulheres de Tarcisis, do mais alto ao mais baixo estrato, se reuniam naquele jardim e porfiavam em insultar e agredir os cristãos. Iunia, muito serena, era visada com os epítetos mais grosseiros. Ouviam-se poemas obscenos. Por mais de uma vez, os homens da minha pequena escolta tiveram de usar escudos e lanças para afastar o corrupio de mulheres que contava nas primeiras filas a escumalha das ruas mais sujas de Tarcisis.

— Que faço com eles? — perguntou-me Aulo, referindo-se aos cristãos.

Eu não podia deixar aquela gente à mercê da escumalha, nem consentir que se dispersassem pela cidade. Naquele estado de exaltação dos ânimos arriscava-me a ter perseguições, mortes, tumultos em todas as vizinhanças. Tive de dar a ordem inevitável:

— Prende-os no ergástulo do pretório.

Acerquei-me de Iunia, que se mantinha muito hirta, e que se não deslocara do local que as suas escravas alumiavam. Redobraram os guinchos e apupos. A situação em que nos encontrávamos tornara-se irrisória e desprestigiante:

— Vem para minha casa, Iunia. Aulo fará a guarda aos teus protegidos!

— Queres dizer que vais mesmo prendê-los?

— Tenho outra solução?

— Não? Então irei para o ergástulo também.

— Não prendo numa masmorra a filha de Máximo Cantaber.

Iunia voltou-me as costas, chamou Mílquion e os seus apaniguados para junto de si e comunicou-lhes que os pagãos pretendiam separá-los, mas que ela não consentiria nisso. A um gesto de Iunia, deram-se todos as mãos e começaram a entoar um cântico, o que ainda atiçou mais o clamor das mulheres em volta e acentuou a minha sensação de desconforto e, sobretudo, de ridículo.

Descemos a calçada até ao fórum com as mulheres de Tarcisis em tropeada, atrás de nós, a insultar-nos, qual mais grosseira e exuberante. E, quanto mais elas gritavam e apupavam, tanto mais o coro dos cristãos escandia os seus salmos a plenos pulmões. Eu via Iunia, caminhando a meu lado, de cara levantada, a cantar, numa aparente alegria, sem me prestar qualquer atenção. Como já acontecera antes, ia predominando em mim um sentimento de rancor que eu procurava a todo o custo dominar. Sobretudo porque, naquela espécie de enlevo, Iunia se voltava para trás, encorajando os seus sectários, sem passar sequer os olhos pelos meus. Ali estava eu, magistrado máximo da cidade, reduzido a separar um grupo religioso dum torvelinho de mulheres indignadas, na noite de Tarcisis, que os inimigos rondavam. E a culpa era, sem dúvida, de Iunia, que parecia comprazer-se em proceder sempre da forma que me fosse mais contrária.

Chegados à entrada do pretório, abrindo-se a porta que dá para o corredor dos ergástulos, no meio duma explosão de gáudio das mulheres que nos cercavam, Iunia tentou insinuar-se entre os da primeira leva. Tive que me antecipar, travando-a por um braço. Aulo compreendeu a minha intenção e postou-se entre ela e os cristãos que iam entrando, sem deixarem de entoar as suas repetitivas melopeias. Foi necessária alguma energia para segurar Iunia, quando a porta de ferro se fechou nas costas do último homem. Os sons da canção perderam-se nos corredores, lá em baixo. Só então Iunia parou de cantar e de se debater. Consenti que se libertasse de mim, num repelão. Os guardas de Aulo, com paciência, foram afastando as mulheres, que se atardavam ainda, agora em silêncio.

— Não te deixo na masmorra. Lembra-te de quem és.

— Não sou mais do que eles!

— Vem para minha casa, Iunia.

— Duúnviro, se me levares à força para tua casa, fica sabendo que não comerei nem beberei, gritarei o tempo todo e tu hás-de ficar arrependido da tua prepotência.

— Vem, Iunia!

— Se me obrigares, resistirei até que me matem.

— Ninguém quer matar ninguém, Iunia!

— Atreve-te!

O grito entoou pelo fórum. Os archotes que se afastavam, iluminando por relances, num ponto e noutro, os gestos de pedra das estátuas, suspenderam a sua marcha. Empurrei o homem que alumiava a entrada para que os olhares não incidissem sobre Iunia e aquela disputa não se tornasse ainda mais penosa pela concupiscência pública.

Iunia encostava-se à ombreira da porta, de mãos cruzadas sobre o peito, ligeiramente dobrada para diante. Parecia disposta a resistir a qualquer violência que, a avaliar pela sua posição encolhida e defensiva, se adivinhava terrível, mas que era apenas representada por mim. Senti-a indefesa, desamparada, e tive pena dela. Veio-me um súbito impulso de a aconchegar ao peito. Mas, sem transição, voltei a detestá-la quando, logo a seguir, me lançou com voz trémula de raiva uma grande frase:

— Por mais que faças, não nos destróis, duúnviro!

— Vem, por favor, Iunia!

— Não tens o direito de me separar dos meus irmãos! Quero entrar no ergástulo!

E encostava-se mais à porta, como acossada, como disposta a resistir a uma ameaça que só era evidente na sua própria determinação e nos seus gestos. Aguardei que os luzeiros, ao correr do fórum, mais se afastassem e se perdessem pelas esquinas. Quando me pareceu que a multidão estava dispersada e não havia mais nada para ver e ouvir, insisti em convencer Iunia a sair do portal. Falei-lhe com a brandura e condescendência com que se persuade uma criança pequena. E Iunia respondia-me por monossílabos, com a teimosia obstinada duma criança pequena. Deixasse-a eu entrar ou ficava ali mesmo. Pois que ficasse! Mandei que um dos homens permanecesse ao perto, com uma luz, e, acompanhado de Aulo, encaminhei-me para as muralhas, sem olhar para trás.

Não posso recordar-me do que Aulo me disse pelo caminho, porque a fúria e o sentimento de absurdo que me tomavam eram tão fortes que não dava por nada. E foi ainda com o espírito aturdido que, vagamente, ouvi alguém contar que os mouros, ao ruído da sineta, tinham aparecido em grupos junto às muralhas e houvera algazarras, trocas de dardos e pedras.

Não se registavam feridos do nosso lado e, da banda de lá, não parecia ter havido grande estrago na balbúrdia atacante. À distância, os acampamentos mouros retomavam a sua pacatez de fogueiras a esmorecer e tendas adormecidas. Dei a volta à cidade, ora pelo caminho de ronda, ora pelo pomério. Não havia novidade. Homens dormiam pelos torreões. Os turnos de vigia revezavam-se em tempo. De quando em quando, eu sentia que o meu passo ia demasiado apressado, naquele périplo. E forçava-me a demorar-me, a entrar numa ou noutra torre, a acordar os homens, a perguntar por notícias aos vigias, a olhar para o campo inimigo, para contrariar a ânsia com que o meu corpo me queria conduzir, de novo, a Iunia. Olhei e não vi nada. Falei com este e aquele e não ouvi nada. Descompus uma sentinela que dormia e nem sei o que disse.

Horas depois consegui ficar a sós. Desci até ao fórum, às escuras. Sob o propileu do templo de Júpiter, escondido na sombra, não resisti a espreitar a basílica. A um dos lados, lá estava o militar, quase a dormir, encostado à lança, sob o brandão já meio consumido que iluminava Iunia. Distinguia difusamente a figura dela, dobrada, de mãos no regaço, sentada no degrau da porta. Aproximei-me, devagar. Dormiria?

Iunia estendeu uma das mãos, repuxou o véu e afeiçoou-o ao corpo. Depois cruzou os braços sobre o peito. Levantou o olhar e de novo dobrou a cabeça para baixo. Contive a tentação de lhe aparecer outra vez em frente. Tive o pressentimento de que, ao dar por mim, Iunia cerraria os punhos e, em guarda, retomaria o seu combate contra este desinteressado opositor, que ela, na sua imaginação prosélita, parecia ter elevado à categoria de monstro terrífico. Mas eu não podia permitir que o dia amanhecesse com a filha de Máximo Cantaber, a tiritar, sentada num portal do pretório...

Mara, ao ser acordada, sorriu-me, como de costume. Deve ter estranhado que eu, muito depressa, e um tanto confusamente, lhe contasse mais sobre Iunia Cantaber que sobre o cerco dos bárbaros. O sorriso de Mara foi esmorecendo e, sem que eu lho tivesse pedido, compreendeu o que tinha a fazer.

Dentro em pouco, enrolada no manto, acompanhada de um

casal de escravos, descia a rua, em direcção ao fórum. Ia falar com Iunia e tentar convencê-la a recolher-se em nossa casa. Não consegui ficar à espera, na solidão do átrio. Não tardou que, sozinho, disfarçado com as sombras, eu seguisse a luz com que o escravo alumiava Mara, e presenciasse, de longe, o seu encontro com Iunia.

Mara trocou umas breves palavras com o soldado da guarda e ele afastou-se uns passos. Iunia levantou-se e deixou que Mara a beijasse na face. Mara agora falava e Iunia cruzava os braços. Depois Mara, com delicadeza, tomou Iunia por um braço e Iunia libertou-se, brandamente. Era a vez de Iunia falar. Simbolicamente, uma das suas mãos apoiou-se na porta de ferro. A outra abria-se e fechava-se, lentamente, na direcção de Mara. Foi longa a conversa. Ao que logo consegui perceber pelos gestos, foi inútil também. Mara encolheu os ombros, passou a mão pelos cabelos de Iunia, numa carícia leve, e afastou-se, caminho de casa, onde eu a encontraria, dentro de instantes:

— Fiz o que pude.

— Eu sei, Mara.

— Sabes?

Mara dobrou o manto no braço, suspirou e dirigiu-se para o seu cubículo. Eu próprio a alumiei. Sentou-se no leito e olhou, enfim, para mim:

— Que vais fazer?

Contei-lhe que tinha assistido à conversa de longe e que tinha percebido o desfecho apenas pelos gestos. Estava disposto a mandar escoltar Iunia, mesmo contra sua vontade e usando a força, até casa dos Cantaber e mantê-la guardada lá, se bem que isso me custasse a ocupação de alguns homens. Mara dissuadiu-me, com muito tacto. Parecia-lhe mais sensato fazer a vontade a Iunia. Ser-lhe-ia explicado que não estava presa, antes podia circular à vontade por todo o pretório. O duúnviro manifestaria a sua compreensão pela afeição de Iunia aos seus escravos e pelo seu espírito compassivo e permitir-lhe-ia que prolongasse a visita pelo tempo que entendesse. Isso, na opinião de Mara, tolheria sentido à agressividade de Iunia Cantaber, enquanto se avaliava o estado dos ânimos na cidade e se pensava no destino a dar aos cristãos.

— Como a achaste, Mara?

— Que importa?

Resolvi proceder como Mara aconselhava. Nem olhei para Iunia Cantaber quando ordenei que abrissem a porta dos ergástulos e a deixassem entrar. Ela devia mostrar-se triunfal, radiante, apesar do cansaço. Não vi. Especifiquei aos servidores do pretório o estatuto de Iunia, como visitante daquela prisão, sem nunca me dirigir a ela, mas de maneira que me ouvisse bem.

Quando voltei para casa, sem ter trocado uma palavra ou um olhar com Iunia, já os ares clareavam e a mulher do oleiro da minha rua arrumava no passeio o seu vasilhame. Mara fingia dormir.

Capítulo XVI

Quando me vieram avisar, preparava-me eu para sair, já o incêndio subia acima dos telhados dos Cantaber. Uma escrava de Rufo dera o rebate, iam as chamas altas. Uma cadeia humana passava inutilmente baldes de água que, ao embater nas paredes aquecidas, pareciam ainda dar mais vida às labaredas e aos fumos. Tinham conseguido libertar alguns animais. O potro que fora de Clélia pastava por ali, indiferente às chamas que, de longe, o iluminavam. Uma arca vazia, de madeira preciosa, calcinada aos cantos, escancarava-se, abandonada, talvez pilhada. Era inútil prosseguir com o desperdício de água. Pareceu-me mais importante evitar que as chamas se propagassem ao jardim e às árvores e que o vento arrastasse faúlhas para o bairro próximo. Trabalharam mais as enxadas, os alviões e os machados que os recipientes de água.

Não tardou que o telhado abatesse, derrubando consigo uma das paredes, num estridor de chispas e fogaréus. A bela mansão dourada dos Cantaber, as suas preciosidades, estavam agora calcinadas e derretidas. E a dirigir os trabalhos, de túnica arregaçada, pernas cobertas de lama, esforçava-se ostensivamente Rufo Cardílio.

Receei que a vista do incêndio pudesse animar o inimigo a atrevimentos. Mas, ao que me vieram relatar, os bárbaros ficaram-se por se amontoar em grandes grupos curiosos, a contemplar o fogo que, abrasando um dos pontos altos de Tarcisis, era visto com facilidade de fora das muralhas. Não se notou qualquer movimento de hostilização à cidade de entre as hordas. Os magotes quedaram-se pasmados, longe do alcance das catapultas, evidência que logo desfez as suspeitas de que o incêndio fosse obra de expedicionários.

Rufo, correndo descalço à minha frente, dava ordens, com um machado na mão, exibindo-se em gritos sincopados e rompantes enérgicos. Fingia que não dava por mim. Virava-me as costas, como se as exigências da azáfama e o nervosismo do momento lhe toldassem a vista. Concentrava todas as atenções e todo o mando da execução, embora as ordens tivessem sido emitidas por mim. Ocorreu-me logo a desconfiança de que Rufo Cardílio não era estranho ao incêndio. Agora suava do esforço, sujava os pés na lama e nas cinzas molhadas, esfalfava-se em rasgos e brados de comando. Antes — suspeitava eu —, teria espreitado a ocasião oportuna, teria dado cobertura a algum dos seus escravos, teria fornecido a estopa e o fogo, teria coberto a fuga do incendiário. E, no entanto, como no caso da morte de Cornélio Lúculo, eu não tinha o menor indício contra ele.

À passagem de Rufo estendi o pé, fi-lo tropeçar e afocinhar miseravelmente na lama. Tenho de confessar que encaro o acto como um desforço despropositado e pouco digno das minhas funções, motivado por um impulso primário, a que não soube resistir. Em consciência, um gesto condenável. Mas era-me naquele momento indiferente que alguém tivesse visto

283

o duúnviro naquele preparo de rasteirar Rufo. Nunca o assunto foi mencionado na minha frente, em qualquer ocasião, e não faltaram azos ao meu denegrimento, pelo que presumo que apenas Rufo deu por isso.

Revolveu-se, voltou para mim a cara enodoada e sorriu. Depois, levantou-se a coxear, recolheu o machado do chão, e continuou na sua faina de cortar aqui, martelar acolá, ajudar este, mandar aquele. Nem mais um olhar, sequer de soslaio, me deitou.

E, nisto, Iunia estava ao meu lado. Viera sozinha do ergástulo e, com as mãos cruzadas sobre o peito, contemplava as chamas. Ofegava, apertou os lábios num visível esforço para não chorar, mas não evitou que uma lágrima lhe viesse descaindo, aos poucos, pela face:

— Tudo o que Deus me tirou, Deus mo deu. Bendito seja.

O sopro áspero das chamas, tocadas pela brisa e revoluteando agora ao ar livre, ouvia-se do sítio em que nos encontrávamos. O incêndio roçara ao de leve uma árvore, mas a ramada logo fora cortada. Não parecia haver perigo de se espalhar para além da área já limpa e escavada que agora circundava a casa. Ninguém dera por Iunia. Ela retirava-se, agora, tão silenciosa como tinha aparecido. Acompanhei-a, seguindo uns passos atrás. Nem se voltou quando me disse:

— Regresso ao ergástulo. A não ser que me prefiras à porta, como ontem.

Sabia que não valia a pena insistir. Quase lhe pedi, uma vez mais, que tentasse explicar-me porque procedia assim. Mas o que me veio à boca foi a rispidez do ressentimento:

— Pois vai, e depressa, antes que causes mais escândalos.

284

Fiz um aceno de longe ao homem que guardava a porta. As grades estrondearam atrás de Iunia.

Sobre aquele incêndio correram versões díspares, algumas bem fantasiosas. Houve quem tivesse visto um raio a riscar os céus, em pleno dia, despovoado de nuvens, para ressoar, fragoroso, sobre o telhado dos Cantaber; houve quem tivesse avistado três mouros, insinuados na cidade, escondidos entre sebes com tochas na mão; houve quem afirmasse, de fonte segura, terem sido os cristãos, talvez conluiados com os bárbaros, ou dando apenas azo à sua fúria destruidora, quem havia largado o fogo.

As três versões conjugadas levaram o povo a procurar todos os cristãos que restassem na cidade ou meros suspeitos de pertencer à seita e a arrastá-los, muito maltratados, para o pretório. Sem respeitarem a vontade dos senhores, arrancaram escravos às casas. Indiferentes às hordas inimigas que cercavam a cidade, muitos abandonaram as muralhas e vieram engrossar o ajuntamento. Parecia que todos os sacerdotes de todos os cultos se encarniçavam nos gritos e nas vaias. Esmurraçados e ensanguentados, mais de uma dezena de homens e mulheres foram recolhidos ao ergástulo. E entre eles, da janela, reconheci o meu próprio palafreneiro. Tinha esquecido que também era proprietário dum cristão.

O homem quase caiu de joelhos, quando mo trouxeram. Eu já nem me lembrava do nome dele. De pé, junto à janela, semioculto pelos cortinados, vi que a arruaça se ia dispersando, à míngua de mais vítimas. Vários grupos tagarelavam no fórum e pareciam não ter qualquer intenção de avançar novamente para o pretório. Pensei então que estes homens e mulheres que agora haviam entrado no ergástulo me deviam a vida, sem saber. Se não tivesse aprisionado o grupo de Iunia, no dia anterior, talvez hoje os cristãos, e outros por eles, andassem a ser perseguidos e esquartejados por essas ruas. Com os cabecilhas no ergástulo, a populaça optou pelo exemplo do duúnviro.

— Como é que vieste aqui parar?

— Estava nas muralhas, por tua ordem, senhor. Apareceu um grupo de cidadãos que me acusou de frequentar as reuniões em que Mílquion partia e distribuía o pão.

— Era verdade?

— Sim, senhor.

— Como é que te chamas?

— Lucíporo.

— Quem te deu esse nome?

— O teu vílico.

— Nasceste em minha casa?

— Sim. Na tua villa. O teu pai comprou o meu.

— E era importante, isso do pão?

— Era o corpo do deus.

— Vocês comem o corpo do deus?

— Tem dó de mim, senhor. Eu sou um pobre escravo, não sei nada.

— Que hei-de eu fazer-te, Lucíporo? Parece que querias envenenar a água de nossa casa...

Fiquei impassível a vê-lo espojar-se no chão, a chorar, a protestar, e a rasgar a túnica às mãos ambas. Senti-me na pele daqueles sábios um pouco doidos que observam e anotam o estranho comportamento dos animais. E incomodava-me aquela manifestação de descontrolo, e de desespero, própria dum escravo.

— Levanta-te imediatamente! E larga-me!

Tinha-se agarrado à minha perna com uma mão e, com a outra, segurava-me o pulso e cobria-me a mão de beijos. Vi-me obrigado a empurrá-lo, com nojo:

— Com que direito é que um dos meus escravos (utilizei a expressão corrente: «rapazes», aliás presente no seu nome) frequenta assembleias e pratica religiões orientais sem autorização do amo?

— Eu fiz mal, senhor, reconheço, peço-te que me perdoes. Mas... Dizem-me que há sinais de que o mundo está a acabar e a prova disso foi a ressurreição do Mestre, em Jerusalém. Haverá um mundo novo... será tudo diferente.

— E lá por comeres o corpo do deus ficas divinizado também, como os césares?

— Depois de morto, não quero continuar a ser escravo, senhor. Para isso, fiz um compromisso com o deus. Fiz o baptismo.

Foi a conversa mais longa que alguma vez, na minha vida, eu mantive com um escravo. Procurava insinuar qualquer pergunta sobre Iunia Cantaber, mas parecia-me profanador, quase obsceno, ouvir a boca repulsiva do meu servo das estrebarias pronunciar o nome de Iunia. Fiz-lhe uma última pergunta e anunciei-lhe que era mesmo a última:

— Preferes ficar lá em baixo, com os outros, ou voltar para casa? Nota bem: se regressares, nunca mais quero ouvir falar de ti. À menor queixa, vendo-te em Vipasca, para as minas.

O homem, embrutecido, quedou-se largo tempo a olhar-me com ar vago. As mãos, nervosas, abriam-se e fechavam-se junto às coxas. Procurava a resposta mais conveniente. Acabou por se decidir.

— Eu não tenho querer. Faz de mim o que quiseres, meu senhor.

Mandei-o para casa, na companhia de um guarda.

Como estaria Iunia, lá em baixo, na prisão, entre as paredes encardidas, as palhas húmidas? O que podia eu fazer para que me não fosse tão angustiosa a situação de Iunia? Voluntária? Impertinente? Obstinada? Provocatória? Decerto! Mas a minha presença naquele tablínio tornava-se-me incómoda, quase insuportável, simultaneamente tão perto e tão longe de Iunia.

Percorri o pretório à procura de mobília que lhe servisse. Mandei que os dois únicos escravos, velhos, que não estavam mobilizados, acarretassem para o ergástulo um armário, um escabelo, um biombo. Mandei comprar um catre ao marceneiro que tiveram de ir desencantar nas muralhas, de serventia às catapultas... pediria renovo de roupas a Mara.

O carcereiro tinha deixado Iunia sair. O nosso encontro junto à casa incendiada bem o demonstrava. Mas estaria o homem advertido de que ela não estava prisioneira e podia circular à vontade? Sem limites? Tudo indica que sim, mas porque Iunia, então, se confinava à masmorra e não aparecia? Era melhor assegurar-me pessoalmente do cumprimento das minhas ordens...

Ia a meio das escadas que davam para as funduras das prisões e já eu me interrogava, contrafeito. Havia sido bastante claro, sim, o carcereiro cumprira as minhas ordens, o mobiliário não fora com certeza desviado. Que ansiedade, que precipitação era aquela? Que fazia eu ali? E foi com esta pergunta a mim mesmo, mais censura que pergunta, que cheguei à porta de grades que dava para o ergástulo. O carcereiro, um velhaco enorme e curvado, de túnica esfiapada, aproximou-se, reverencioso. Fiz-lhe um gesto a ordenar silêncio. Não queria que me vissem. Não queria que Iunia soubesse da minha presença.

Espreitei, atrás do ombro do carcereiro. Iunia, instalada no escabelo que eu enviara, dobrava-se e falava baixo a Arsenna. Tinha na mão a tábua com o alfabeto, e o salteador, sentado na palha, com a cabeça próxima dos joelhos de Iunia, aplicava-se sobre um quadro de cera. Todos os outros estavam acocorados em círculo, à volta deles. De súbito, Iunia deixou descair o alfabeto e olhou na direcção da porta. Eu não sei se consegui esquivar-me a tempo. Quando, de novo, tive de passar junto à grade, já o biombo a ocultava da minha vista.

Desagradou-me profundamente a proximidade tão tranquila e tão cúmplice entre Iunia e o salteador. O que se afiguraria ao carcereiro como a ordem ideal no ergástulo era para mim desordem e subversão. Tive um rompante de chamar Iunia ao tablínio, dar-lhe conselhos, fazer-lhe recomendações, pedir-lhe que se afastasse de Arsenna, que era indigno sequer da sua palavra. Também podia mandar transferir Arsenna para a outra masmorra, mas não queria que a exposição pública do salteador originasse arruaças junto à janela, como já havia acontecido.

Acabei por deixar qualquer decisão para depois, quando me sentisse menos confundido. Fui subindo as escadas. Mas que atracção seria aquela de Iunia por Arsenna? O interesse em enviar-lhe as tabuinhas e o estilete; as palavras em seu favor; agora, aquela disposição tão próxima, quase íntima...

*

As ruínas da casa dos Cantaber fumegavam ainda. Alguns escravos com forquilhas e enxadas iam remexendo a terra em volta. Em breve teria de mandar guardar o recinto porque a turba, sempre atraída pelas desgraças e ávida de salvados, não tardaria a vir procurar entre os escombros restos de metais preciosos. Atirei uma mão-cheia de terra aos ares, numa homenagem ao génio dos Cantaber e também às minhas memórias, por igual destruídas naquele incêndio.

Fazia agora a pé o caminho para as muralhas. Era tempo de guerra, de deixar de lado as formalidades. Sempre me incomodou deslocar-me em liteira, em conformidade com os usos, numa cidade em que os destinos eram quase sempre contíguos. A utilização da liteira ocupava pelo menos quatro escravos, sem falar do lictor e da caterva de clientes e libertos que se sentiam na obrigação de formar cortejo. Era morosa. Impacientava-me. Pouco me importavam os reparos de Calpúrnio e dos outros...

Cruzei-me com Aulo que chegava, apressado.

— Não há novidade, Lúcio Valério!

— Como sabes que não há novidade, se vens de dentro?

Surpreendido pela minha pergunta, em modos tão ásperos e inabituais, Aulo quedou-se parado. Com a mão livre, apertou uma correia, que não precisava de ser apertada. Logo fiquei arrependido do tom brusco com que me havia dirigido a Aulo, tão raro, no nosso relacionamento. Ele não tinha culpa do meu estado de espírito, nem do estúpido sofrimento que me causava o comportamento de Iunia Cantaber. Estava quase a pedir-lhe desculpa ou a fazer qualquer gesto amigável quando a cara comprometida e o embaraço de Aulo me detiveram. E, antes que eu perguntasse o que quer que fosse, Aulo apressou-se a explicar-me, com muitas palavras e rápidas, que regressava de casa de Énio Calpúrnio, que lhe solicitara, em privado, que o informasse da situação na cidade.

— Espero que não tenhas nada a opor, Lúcio Valério. Se fiz mal, diz-me.

— Não, Aulo, não tenho nada a opor...

Aulo saudou-me, baixando a cabeça, e começou a subir as escadas da muralha. Eu fiquei parado, no mesmo sítio, e quando Aulo, a meio do percurso, olhou disfarçadamente para trás, não lhe reconheci o olhar.

Intrigava-se Mara ao serão. Galla todos os dias vinha conversar, contar novidades. Na véspera faltara. Estaria doente?

Naquela manhã, soaram as tubas alegremente de torreão para torreão. Os bárbaros tinham partido, disfarçadamente, pela calada da noite. E onde quer que a vista alcançasse não topava vivalma em redor da cidade. Parecia que haviam levado os próprios cavacos das fogueiras, tal o terreno se mostrava limpo de vestígios, como se não tivesse sido ocupado e pisoteado durante dias e dias pela turba desordenada. Por uma das portas menores que ladeavam a grade levadiça foram saindo alguns homens, a medo, devagar. Receávamos uma cilada. Por graça, alguns diziam que procuravam um cavalo de pau. Mas, em breve, depois de afoitados até mais longe, tendo subido aos montes e às árvores, vieram confirmar a feliz notícia. Não havia mouros nas redondezas, nem sequer rasto deles.

Ainda os festejos se misturavam às manifestações de perplexidade, quando dois cavaleiros, à desfilada, surgiram no terreiro em frente das portas. Vinham a galope, do lado dos montes, forçando as montadas, alegremente, num remoinho de poeira. Ao clamor dos aplausos nas muralhas e nos grupos que já se formavam do lado de fora, pareciam comprazer-se numa espécie de exibição circense, levantando as armas, às mãos ambas, e obrigando os animais a evoluções arriscadas, numa celeridade vertiginosa. Um deles trazia o equipamento regular da cavalaria, com elmo empenachado, manto, broquel e espada; o outro era um auxiliar celta, de cabeça descoberta e barba ruiva ao vento, vestindo bragas, enfaixadas nos tornozelos abaixo de uma grosseira túnica de couro. Eram os primeiros batedores da VII Legião que se avizinhava.

Escancararam-se as portas, todos se precipitaram para os cavaleiros numa alegria efusiva e em breve os dois homens se viam submersos na multidão que queria à viva força honrá-los, tocá-los, oferecer-lhes coisas. Com dificuldade, acabaram por desembaraçar-se dos seus aclamadores e voltaram para trás, a grande velocidade. A cavalgada solta daqueles dois batedores foi o mais belo espectáculo que, naquele momento, alguém nos podia oferecer.

Pelo meio da tarde, foram chegando os vélites, em grupos espaçados. Traziam pequenos escudos redondos, despreocupadamente pendurados às costas, e, nas mãos, molhos de venábulos ligeiros. Todos acenavam para a cidade, muito risonhos e festivos. Começaram imediatamente a limpar o terreno para o acampamento a uma boa distância das portas, sensivelmente no mesmo sítio em que tinha morrido Clélia.

Alguém foi avisá-los de que o local era nefasto. Os homens hesitaram, consultaram-se entre si, e retomaram o trabalho mais adiante, perto da estrada, roçando o mato e ateando fogueiras. Passaram-se horas, antes que as três coortes de Marco Scauro, ajudante do procurador imperial Caio Válio Maximiano, marchassem à vista da cidade, insígnias à frente, armaduras reluzentes, formaturas cerradas, ao som dos címbalos e fanfarras, mais imponentes pelo brilho que pelo número. A multidão, em festa, abria alas para a legião passar. Muitos ajudaram os soldados a escavar o terreno e firmar as paliçadas do acampamento. No couce, chegavam, enfim, com grande atraso, o trem, os animais de carga e a retaguarda de auxiliares.

As coortes, após algumas marchas demonstrativas para gáudio dos populares, foram recolhendo ao aquartelamento. As primeiras tendas ergueram-se. Não me competia saudar o comandante militar antes de a tropa estar instalada. Visitá-lo-ia depois, em termos, para o convidar protocolarmente a entrar na cidade.

Neste meio-tempo, dirigi-me ao pretório e mandei que libertassem Iunia e todos os outros, com excepção de Arsenna. O ambiente da cidade era de festa. A legião propiciava a segurança. Não era provável que alguém se lembrasse, nesta atmosfera, de arremeter contra os cristãos. Mas vieram dizer-me que alguns não queriam sair. Iunia por não ter sítio para onde ir e porque, sabendo de uma acusação contra si, pretendia estar à disposição da autoridade. Outros, por se solidarizarem com a atitude de Iunia. Ou, talvez, receosos de que fosse levantada a proibição dos cárceres privados e Proserpino os retivesse para julgamento.

Impressionante, nestas vozes que os escravos do pretório me transmitiam, era a completa indiferença daquela gente pela libertação da cidade. Enquanto a população cantava e se regozijava, louvando a legião salvadora, eles mantinham-se encafuados nas sombras bafientas do ergástulo, embrenhados nas suas rezas e práticas rituais, de uma forma que parecia exprimir um desafio, com o seu quê de demencial.

Deveria eu falar agora a Iunia? Descer ao ergástulo? Chamá--la? Aproveitar a ocasião em que ela estivesse comigo para expulsar os cristãos da basílica, a poder de vergasta? E debatia--me entre o prazer que sentiria ao rever Iunia nestas novas circunstâncias e a antecipação do desgosto que Iunia sempre me causava em quaisquer circunstâncias.

— Não saio, duúnviro!

— Tens de pensar em reconstruir a casa do teu pai.

— A casa do meu pobre pai era um monumento à soberba dos pagãos. Deus quis que fosse abrasada, premonição do que acontecerá a esta cidade e a Roma.

— Tens um deus muito confidente, que parece dar-te sempre conta das suas intenções...

— Não blasfemes, Lúcio Valério.

— Iunia, sê razoável...

— Duúnviro, sê corajoso...

— Que acontecerá, se eu vos mandar expulsar a todos?

— Ficaremos à porta, à espera que o povo nos desfaça.

— Porque me desafias, Iunia? Porque me odeias tanto?

Desta vez, consegui surpreender Iunia. Os sobrolhos franziram-se-lhe, num silêncio interrogativo. Ficou assim uns instantes. Apertou as mãos uma contra a outra. Teve de pensar na resposta:

— Mas estás enganado. Eu não te odeio, duúnviro. Procura compreender que as minhas opções não têm nada a ver com a tua pessoa. É de valores que se trata. E o que está em jogo é o que pode haver de mais importante para um ser humano: a salvação eterna.

E assim Iunia exprimia a minha insignificante subalternidade humana, a minha desprezível existência pessoal, esmagada pelo entrechoque entre as forças colossais do bem e do mal, com a eternidade em fundo. Quando procurava desenvolver os motivos da sua teimosia (que ela designava por «firmeza»), vieram-me dizer que os decênviros da cidade estavam todos à minha espera, no pretório, e queriam falar-me com urgência. Iunia afastou-se, não consegui retê-la, fechou ela própria a porta.

Capítulo XVII

Ápito: que se congratulava com o regresso à normalidade, verificando que Roma nunca abandona os seus filhos; que fosse aquele dia fasto celebrado como festa municipal, consagrado ao Imperador e que nele, doravante, se promovessem jogos e sacrifícios; que se enfeitassem todos os portais com rosas e louros e se erigisse um arco de madeira pintada na rua decumana; que, pela manhãzinha, fosse uma delegação de Tarcisis à tenda do tribuno, com as saudações e o protesto de gratidão da cidade; que o tribuno fosse formalmente convidado a entrar em Tarcisis com as cerimónias apropriadas, onde o claríssimo Énio Calpúrnio, com os atributos de senador, o esperaria junto às portas.

Eu: que pois sim, e folgava muito de ver os decênviros de novo empenhados na coisa pública, sendo certo que um rebate de consciência, mesmo iluminado pelos reflexos das armaduras e inspirado pela ponta dos dardos, ficava sempre bem à ordem equestre.

Ápito: que se abolissem diferenças e mal-entendidos entre os cidadãos de qualidade. Ele, Ápito, esqueceria todas as ofensas, neste momento de regozijo, e esperava que todos fizessem o mesmo. E se algum dia, no calor da exaltação, tinha proferido palavras mais ásperas para com Lúcio Valério, ali declarava, solenemente, que as retirava.

Outros: que se impunha reabrir as termas, o tribunal, e retomar o ordinário dos negócios públicos; que entre a delegação dos notáveis de Tarcisis devia estar presente Rufo Glicínio Cardílio porque, a despeito da sua origem inferior — o que mais lhe acrescia o mérito —, havia demonstrado denodo e valor que mereciam recompensa.

Eu: que não participaria numa delegação em que fosse incluído Rufo Cardílio.

Ápito: que, pacificadas as cercanias, era mas era tempo de reconciliar os notáveis, glorificar os heróis e julgar os traidores.

Eu: que, definitivamente, não aceitava Rufo Cardílio na comitiva!

O coro dos decênviros vinha conciliador, palavroso e compreensivo. Rufo Cardílio, afinal, sempre era o filho de um liberto. Tinha, é certo, qualidades de chefia, virtudes militares óbvias e uma fortuna apropriada ao decuriato. Mas, se Lúcio Valério fazia questão... não custava nada, para já, prescindir da presença dele. Depois se veria... No que respeitava aos desentendimentos na cúria, não era este momento, de euforia geral, apropriado a más lembranças.

Um dos gémeos Gobiti, entredentes, insinuou com azedume que aquela nova muralha, custosa de tantos sacrifícios, não mostrara uma utilidade à altura das contrapartidas. E o outro acrescentou que o fantasma de Pôncio Módio ainda não fora esconjurado.

Antes que eu respondesse, Ápito interrompeu, com autoridade: que se deixassem essas matérias dolorosas para ulterior ocasião; era bom que a satisfação pela libertação da cidade não nos fizesse perder o sentido de Estado. Havia cidadãos e escravos nos ergástulos, num quadro jurídico indefinido, tratados aliás com benevolência, devido a circunstâncias de todos conhecidas. A prudência aconselhava que esses indivíduos, que não haviam participado na defesa da cidade e, portanto, não podiam ser associados ao gáudio popular, se mantivessem detidos até melhor ponderação. Levou a mão à boca e aclarou a voz antes de acrescentar que isso se aplicava igualmente à filha de Máximo Cantaber que, sendo embora descendente de cavaleiros, não mostra merecer tratamento privilegiado.

— Sugerem-me que prenda a filha de Máximo no ergástulo?

— Decidimos!

Eu percebi que era completamente inútil argumentar e ridículo apresentar um protesto. Ridículo e perigoso. Estávamos todos, de pé, na sala de reuniões do pretório, junto à janela que dava para o fórum. O vento, inflando e recolhendo as cortinas, deixava a luz, mais e menos sombreada, iluminar a cara dos decênviros que me rodeavam. Vista de longe, sem os pormenores das gotas de suor na testa de um, os lábios crispados de outro, os dedos obstinadamente fincados na toga de um terceiro, aquela pareceria uma reunião espontânea, informal, quase amigável, como se nos tivéssemos casualmente encontrado nas termas, ou à sombra dum pórtico. Tinham vindo significar-me que, até mais ver, me perdoavam. Até mais ver! Hostilidade apenas suspensa, porque não convinha, de momento, que as dissensões viessem perturbar os ritos festivos. E os ritos eram a sua principal concepção de romanidade. Mas... até quando?

À escala da nossa humilde cidade, aquele conluio dos decênviros, com vista a obter um equilíbrio que sabiam e queriam provisório, representava uma irrisória sedição palaciana. Eu estava coacto. Testei:

— Não considero que tenha autoridade para manter Iunia Cantaber no ergástulo!

— Nós ponderámos ocasionalmente o assunto e entendemos que sim! Confiamo-la à tua guarda. Para os aspectos práticos, Caturo já falou com o centurião. Não é verdade, Caturo?

O decênviro chamado Caturo, que nunca abria a boca em nenhuma reunião, assentiu, atabalhoadamente, com acenos múltiplos de cabeça.

— Consultámos o senador — acrescentou Ápito —, e ele foi do mesmo aviso!

Calpúrnio, seguramente. Mas... Aulo? Os da cúria tinham interpelado e convencido o centurião sem o meu conhecimento? Eu tinha-me cruzado com Aulo, havia pouco, na galeria. Nada transparecera no comportamento dele.

— Aulo? — perguntei entredentes, com imprudência.

— Ah, sim, o Aulo! Ainda bem que falas nele. Já agora, era bom que o duúnviro confirmasse perante a tropa a decisão da cúria.

E Ápito deu uns passos, afastou a cortina que vedava a sala do tablínio e chamou por Aulo, que compareceu, mas vindo do outro lado, da galeria que dava acesso à cúria, como se estivesse ali escondido, atrás do reposteiro, aguardando que o convocassem. Muito formal, com o punho válido, fez entoar a couraça. Pela cortina do tablínio entraram os dois lictores, vestidos a preceito e com os feixes aos ombros. Hirto, Aulo não quis encarar-me. Fixou Ápito e ficou à espera de ordens.

— Talvez tu queiras transmitir ao nosso centurião a deliberação da cúria...

Ápito, muito à vontade, traçava a toga, com mão desprendida e negligente. Reluziu, num lance brevíssimo, o punho da adaga que trazia escondida, apertada à cintura. Ocorreram-me as palavras de Spurina a César: «Acautela-te dos idos de Março!» Devo ter sorrido. Houve troca de olhares à minha volta.

— Diz tu! — respondi.

— Os sectários do Cristo ficam presos. Todos! — Ápito marcou a última palavra duma entonação autoritária e triunfal.

Com uma solenidade castrense, Aulo pediu licença para sair. Ápito concedeu-lha, estendendo graciosamente o braço. Mas Aulo retraiu-se, imóvel, por um instante. Encarou-me, enfim, gélido, à espera do meu assentimento. Olhei para baixo, para o fórum. Pouca gente. A populaça da cidade rodeava e aclamava ainda os homens da VII Legião Gémina, lá longe, para os lados do acampamento. Quando afastei a cortina e voltei os olhos para dentro, Aulo já tinha saído.

Combinaram entre si pequenas questões protocolares. Os decênviros foram-se despedindo, um a um. Creio que ouvi alguns a chasquinar na galeria. Ápito deixou-se ficar até ao fim e, depois, com um sinal, mandou os lictores embora. Antes de sair, observou:

— Vai-se restabelecendo a ordem. Ainda bem...

Recolhi a casa, logo que dei despacho aos éditos a afixar, em cumprimento das disposições da cúria. Não tinha água nos balneários, por decisão comunicada ao intendente, logo após o início do cerco. Ordenei que se reabrisse a ligação ao aqueduto e que se ateasse o hipocausto. Comi, a custo. Mara suportou a minha mudez, até que eu lhe perguntei, bruscamente, sem preparação:

— Que se passa afinal com Galla? E Aulo?

— Preferia não ter que te contar...

Tomei a mão de Mara e apertei-lha, devagar. Procurei sorrir. Não há nada que um homem não possa suportar, era o que com aquele gesto queria relembrar-lhe.

— Calpúrnio aliciou Aulo. Prometeu-lhe o primipilato e interceder por ele para a admissão na ordem equestre. Deixa-lhe em testamento vinte júgeros de terra arável.

— Foi Galla quem te disse?

— Não, amigo. Galla deixou de aparecer. Isto é o que corre entre os escravos...

— E eu sempre a louvar a lealdade de Aulo...

— A lealdade de Aulo mantém-se intacta. Calpúrnio e os outros é que contam com ela agora...

Tive um gesto brusco, num rompante não controlado, e um copo rolou na mesa e tombou no chão, com grande ruído de metal amolgado. Uma escrava assomou. Mara levantou o copo, pousou-o na mesa:

— Ainda a respeito de Aulo — disse —, é bom que saibas uma coisa, Lúcio. Aquele poeta que veio cá a casa... o que caiu do aqueduto...

— Cornélio Lúculo.

— Sim. Enviava poemas a Galla, às escondidas... Pedia-lhe encontros...

— E Galla?

— Galla é volúvel e curiosa...

— Aulo saberia?

— Em Tarcisis toda a gente sabe sempre tudo. Excepto tu, Lúcio Valério...

Mara puxou-me para si e abraçou-me.

A basílica estava adormecida, ao som dum silêncio abafado, espesso. Morrões azulados, na extremidade carcomida das tochas, clareavam ao de leve as paredes. Disse ao carcereiro, meio ensonado, que não fizesse ruído e me trouxesse Iunia Cantaber. O homem aproximou-se da porta, fincou a grade com uma mão e com a outra começou a fazer deslizar o fecho, muito devagar. Espreitei para dentro do ergástulo. Vinha um odor de palha apodrecida e um calor bafiento. Ao fundo, num nicho da parede, tremeluzia o pavio exausto de uma lucerna. Iunia, coberta por uma manta, dormia perto de Arsenna, na palha. Tinha cedido a alguém o leito que lhe enviara. As cabeças de ambos estavam muito próximas. Quase respiravam para o rosto um do outro.

— Acordar-me assim? Faz parte dos métodos da minha reconversão à... romanidade?

O carcereiro afastara-se e sentava-se a um canto, num velo sebento. O meu escravo Lucíporo esperava à distância, junto da porta que dava para a escada.

— Iunia, não tergiverses. Escuta: vais evadir-te! E eu vou-te ajudar.

302

— Nem penses!

A resposta foi imediata, enérgica e rude. Eu ainda não tinha aprendido — aprenderia algum dia? — a deixar de me surpreender com as reacções de Iunia, de maneira que me quedei, estupefacto, sem resposta para isto.

— Agora, Lúcio, que tenho oportunidade de ser um testemunho do Deus vivo e de redimir a minha vida passada, ia desperdiçá-la, fugindo?

— Podes ser condenada, Iunia... É uma insensatez tão inútil.

— Mas é isso mesmo que eu quero. O divino Mestre também foi condenado, injustamente. Porque havia eu de querer salvar este miserável corpo? Não é esta falsa existência a que importa, Lúcio Valério...

Era a salvação da alma, pois, a vida etérea, eu já conhecia aquele discurso. Do lado de dentro da porta, na parede suja, alguém tinha tentado desenhar um peixe, com uma gordura qualquer. Os riscos incompletos sobressaíam, de vez em quando, aos reflexos baços dos pavios.

— Eu não te prendi, Iunia...

— Talvez não. Não tenho nada em especial contra ti, Lúcio.

— E se eu te obrigasse a vir comigo?

— Eu acordaria toda a cidade, enquanto tivesse fôlego...

— Que mal te fiz eu, Iunia? Porque nunca me dás razão?

— Que tolice, duúnviro... Estás apenas do lado do erro. É só isso.

E, depois de uns instantes em que presenciou, imóvel, a minha hesitação e o meu sofrimento:

— Mais nada, Lúcio?

Com um estalo dos dedos, chamou o carcereiro.

*

Ainda não soara o galo, já o tonsor me tratava do penteado e aparava a barba, que salpicou com borrifos de um perfume misterioso. A chama das trípodes evolara-se e deixara um brasido raro e indeciso. Houve que renovar o azeite das lâmpadas. De fora, chegava apenas o sussurro dos portadores da liteira que se preparavam, à porta. Mara, ajudada por uma escrava, pregueava-me a toga, com ferros aquecidos numa braseira de cobre pousada no chão. Cada dobra foi ali estudada, desfeita e refeita, com ciência e método. Uma incómoda escova de cerdas reavivou-me o miniclávio da túnica. Mara, de pente em riste, voltou a encaracolar-me a barba, insatisfeita com o trabalho do tonsor. Mostrava-se exigente, impaciente, imperativa. A toga foi recolhida uma vez, estendida, dobrada, vestida e pregueada de novo. Mara verificou se a minha mão direita podia mover-se à vontade, fixou a altura em que eu devia suspender o tecido, com o braço esquerdo, e, quando, rabugento, acabei por sair, ainda não parecia satisfeita.

As portas da cidade estavam abertas, de par em par, e, lá longe, refulgiam os lumes na paliçada da legião. Estranhei o silêncio e a falta das comitivas, em especial a de Calpúrnio, que deveria aguardar do lado de dentro, no pomério.

— Já seguiram, duúnviro.

Um janitor, embrulhado numa manta de feltro, saiu da casa da guarda e apontou um dedo na direcção do acampamento. Dei ordens à minha gente para avançar.

Bem longo me pareceu aquele curto caminho. Aos ombros dos homens que me levavam passei as sepulturas, cujas lápides, saudando os viajantes e enaltecendo os mortos, já se iam toando da claridade morna irradiada pela má vontade de um Hélio ainda estremunhado. A «Aurora de dedos róseos», mais uma vez, havia cumprido a sua tarefa anunciadora. Naquele socalco, à vista de todos, perecera o meu amigo Máximo Cantaber. Mais para o lado, entre tojais, Iunia tinha um dia enterrado o mouro extraviado. Junto daquelas moitas, distantes, Clélia fora absurdamente sacrificada.

A cidade, a pouco e pouco, ia ficando para trás e acordava. Os galos esganiçavam-se. Eu já distinguia os movimentos das sentinelas, nas tranqueiras do acampamento.

Faltavam menos de setenta passos, quando vários grupos se concentraram à porta do acampamento, vindos do lado de dentro, tão soltos e álacres como se saíssem, aliviados, duma recitação. Logo formaram um cortejo ruidoso e vieram contra o meu caminho. À frente, três lictores, com debruns de púrpura nas túnicas. A cadeira de Calpúrnio balanceava a seguir, aos ombros dos seus escravos. Um raio do sol nascente brilhou, molemente, na ponteira metálica do bastão que um dos meus acompanhantes trazia. A mão descarnada de Calpúrnio fechou ruidosamente as cortinas da liteira. E as vozes suspenderam-se, os semblantes fizeram-se graves, à medida que o meu cortejo e os que aí vinham se aproximavam.

— Sigam, não parem! — ordenei eu.

Cruzámo-nos. Primeiro passaram Calpúrnio e o seu complicado séquito. A seguir, Ápito, deferentemente, a pé, à frente dos decênviros e de outros cavaleiros e decuriões. Depois, Aulo — o meu Aulo — com alguns vigilantes da cidade. Finalmente, Rufo Cardílio, na sua toga cândida, e a malta-fandanga e escravaria que sempre o acompanhavam.

Eram agora como uma procissão de espíritos a preparar-se para o silêncio eterno do Hades. Desfilaram à minha ilharga, quase à distância de um braço, e nem para mim olharam, quanto mais saudar-me. Por meu lado, mantive as cortinas abertas, fitando ostensivamente este e aquele, enquanto os meus homens prosseguiam a marcha. Atrás de mim, afastando-se, ouvi de novo estrugirem os gritos e os risos. Com apreensão, à porta de armas do aquartelamento apeei-me e declinei a minha identidade.

Fui logo recebido. O tribuno apareceu jovialmente à entrada da tenda pretorial e teve a gentileza de dar uns passos na minha direcção, de me tomar pelas mãos e me conduzir para dentro:

— Tão tarde, duúnviro?

— Mal nasce o sol...

— Eu nem me deitei...

Nada nele indiciava uma noite mal dormida. Quanto à barba, era tão ténue que apenas se dava por ela à contraluz. Muito jovem, chamava-se Marco Agneio Scauro e, soube-o depois, tencionava, após esta missão, ser admitido à ordem senatorial e pedir o tribunato da plebe, a despeito da sua pouca idade. Havia precedentes e parece que a sua família senatorial contava tantos cônsules, desde a fundação da Urbe, que nada lhe poderia ser negado. Era hábil. Conseguira, em poucas palavras, sorridentes, brandas e casuais, insinuar duas censuras.

Para lá da grande mesa de pau tosco que ocupava a maior parte da tenda, perfilavam-se um centurião primipilo e um aquilifer, este numa imobilidade rigorosa. Pelos olhares que, disfarçadamente, deitava, de vez em quando, ao centurião, percebi que a experiência do subalterno era chamada, quando oportuno, a suprir as verduras do superior.

Seguiram-se palavras formais e protocolares. Insistiu em que eu me sentasse e instalou-se elegantemente junto de mim, num escabelo lavrado a marfim, que destoava da austeridade castrense da mesa. Brincava distraidamente — fazendo-o girar na ponta dos dedos — com um pequeno bastão de comando, encimado por uma águia dourada. Iniciava todas as frases de saudação e agradecimentos com a fórmula: «Como já tive antes ocasião de dizer ao claríssimo senador e à delegação de Tarcisis.»

Reparei que o miniclávio da sua túnica, ao contrário do meu, escorria descuidadamente esbordinado e sem brilho, o que era mais um sinal de distinção, assinalando o uso quotidiano e o sentimento da provisoriedade da faixa, pronta a ser substituída pelo laticlávio senatorial.

Ofereceu-me vinho, explicou-me, quase com deferência, que a sua missão, à frente de três coortes da VII Legião Gémina era subsidiária da expedição do procurador Caio Valério Maximiano que, por esta altura, já deveria ter passado o Estreito, para alívio de Volubilis e Septem Fratres. Uma outra coluna reforçava a guarnição de Emerita. A marchas forçadas, vinda do Danúbio, descia para África a XII Legião Fulminata. As hordas mouras não tardariam a ser empurradas para o mar e encontrariam pela frente as armas de Maximiano. Dentro de pouco tempo, observava o jovem tribuno, rindo, dir-se-ia em Roma «que um mouro ainda é mais barato que um sardo», numa alusão ao célebre ditado sobre o excesso de escravos capturados nas campanhas da Sardenha.

Para rematar este tópico felicitou-me pela defesa da cidade, «digna de um Cincinato», e congratulou-se por a minha vida ter sido salva em boa hora. Haviam-lhe contado a extrema abnegação de um liberto que a delegação de Tarcisis, aliás, já honrara, incluindo-o na embaixada, e cujo nome de momento não recordava.

O centurião inclinou-se e relembrou o nome, segredando:

— Rufo Glicínio Cardílio!

Convidei formalmente Scauro a entrar na cidade e dispus--me a dar ordens para que fosse recebido em festa, como era hábito. Lamentou, contristado, que tal não fosse possível, como, de resto, tinha já evidenciado ao claríssimo senador e à distinta delegação. Nunca entraria solenemente numa cidade sem obter previamente autorização expressa de Caio Maximiano. Aliás, havia que limpar o terreno de bárbaros e prosseguir a missão, para o Sul... Talvez — se eu não me opusesse, claro — pudesse encarar a hipótese duma visita informal, como mero particular. E, de súbito, muito casual, com a ponta do indicador a rodar em volta da taça de vinho:

— Contaram-me que o embate dos mouros foi muito rijo. Mas... haveria necessidade de reduzir o perímetro da muralha, de arrasar casas?

— Se não tivesse mandado reparar a muralha, os mouros entravam.

— É evidente. Ah, como é sempre fácil criticar, ao depois, quem teve a coragem de tomar decisões difíceis, no momento próprio...

Ergueu a taça na minha direcção e sorriu, complacente. E eu compreendi que Calpúrnio e a delegação — ao invés do que chegara a pensar — não haviam iniciado a sua visita pouco antes da minha. Tinham feito companhia ao tribuno durante toda a noite. Denegriram-me, apresentaram queixas. Marco Scauro, comandante da força militar em campanha, constituía agora a autoridade máxima na região. A improvisada reunião da véspera, promovida pelos decênviros, tivera também o objectivo de me afastar, enquanto se preparavam para influenciar o jovem.

Mas o pior não chegara ainda. O tribuno chamou o centurião com um volteio do bastão de marfim, segredou-lhe qualquer coisa ao ouvido e sorriu-me. O centurião saiu. Scauro olhava-me agora, muito prazenteiro, com o queixo apoiado no punho. Eu já tinha percebido que, fossem quais fossem as palavras deste rapaz, nunca correspondiam ao que ele de facto pensava. Os meus conterrâneos também cultivavam esta arte, se bem que de maneira menos hábil e menos elegante:

— Parece que há para breve um espectáculo interessante na tua cidade...

Lembrei-me de Arsenna. Mas nada disse e fiquei-me por uma interrogação muda.

— Vão ser julgados uns cristãos, não?

— Não me parece que um julgamento seja um espectáculo...

— Não achas? Não vai o povo assistir? Não se fazem apostas? Não há claques e entusiasmos? Não se comenta no fórum? Não é o assunto dominante de todas as especulações? Não pode preceder um segundo acto, que é o dos suplícios e execuções? Não exulta a plebe, de modo a ficar contente e grata?

— Eu limito-me a administrar justiça, em nome do Senado e do Povo...

— Decerto, duúnviro. Só tenho que felicitar-te. Ainda por cima, logo a seguir, terás o privilégio de oferecer ao povo a agonia dum reles salteador. Que sorte a tua! Seduziste a Fortuna?

Sabes que um dos meus avós foi raptado por ladrões, no tempo de Trajano?

Antes que eu respondesse e encontrasse palavras, no meio da perturbação que as dele me haviam causado, Scauro mudou alegremente de conversa e passou, sem transição, ao elogio das suas tropas e da saudável vida militar. Depois, bocejou, discretamente, escondendo a boca com a palma da mão.

Não sei por que artes, o primipilo apareceu de novo na tenda, muito solícito, e eu percebi que era a altura de me ir embora.

Capítulo XVIII

Bem poderia eu convocar os decênviros, um a um, e exigir explicações... Dignassem-se eles comparecer, o que era duvidoso, e abonar-se-iam sempre com a vontade do senador: Calpúrnio determinara avançar para o acampamento, logo ao cair da noite. Quem se atreveria a contrariar uma ordem de Calpúrnio? Se eu, em desforço, procurasse agora o senador, em sua casa, era provável que ele nem me deixasse entrar. Ou que, condescendendo em receber-me, me comunicasse que assim decidira na véspera porque lhe apetecera, sendo quem era...

E Aulo? Aulo tinha por si todas as aparências da inocência. Aprestara-se a saudar o comandante das coortes, acompanhando a delegação da cidade, presidida por um senador. Ordenaram-lhe: «Vem connosco, traz uma escolta!» Como havia Aulo de opor-se? No estado em que eu agora o via, e depois do que em má hora soubera dele, podia poupar-me a ouvir esta penosa desculpa. De nada me informara quando, seco e regulamentar, viera pedir a senha para a noite. Era obrigado a comunicar? Talvez na altura ainda não soubesse...

Eu não podia asseverar como teria decorrido a longa conversa nocturna, na tenda pretorial, a propósito das circunstâncias da cidade e do Império, mas não era difícil adivinhar. Após a praxe de elogios e lisonjas, imaginava Calpúrnio a lançar as primeiras inquietações, Ápito a pormenorizar, Rufo, o herói, a colorir, Calpúrnio a sintetizar, e a deixar-se adormecer de quando em quando. Aulo permaneceria calado, e Scauro, sorrindo, perfumado e solto, tiraria reservadamente as suas conclusões, a ponderar depois, na parte que lhe conviesse, com o centurião, seu conselheiro.

Teria Calpúrnio sugerido, fingindo acabrunhamento e alma pesada, que eu, antes merecedor de todos os encómios, me deixara arrastar por um ódio ciumento para com Pôncio Módio? E que, mais tarde, caíra inesperadamente enfeitiçado pela cristã Iunia Cantaber? E que me demitia dos meus deveres, amolecido por impulsos que, desmantelando todos os princípios, violentavam a minha própria vontade? Calpúrnio talvez não se exprimisse desta forma tão directa e verbalizada. Era-lhe mais próprio insinuar, frase aqui, frase além, de modo a que a verde inexperiência de Scauro, devagar e espaçadamente, preocupação sobre preocupação, fosse dando rebate.

Dispus-me a encarar com frieza o meu próprio caso, como em juiz de mim próprio. Uma questão de método: estaria eu mesmo enfeitiçado por Iunia? Revi todos os meus encontros com ela, o prazer subtil, um pouco estranho, que deles tirava, ainda que, as mais das vezes, as atitudes e as palavras me fossem ásperas e desagradáveis e quase me obrigassem aos limites do esforço necessário para dominar a fúria. Era verdade que Iunia me atraía, mesmo contra vontade, como aquelas montanhas mágicas, sobranceiras ao mar, que chamam a si as naves e as despedaçam contra a sua pedra.

Mas, considerando a figura de Iunia, a um tempo tão frágil e tão firme, tão ingénua e tão autoritária, tão afirmativa e tão contraditória, lembrando-lhe as formas de olhar, a placidez e tranquilidade do jeito, por um lado, a altivez e a dureza desafiadora, por outro, era-me impossível aceitar que ela convocasse poderes misteriosos. De qualquer modo, porque havia de querer enfeitiçar-me a mim, simples magistrado, vinculado à lei, ao Governador e ao Senado, e não a Calpúrnio, a Ápito, Rufo ou Aulo, ou até ao próprio pai, ou à irmã, Clélia, que nunca conseguiu convencer de uma só palavra da sua crença? E em mim Iunia não tinha constituído nenhuma certeza, antes perplexidades. Menos a propósito da religião, tão fantasiosa e complicada como outra qualquer, mas a respeito dela própria, Iunia.

Falava-me de igual para igual; tratava Rufo sempre com a altivez da filha de um notável; e eu seria capaz de jurar que o peregrino Mílquion, dito supervisor, ao lado de Iunia, mais era supervisado.

Limitava-se a acreditar, talvez com incauta firmeza e excessivo entusiasmo, naquele deus, naquela doutrina e naqueles profetas. Mas a maior parte dos homens e das mulheres desta cidade acredita nos entes e nos milagres mais absurdos. Alguns adoram os mesmos animais que os egípcios. Os judeus usam sandálias especiais ao sétimo dia, para se impedirem de caminhar mais do que os passos que a sua lei prescreve para esse dia. Cada religião comina as mais surpreendentes proibições alimentares. Tive de reprimir uma vez a vontade de castração dos sacerdotes de Cibele, porque, consultada a classe decurial, se achou a mutilação incompatível com os costumes, se não de Roma, ao menos da Lusitânia. Todas as tardes vejo passar as velhas escravas que saem de casa dos seus amos, de caldeiri-nha na mão, para irem olear e perfumar as estátuas de Apolo...

Não é apenas a plebe ignara que se apega a estes cultos, a estas superstições e a estas práticas. Pôncio, um dia, contou-me que todos os anos, sempre na mesma estação, arriba às praias de Biblos, arrastada pelas ondas desde o Egipto, uma cabeça humana, viva, que vem prestar homenagem à Deusa Síria. E garantiu que o seu médico a tinha visto. Pôncio era um decênviro, lido em Epicteto e Metrodoro, devorador de Cícero e de Licínio Calvo, e, no entanto, dava-lhe para crer no crânio navegante... E não era verdade que, na própria Roma, o senador Públio Múmio patrocinava o charlatão Alexandre de Abonótico, adorador de Glícon, a serpente de cara humana? Porque não? Eu próprio, se calhar, acolho fantasias que a outros parecerão desrazoáveis, mesmo tolas. A única pessoa que conheço que não acredita em nada, nem deixa de acreditar, é Mara. Mas Mara é tão excepcional...

Toda a gente sabe que os cristãos são peritos em extrair espíritos maus das pessoas. Vi com os meus próprios olhos o caso que atrás relatei. Cristo tinha fama de grande mágico na Judeia, da escola egípcia que produziu tantos prodígios e maravilhas. Talvez Mílquion, também perseguidor de espíritos, houvesse aprendido algumas dessas artes e as usasse em seu proveito de maneira a trazer Iunia enfeitiçada... Não era fácil de acreditar, vendo-os lado a lado...

Eu é que não tinha nenhum motivo para pensar que Iunia me pudesse ter enfeitiçado a mim. Impunha-se-me ao pensamento, a toda a hora? Mas era natural que me preocupasse com ela. Era a filha de Máximo. Era uma viúva. Era vulnerável.

Precisava de protecção, de compreensão. E encontrava-se agora ainda mais desamparada e rodeada de ameaças. O que prevalecia neste meu interesse não provinha dos encantamentos orientais, mas do meu sentido de responsabilidades... O meu dever de magistrado, de cidadão, de amigo.

Seria?

Assim derivava eu e dava passos largos na sala de reuniões do pretório. Pensando em Iunia resistia, uma vez mais, à tentação de descer ao ergástulo e visitá-la. Para quê? Os meus gestos bem queriam conduzir-me para lá, mas a razão não atinava com um sentido para a visita. Afinal, não lhe podia dizer nada que não tivesse dito antes. E o que iria ouvir não me havia de agradar, decerto. Passava em revista e rejeitava todos os pretextos, às vezes mínimos, que me surgiam à ideia. E eles não deixavam de se insinuar, os mais prementes, os mais insidiosos, os mais subtis. Enfeitiçado, eu?

Bem não poderia ela estar, no ergástulo imundo e fedorento, na promiscuidade dum salteador e de gente desqualificada. Ao que parece, a religião de Iunia preza muito os que estão fora da romanidade, ou não fosse fundada por um bárbaro, ainda por cima crucificado. Daí a suavidade com que ela tratava Arsenna e que muito contrastava com a forma de se dirigir aos seus criados ou a um negociante como Rufo Cardílio. Mas não procuraria Arsenna tirar vantagem do facto de estar preso em companhia da filha de um cavaleiro? Aquela brandura de gestos, aquele olhar melado, aquela proximidade, dormindo sobre palhas, quase bafo com bafo... Não me demorei a reflectir, antes de dar a ordem:

— Prendam Arsenna ao cepo!

315

Quando, momentos depois, me vieram dizer que Iunia Cantaber pretendia falar comigo, por pouco não cedi. Ainda dei uns passos para acompanhar o lictor. Mas logo me ocorreu a razão do requerimento. Iunia queria, decerto, demover-me de manter Arsenna agrilhoado. Vinha interceder pelo salteador. Voltei atrás, despedi o lictor.

Não tardei a reconsiderar, e revoguei a ordem. Mas conseguira resistir a ver Iunia, o que me deu alguma dorida satisfação íntima.

Tentei escrever ao Imperador ainda nessa manhã. Pela primeira vez em dez anos, usaria do privilégio que ele me concedeu um dia. Talvez Marco Aurélio não estivesse já lembrado e eu teria de começar por recordar-lho. Mas com que fórmula?

«De Lúcio Valério Quíncio, duúnviro dizedor de direito em Fortunata Iulia Tarcisis, Lusitânia, para Marco Aurélio Antonino, Imperador em Roma»... Por várias vezes, na cera, esbocei o cabeçalho duma carta, outras tantas o apaguei. Iunia estava enclausurada dois pisos abaixo de mim. Podia imaginá-la sentada, quieta, à fraca luz da janela. Furiosa comigo? Já esquecida de mim? Que faria agora? Como teria recebido a notícia de que eu não acedia a vê-la? Como reagira ao cancelamento do suplício de Arsenna? Em que pensaria? Em quem pensaria?

Desci as escadas, sim, mas não para me aproximar de Iunia. Para fugir dela, num rompante, corri para casa, quase sem escolta. No pretório não havia possibilidade de me concentrar. Ora o barulho do fórum me chegava em vagas agressivas, ora me parecia que ouvia gemidos e cânticos nos andares de baixo, ora o próprio sussurro dos escravos no cartulário me incomodava e distraía.

Mara não deixou de estranhar a pressa com que eu me dirigi ao tablínio e me instalei à mesa, sem mudar de vestuário. Mas soube manter o silêncio e preservar uma conveniente distância. Eu queria escrever uma carta marcante e inesquecível. Apresentaria ao Imperador todas as minhas perplexidades, apelaria à sua munificência e tolerância, advogaria a libertação de Iunia Cantaber, e justificar-me-ia, também, face às intrigas conhecidas e às adivinhadas. Ocorriam-me apenas frases soltas, inconsistentes, tropos retóricos banalizados, expressões ora demasiadamente empoladas, ora miseravelmente vulgares. Não se escreve a um imperador como a um vulgar cidadão. É preciso ponderar bem as palavras e que nada haja nelas que revele soberba, ingratidão, ou humildade rastejante. Impõe-se também um estilo elevado, orientalizado, ornado de imagens e figuras, próprias ao Palácio.

Fiz o que pude. Não sou um retórico, nem especialmente letrado, além do ordinário. Talvez o meu estilo de provinciano hispânico fizesse sorrir os funcionários palatinos. Creio, de qualquer modo, que as minhas preocupações, a descrição dos acontecimentos, o apelo à magnanimidade e à clemência do Príncipe e à salvaguarda da pacificação social, ficaram claramente expressos na missiva, aliás curta.

Antes de selar as tábuas chamei Mara e pedi-lhe que escutasse o que eu havia escrito. Mara fez reparos sobre a forma. Insisti em explicar que não se tratava o Imperador por «senhor», em consequência de uma indicação do próprio, que Mara não podia ignorar, tantas vazes havia sido comentada. Então reparei

317

que as observações que Mara queria fazer não eram exactamente aquelas. Ganhava tempo, antes de introduzir o que depois balbuciou, numa hesitação rara:

— Tanto, e tão alto, por causa de Iunia Cantaber?

— Faço mal? — perguntei.

Mara não respondeu. Fingiu ouvir rumores lá dentro, que precisassem da sua intervenção. Levantou-se, sorriu-me, deixou-me um beijo fugidio na testa e fiquei só, brincando com o estilete entre os dedos.

Essa carta nunca foi enviada. Cheguei a chamar dois escravos de confiança e a ordenar-lhes, para sua grande perplexidade, que se aprestassem a partir para Roma, a qualquer hora. Tencionava prescindir do correio oficial, que havia de passar necessariamente por Scauro, incapaz de quebrar o meu selo e de devassar a correspondência, decerto, mas capaz de a reter, por natural desconfiança. Cometia uma transgressão? O que estava em jogo, do meu ponto de vista, valia-a bem. E sempre podia confessá-la e atrasar os acontecimentos, querendo, com o pretexto do silêncio de Marco Aurélio. Talvez, entretanto, Scauro marchasse para o Sul com as suas coortes e a autoridade regressasse aos seus eixos habituais, livre da mão militar. Mas, no fundo, eu não sabia bem se convinha reter ou precipitar os tempos...

Vi, surpreendido, um centurião entrar-me pelo átrio, atrás das passadas do nomenclador. O homem vinha desarmado, sozinho e sem elmo. Trazia debaixo do braço umas tábuas de escrever, maiores que o normal, e na mão um rolo de papiro. Saudou-me militarmente, entregou-me o rolo, uma das tábuas, e só depois me estendeu a outra, com um estilete amarrado, para que eu lavrasse recibo. Saudou de novo, com aparato, e saiu. O nomenclador não teve tempo de dizer uma palavra.

Na cera vinha escrita uma mensagem, pelo próprio punho de Marco Agneio Scauro. Após algumas considerações amáveis, afirmava que me remetia cópia de um édito do Imperador que só agora lhe chegara às mãos. Apressava-se a remeter-ma, porque lhe parecera que aquelas palavras eram providenciais para resolver as dúvidas que eu, como magnífico juiz, não podia deixar de formular. Assim se removiam todas as naturais hesitações susceptíveis de entravar o curso de um processo exemplar. Tinha mandado copiar apenas a parte dispositiva, admitindo que eu prescindisse das arengas orientais que a precediam e que manifestavam (ou, dizia ele ironicamente, «obscureciam»...) outras matérias despiciendas para o que havia agora em vista. Assegurava-me que podia ter toda a confiança nos copistas da legião, mas, se o exigisse, remeteria o traslado completo do original que se encontrava ao meu dispor na tenda pretorial.

O extracto era categórico, minucioso e não deixava margem a dúvidas: qualquer nova religião estava proibida; recomendava-se a todos os magistrados especial atenção aos partidários da seita chamada cristã, contumazes em lançar a sedição no Império, em confundir a lealdade dos cidadãos, e em dedicar-se a práticas atentatórias da paz, da saúde e do bem-estar do povo. Tinha-se apurado que alguns deitavam veneno nos poços e havia até quem lhes atribuísse o surto pestífero em Roma. As autoridades não deviam actuar, nem procurá-los, salvo em caso de tumulto público. Porém, se, na sequência de perturbações da ordem ou precedendo acusação particular dos cidadãos, viessem a juízo os actos por eles praticados, deviam ser desde logo encarcerados em ergástulo público, julgados com o rigor da lei, e punidos com o mesmo rigor, achando-se-lhes culpa, sempre em conformidade com a sua dignidade social. Seriam libertados apenas os que jurassem, face a um objecto sacro, renunciar à sua superstição, conformando-se aos ritos próprios da romanidade.

Nem a nota de Scauro nem o extracto do édito traziam data. Provavelmente, o tribuno já tinha notícia da lei, antes de me receber. Não me admirava que dela tivesse dado conhecimento aos notáveis de Tarcisis, reunidos na sua tenda, sem a minha presença. Deixara passar umas horas antes de ma comunicar, para avaliar se a minha reacção, espontânea e natural, seria concorde à vontade do Príncipe? Ou saberia, através de alguém, que eu estava a escrever ao Imperador? Teria eu apagado mal as placas de cera no pretório? Que confiança podia eu, afinal, depositar nos meus cartulários? Em qualquer caso, para quê tanta perfídia? Eu não a merecia, não era suficientemente importante, nem sequer a cidade que me coubera governar...

Na minha frente, o busto de Marco Aurélio Antonino quase sorria, de olhos levantados ao alto. Pedra, gelado mármore, a contemplar a posteridade, desatento de mim e das minhas súplicas. Como podia um homem tão clemente, tão ciente da relatividade das coisas e das opiniões, publicar normas assim inflexíveis e arbitrárias? Porquê perseguir os cristãos, mais que os mitraicos, os de Cibele, os de Ísis, os de Sóstrato, os judeus? O que podia saber o Imperador que eu próprio não tivesse presenciado com os meus olhos? Que mal fazia o concurso daquele deus na multidão de divindades que pululam no Império, ou acima dele? E que importava o que a plebe ignara remoesse lá nas suas alfurjas?

Porque havia um soberano que eu respeitava e venerava de querer fazer mal a Iunia Cantaber?

Apeteceu-me apostrofar as imagens do Imperador. Voltá-las contra a parede. Retirá-las do meu larário. E foi neste estado de desespero mudo que Mara veio dar comigo. Mostrei-lhe as cartas e deixei-me cair num escabelo. Mara leu, tomou o seu tempo, suspirou, acabou por aninhar-se contra mim.

— Talvez seja a ocasião de me demitir...

— Ostentando o teu desacordo com o Imperador? A rede está armada. Ao julgamento dos cristãos viria acrescer o teu. A Lei Júlia da Traição continua em vigor. Mas podes sempre escusar-te a julgar Iunia... porque, afinal, é apenas de Iunia que se trata, não é?, declarando-te suspeito, como amigo da família. Todos compreenderiam o escrúpulo do juiz...

— E ela seria então julgada por quem? Por Ápito, por Cósimo, por um desses decênviros invertebrados? Ou pelo próprio Scauro, um homem que equipara, com toda a candura, um julgamento a um espectáculo? Era isso melhor para ela? Mais justo?

— Iunia interessa-me pouco. Quem me interessa és tu, Lúcio Valério — disse Mara, com sílabas bem marcadas, entoação precisa e cortante, num meio sorriso. Depois tomou-me a cara entre as mãos, olhou-me nos olhos, por largo espaço, e de novo se acolheu a mim. A mão de Mara premiu-me o peito e ela exclamou, de súbito:

— Iunia!

Ao meu espanto, repetiu:

— Iunia!

Apertou-me o pulso entre dois dedos e encostou a cara ao meu peito:

— Um coração que não pára quieto, uns suores frios, um pulso rebelde que bate, à menção de um certo nome... O que é que eu não adivinho? Lembras-te da história do médico de Seleuco?

Afastei Mara brandamente, e levantei-me. Ela olhava-me serena, com uma ironia magoada. Ergueu-se também e, já a caminho de dentro, voltou-se para trás, tentou formular uma frase, desistiu, fez um gesto elegante de indiferença, com ambas as mãos, baixou a cabeça, saudando, e saiu.

Todas as alternativas se mostravam bloqueadas; se recusasse julgar Iunia, outro tomaria o meu lugar e eu seria acusado por denegação de justiça, em conluio com os cristãos; se absolvesse Iunia, arranjariam maneira de anular o julgamento, acusando-me de desobediência ao édito imperial e evocando, quem sabe, a Lei Júlia da Traição; se condenasse Iunia, veriam cevado o seu ódio contra os cristãos e — estavam bem cientes disso — o meu sofrimento seria à medida da animosidade que sentiam contra mim.

Recolhi e desembainhei a adaga que estava abandonada sobre o tampo da mesa e com que, às vezes, cortava as folhas de papiro. Passei os nós dos dedos pelo aço polido, gelado. Experimentei a ponta na palma da mão. Sozinho, nunca teria coragem. Não possuía a determinação de Pôncio, estimulada teatralmente pela presença de um público. Talvez aquele escravo, Lucíporo, pudesse ajudar-me... Iria eu atraiçoar derradeiramente o lema de Epicteto que sempre quisera — com tanto insucesso — adoptar como norma de vida: «Tem-te! Aguenta!»?

Quando Mara entrou rápida pelo tablínio e me arrancou a adaga das mãos, eu já decidira suportar o que estivesse para vir. Mara escondia a adaga atrás das costas e enfrentava-me de lábios crispados, olhar decidido. Devagar, recuou até à parede. Levantei as mãos, em apaziguamento, fui até à porta do tablínio, voltei à mesa. Ignorando o susto de Mara, procurei tranquilizá-la, falando de banalidades.

Aulo no pretório, na minha frente, rígido, de braços pendidos. Eu optara por instruir o processo contra os cristãos o mais rapidamente possível, para que a expectativa cessasse e me visse, enfim, libertado deste pesadelo, ainda que fosse para entrar num outro. Ordenei-lhe que procedesse imediatamente a buscas em casa de todos os cristãos, livres ou libertos, que estivessem detidos no ergástulo. Que apreendessem livros, símbolos, ídolos, objectos que parecessem sacros ou, apenas, estranhos.

Impassível, Aulo saudou-me. Antes de ele dar meia-volta, não resisti a interpelá-lo. Tinha-lhe ainda amizade. Fui paternal:

— Que há contigo, Aulo?

— Nada, duúnviro. Cumpro o meu dever, como sempre.

— Porque me abandonaste, Aulo?

— Eu não sou o cão de Sabino, duúnviro. Sirvo a República.

— O que é que eles te ofereceram, Aulo, para garantirem o teu desvelo tão desassombrado pela... República?

— Tens mais ordens, duúnviro?

E Aulo respondia-me, inexpressivo e gelado, olhos postos ao alto, num friso da parede. Ergui-me, contornei a mesa, segurei-o pelos ombros e repeti:

— Que se passa contigo?

— Deves estar confundido, duúnviro. Não se passa nada. Nunca desobedeci às tuas ordens, pois não?

323

Era inútil recriminá-lo. Penoso insistir. Não merecia a pena confirmar as justificações óbvias que eu já adivinhara, a cobrir as tristes cedências que, por portas travessas, eu já conhecia. Havia-o tratado rispidamente, quando da sua investida contra Rufo. Fora sarcástico, a respeito do à-vontade de Arsenna nas estradas. Tinha-o recompensado avaramente com um louvor e uma fálera depois de ele ter livrado os caminhos de um salteador perigoso. Pensando bem, que podia eu esperar? Larguei-o:

— Ninguém forçou o cão de Sabino a afogar-se. Atirou-se ao Tibre por lealdade.

— Era um cão...

Aulo saiu, interpretando — e bem — o meu conformado silêncio como desistência.

A meio da tarde, os lictores trouxeram um pano de tenda, preso pelas pontas, e depuseram no chão da cúria o espólio das buscas. Revolviam-se ali quinquilharias desencontradas. As mais, nada tinham que ver com os cristãos. Algumas estatuetas, já fendidas do trato descuidado, representavam Mitra e o Touro. Um dos peixes era apenas o resto duma gárgula. Borbulhavam, aos sacolejos, brincos, fíbulas e amuletos vários, semelhando peixes, âncoras e, até, uma cruz. Cada objecto exibia já uma etiqueta de couro com o nome do possuidor. Deixei para depois a pilha de tábuas de cera e puxei para mim os dois estojos de livros, assinalados com o nome de Mílquion. Abri um dos rolos e li, ao acaso:

«... E ouviram a voz de Deus que percorria o jardim, tomando a brisa da tarde...»

324

Ali se relatava, em grego vulgar, um mito da criação do mundo por uma divindade que deambulava em jardins, ao refresco da brisa. A narração pareceu-me primitiva, um tanto incongruente e mal pensada, nada que se comparasse à lenda de Deucalião e Pirra. Fui tomando os rolos e rodando-os, sempre ao acaso: havia intermináveis enumerações, heróis que viviam centenas de anos, lamentações, apóstrofes, traições, guerras, extermínios, tudo exposto num estilo bárbaro, repetitivo, obscuro. Tudo me pareceu brutal, intolerante, sanguinário. Não o serão menos os nossos mitos e lendas. Mas no meio das violências e das felonias há sempre, entre nós, um exemplo de clemência e grandeza de alma que se avantaja e fica como regra de humanidade para os tempos vindouros. No entanto, alguns daqueles textos lisonjeavam a inveja, o desamor dos outros, a sede de matança, como se fossem virtudes. São assim esses deuses bárbaros. Aceitam sacrifícios humanos, apraz-lhes o sangue e o odor das carnes calcinadas. Dessa feição era aquele abominável deus de Cartago, Bel, que nunca se fartava das cinzas dos impúberes e que, em boa hora, nós, romanos, derrubámos.

Admito que a leitura breve e porventura superficial daqueles livros fosse insuficiente para formar uma ideia de todo o conjunto. Talvez estivesse a ser injusto ou preconceituoso e as partes edificantes as contivessem as folhas que não li, que foram as mais.

Procurei e não encontrei nos rolos o tal profeta Isaías que Mílquion e Iunia me haviam já citado. Em contrapartida, no segundo estojo, apertado contra uma *Carta do Pastor Hermes,* despontava um livro chamado *A Boa Nova de Mateus* que me falava, enfim, do tal Cristo, que diziam filho de deus. Havia relatos de um nascimento miraculoso, após uma genealogia judaica pormenorizada, e uma fiada de ensinamentos e prodígios, muito ingénuos e estranhos ao nosso meio. Finalmente, uma intriga, um julgamento, uma crucificação e uma ressurreição ao terceiro dia. Não ao segundo, não ao sétimo, não ao décimo quinto: ao terceiro...

E que me importava isso, afinal? Aqueles textos, folheava-os e deixavam-me completamente indiferente. Este segregava os estrangeiros e chacinava sacerdotes, os outros comiam duma árvore proibida e eram expulsos dum jardim, aqueloutro extraía demónios, curava paralíticos e expendia máximas e parábolas incompreensíveis, para depois se deixar crucificar entre ladrões.

São os nossos livros sibilinos bem emaranhados e confusos. Mais, dizem os entendidos, que os próprios Livros dos Mortos dos egípcios. É assim a natureza das coisas. Crer não é filosofar. Mas não deixa de ser estranha uma religião que precisa de tantos textos e se funda em tantos milhões de palavras.

Contudo, se aqueles relatos em nada me tocavam e apenas sentia, em frente deles, a distância que me separava doutros povos, doutras mentalidades, doutras noções da cidade e do sagrado e, bem assim, algum desprezo pela língua vulgar em que estavam trasladados, inquietava-me e quase me indignava o facto de terem sido acolhidos por Iunia.

Máximo Cantaber não fora homem para descurar a educação das suas filhas. Iunia havia de conhecer, decerto, Homero, Catulo, Virgílio... Como se deixara enredar naquelas verbosidades tão estrangeiras e tão vulgares, tão desprovidas de estilo e de beleza? Que se passava com aquela mulher?

E lá estava eu a deixar que todos os pretextos me conduzissem a Iunia. Que se passava comigo, cabia-me antes perguntar...

Nas tábuas desdobravam-se preces ingénuas, cópias de salmos e, até, relações de nomes. Não me competia procurar quem não estivesse formalmente acusado, em conformidade com o édito do Imperador. Pus as tábuas de lado e demais trastaria simbólica. Ordenei que transportassem tudo para minha casa, marquei o julgamento para daí a dois dias e despachei que se afixassem avisos e se notificassem imediatamente, quer a parte acusadora, quer a autoridade militar da legião.

Depois pedi escolta e desci, pesadamente, ao ergástulo. Eu próprio avisaria os presos do julgamento, tanto mais que tinha algo a mostrar-lhes.

À minha ordem, o carcereiro escancarou, com rangidos estridentes do pouco uso, o desvão onde se guardavam os instrumentos de tortura e foi-os dispondo no empedrado, tão diferenciados em forma e tamanho que, se este era pegado por dois dedos, aquele resistia ao esforço dos ombros. Mandei que abrissem o ergástulo e chamassem todos os reclusos, com excepção de Iunia Cantaber e de Arsenna. Em breve me rodeavam, silenciosos e cabisbaixos. Alguns tremiam. Outros rezavam num cicio sumido. A voz de Iunia Cantaber, que nada podia ver das grades a que se agarrava, vibrou então:

— É injusto que me separem dos meus irmãos. Exijo que me juntem aos meus irmãos! Lúcio Quíncio? Estás aí, Lúcio? Escuta!

Indiferente, forçando-me a mim próprio, procedi como se não ouvisse os protestos de Iunia. Ela insistia, aos brados:

— Irmãos! Meus irmãos! Lembrai-vos de quem sois; lembrai-vos d'Aquele que sofreu para vos redimir. Os poderes terrenos não prevalecem contra a omnipotência de Deus!

Em face do silêncio, Iunia começou a chamá-los pelos nomes, um a um, num tom carinhoso, quase maternal. Eu ordenei, baixo:

— Que ninguém responda!

E ninguém respondeu.

— O vosso julgamento está marcado para depois de amanhã, à hora terceira. Podeis falar por vós ou designar advogado.

Ninguém disse nada. Havia em meu redor faces amolecidas, semblantes descaídos, braços cruzados apertando os corpos. Iunia, em voz clara, persistia em bradar frases, lá do ergástulo.

— Explica-lhes! — disse eu tranquilamente ao carcereiro, designando a cadeira de ferro. E os olhos fixaram-se mais no engenho do que os ouvidos nos apelos de Iunia.

— Isto é a cadeira de ferro — engrolou o homem em voz rouca. — Acorrenta-se aqui o justiciado e vão-se aquecendo brasas, nesta gaveta, debaixo do assento. Quando a cadeira vai ao rubro dá um belo espectáculo: desatam-se os fumos e começa a cheirar a carne chamuscada. Naquele gancho enferrujado que ali está...

Via-se que era com prazer que o sórdido carcereiro ia descrevendo os soturnos objectos destinados a causar dor e sofrimento. Às vezes, hesitava. Já não se lembrava para que servia exactamente tal roldana, ou tal lâmina serrilhada.

Apenas eu dava atenção aos gritos e bramidos de Iunia que, aos sacões, fazia agora estremecer a porta de ferro, a poucos passos de nós. Todos os outros se mostravam aterrorizados, já nos gestos, já na incerteza dos olhares, já nas lágrimas que lhes escorriam pelas faces. Mílquion ocultava a cara com as mãos espalmadas. O carcereiro havia enunciado, com pormenores, os modos e os efeitos da cadeira, dos potros, das roldanas, dos ganchos, das serras, do alcatrão, do enxofre. Preparava-se para uma segunda ronda de explicações, suprindo as lacunas da primeira, quando eu o interrompi:

— Pronto! Fizeste o teu dever. Basta!

Devagar, olhei para o grupo dos presos em volta. Abafava--os um silêncio prostrado. Os apelos de Iunia, que continuava a sacudir as grades, soavam como ruído muito distante, em absoluto alheio à realidade, bem material, dos ferros assassinos que tinham pela frente.

Mílquion, de faces congestionadas, ainda limpou os olhos aguados antes de me perguntar:

— Vais torturar-nos, duúnviro?

— Quero que conheçam os suplícios que os esperam, para que me não culpem depois da sua ignorância.

— Eu não fiz nada de mal...

— É o que se vai apurar... — E perguntei em roda: — Estão todos esclarecidos?

Houve um coro de súplicas em surdina. Uma mulher deu um grande suspiro, vacilou, desmaiou, foi amparada. Iunia persistia nas apóstrofes. E quanto mais bradava tanto maior era a inquietação e o desconforto daqueles desgraçados. Mílquion, tomando-me pela mão:

— Duúnviro, tem piedade desta gente!

— E de ti?

— E de mim também...

Os homens da escolta e o carcereiro abriram o ergástulo, afastaram Iunia, que logo se calou, e os prisioneiros foram reconduzidos às suas palhas. Quando passei em frente da porta do ergástulo, todos, à uma, começaram a entoar um cântico, que me foi acompanhando à medida que subia as escadas dali para fora. Ao abatimento dera lugar a raiva, no endurecimento das faces e na forma sacudida como rematavam os versos. Deixei descair um olhar de relance, por cima do ombro: Iunia era a primeira a cantar, de mãos fincadas nas grades. Ao ver-me voltar a cara, interrompeu o salmo para bradar:

— Estamos prontos, ouviste, duúnviro? Estamos prontos!

Já em cima, a pesada porta estrondeou atrás de mim, com ecos metálicos. O corrupio da basílica. Gente normal.

Capítulo XIX

Não saí à rua, no dia seguinte. Do pretório, vieram a despacho logo pela alvorada. Ordenei que, noite alta, e sem rumor, transportassem uma estátua de Júpiter do templo para a basílica. Ao escurecer, mandei entregar a senha a Aulo numa tábua selada, antes que ele me aparecesse. Palavras de Virgílio: «*Tão mudado do que era...*» Durante todo o dia não recebi ninguém. Soube que Proserpino me procurou e que Calpúrnio mandou um recado, cujo conteúdo dispensei.

Não tinha que preparar o julgamento, ninguém esperava de mim arroubos oratórios, a audição prévia dos acusados nada viria acrescentar. Todos sabiam o que os esperava. Iunia compreendera, decerto, que estava isenta dos suplícios aplicáveis aos cristãos de menor qualidade.

Distraidamente, passei uma vez mais os olhos pelos livros de Mílquion. Cristo — li — ascendera aos céus, como Rómulo, Augusto, Faustina, mulher de Antonino, ou... Drusilla, amante de Caio. Original a ideia de um deus morto, se esquecermos o anúncio do falecimento de Pã, proclamado nas margens asiáticas e levado a Roma por um navio de carga, nos tempos de Tibério.

331

Mas não insisti nas leituras. Iunia e os outros não vinham acusados de ler. Durante quase todo o dia dediquei-me a não fazer nada ou a actividades absolutamente fúteis, como as de transferir peixinhos dourados, raros, do tanque do peristilo para o do implúvio ou podar as roseiras do jardim. Nestas tarefas, Mara ajudou-me, com uma alegria fantasiada, por de mais excessiva...

Com recato, apenas auxiliado por um escravo, procedi a um sacrifício propiciatório, no jardim, consagrando um pequeno bezerro branco, coberto de flores, ao deus que tomava a brisa da tarde, para que não abandonasse os seus fiéis e, em especial, para que intercedesse por Iunia.

Eu não acredito naquele deus, assim como não acredito nos nossos velhos deuses romanos e, menos ainda, nas divindades da Lusitânia. Mas que meios tenho eu de comunicar com a Providência, a não ser esta linguagem dos ritos, esta interpelação dos entes intermediários e intercessores, que os nossos avós nos ensinaram?

Usei de reserva mental, para que me não viessem acusar mais tarde de cumplicidades espúrias. Dirigi o ofertório à Justiça, em voz bem audível, mas evoquei, secretamente, o deus de Iunia e seu filho crucificado. E esperei que o ente supremo que traça os destinos do mundo escutasse a minha prece interior e desviasse a desgraça e o sangue de Tarcísis, recebendo em troca o daquele inocente animal.

Ao cair da tarde, demorei-me no balneário, na companhia de Mara, que dispôs tudo para me propiciar um dia agradável, sem nunca mencionar os penosos trabalhos que me esperavam no próximo. Antes de nos deitarmos, um escravo leu-nos um trecho d'*O Satíricon,* que Mara, desta vez, fizera questão de escolher: ... «*o mestre da eloquência que não fizer como o pescador e não puser na ponta dos seus anzóis o engodo que sabe ser apreciado pelos peixinhos, ficará longas horas no seu rochedo, desesperado de pescar alguma coisa...*»

Pela madrugada, os lictores vieram buscar-me a casa. Na rua, esperava-me uma pequena multidão alvoroçada que rodeou a minha cadeira e me acompanhou em cortejo até ao fórum. Dei ordens para que não se deixassem entrar ainda os populares. Na basílica, à luz crepuscular, havia já algum movimento. Bem a meio da nave central, lá estava a estátua de Júpiter que — diziam — reproduzia, com poucas diferenças, descontando o tamanho, a figura do Zeus tonitruante de Olímpia. Ao pé, encostado, um pequeno altar trípode, de madeira.

Do fundo da nave sobressaía um estrado amplo, em que se alinhavam os escabelos para os decênviros, a mesa e as cadeiras para os juízes. Eu tinha como assessores Ápito e Cósimo, que chegavam nesse instante e se detinham por perto, tagarelando sobre insignificâncias. A pouco e pouco, foram entrando os decênviros, formando grupos de conversa pela extensão da nave. As palavras, indiscerníveis, ecoavam cavamente pelos vastos espaços. Fiquei sabendo que uma armada de C. Válio Maximiano descia ao longo da costa e que o grosso das turbas mouras, sujeito a uma pressão de três frentes, começava a agrupar-se nas margens do Galpe, prestes a atravessar para África, onde a XII Legião Fulminata o esperava. A aventura bárbara iria acabar, curiosamente, nos ferros da legião miraculada pelos favores de Júpiter que os cristãos — ao que constava — reclamavam abusivamente para o seu deus.

Escravos arrastaram com ruído uma mesa para perto do estrado onde deviam instalar-se os cartulários e taquígrafos. Outros dispuseram uma clepsidra, tábuas e material de escrever, e purificaram o ar, com essências queimadas.

Scauro, então, apresentou-se, com grande acompanhamento. Vinha de toga preguada e fazia questão de dizer amavelmente aos que o foram receber que se encontrava ali como mero particular e que não queria interferir nos negócios correntes da cidade. Os centuriões e soldados que trazia consigo vinham desarmados e apenas se distinguia que eram militares pelas túnicas curtas, cinturões de avental metálico e cáligas ferradas que tiniam no pavimento lajeado. Dirigiu-se-me, muito correcto e mundano. Após a troca de cumprimentos, protestou:

— Não esperes que eu dê o sinal, Lúcio Quíncio. Podes começar quando quiseres...

Proserpino, sobraçando livros, veio cumprimentar-me. Atrás dele, Rufo, muito humilde, vestido com uma túnica sem adornos, deixava-se representar e conduzir, como se ele fosse o arguido e não o queixoso.

Faltava Calpúrnio, que se fez esperar. Logo que a cadeira marchetada entrou, um grupo solícito concentrou-se à sua volta e acompanhou-o até perto do estrado. Atirou-me um aceno, à passagem. Adiantado à cadeira de Calpúrnio, marchava Airhan, imponente, luzidio e pomposo como um mestre-de-cerimónias.

Meia Tarcisis já se aglomerava às portas da basílica. O pano que embrulhava as provas materiais foi atirado numa rodilha para perto da minha mesa. Ouvi o som de objectos que se entrechocavam e de barros que se partiam. A água de um jarro, vertida para a clepsidra, gorgolejou num estalar sonoro.

Aulo dispôs os seus vigilantes em linha e os guardas destrancaram as portas. Os notáveis instalaram-se. Levantei um braço. Os largos batentes abriram-se ao povo. Era já pela hora quarta...

Eis que todos se precipitaram em tropel e num instante a basílica ficou repleta. Disputavam-se lugares, rompiam altercações. A multidão cavalgou pelas escadas e as galerias superiores fervilharam de gente colorida. Não parecia dar-se grande atenção às prioridades resultantes da consideração social. Confundiam-se, em sequências agitadas, homens e mulheres, decuriões e plebeus, artesãos e escravos e, até, rústicos vindos de longe, habitualmente tão desafectos da coisa pública. O ruído de vozes, risos e passos preencheu o amplo espaço:

— Justificava-se o julgamento no fórum — segredou-me Ápito ao ouvido. Quando afastou a cara da minha pude ler-lhe na boca um trejeito de censura.

De pé, nos lugares da frente, para lá da estátua de Júpiter e do espaço que os homens de Aulo demarcavam, à frente duma corda esticada, reconheci, com gratidão, o sorriso amigo de Mara, que tinha comparecido, meio velada, acompanhada apenas de uma das nossas escravas.

Voltei-me para Calpúrnio e, depois, para Scauro. Ambos me baixaram a cabeça num sinal de assentimento. Ordenei a um dos lictores que trouxesse os réus. À medida que o lictor se afastava entre as filas de guardas, o nervosismo dos assistentes crispava-se mais, o rumor ondulava por toda a vastidão da nave, a ponto de eu não ouvir um dos cartulários que me consultava sobre pormenores.

De permeio com o alarido da multidão começou então a afirmar-se um cântico. Os guardas afastaram com os contos das lanças os que se aglomeravam freneticamente em torno do perímetro vedado pela corda. O grupo de cristãos caminhava atrás do lictor, por entre as alas dos guardas formados. Reconheci logo a voz de Iunia, alteando-se sobre as outras. Um sobressalto! O estilete, brusco, a perfurar a cera.

Ela marchava à frente, de mão dada com uma escrava, cantando a plenos pulmões. Dos outros, nem todos cantavam. A multidão reagiu, moveu-se, bradou, insultou. Quando os réus alinharam em frente do tribunal, fez-se silêncio.

Pedi o nome e a condição de cada um, começando pelos escravos e deixando propositadamente Mílquion e Iunia para o fim. Todos declinaram o nome, a filiação e a casa a que pertenciam, ou de que eram libertos ou clientes. Mílquion declarou que nascera em Trabesh, na Síria, e que não era cidadão romano. Iunia limitou-se a dizer, com voz muito clara:

— Iunia Cantaber, cristã!

Fiz de conta que não dei pela provocação. Perguntei aos réus se queriam falar por si ou se tinham amos ou patronos presentes que os representassem. Passei os olhos pela assistência. Vislumbrei alguns vultos a esgueirarem-se, algumas faces a voltarem-se de lado. Ninguém queria assumir o patrocínio dos acusados. Proserpino ergueu-se do seu lugar e, muito confidencial, veio falar-me ao ouvido:

— Bem vês, duúnviro, eu não hesitaria em patrociná-los se não me estivesse confiada a acusação. Se quiseres adiar...

Mas Iunia Cantaber levantava a voz:

— Os homens e mulheres que aqui vês não precisam que falem por eles. Mesmo os de condição humilde possuem no céu um patrono que vale por todos os advogados de Roma.

Gargalhadas e chufas atroaram as paredes da basílica. Um dos lictores começou a ler a acusação e o silêncio foi assentando, com uma ou outra frase desgarrada pelo meio.

Que pobre gente tinha eu de julgar? Eram catorze, descontando Iunia e Mílquion. Acabrunhavam-se quase todos, visivelmente abatidos pela solenidade do tribunal e pelos chascos da multidão. Num grupo de servas que se entreolhavam, embrulhadas nos véus, uma sorria, à toa, por nervosismo. Três escravos de fora, de túnica imunda e rota, mantinham-se num pasmo, dir-se-ia que lisonjeados por serem alvo de tantas atenções. Dois casais que olhavam para mim de olhos aterrorizados davam-se as mãos. O ancião que eu ouvira a ler uma carta, tempos atrás, nos jardins dos Cantaber, portador duma barba emaranhada de filósofo, menos limpa que a sua indumentária, esfregava as mãos, encurvado. Um artesão vestido de couro raspava o peito com a unha, repetidamente. Mílquion, alto, de olhos encovados, parecia muito atento, de respiração ansiosa, acelerada. Iunia fitava olhos em mim, de cara crispada, braços pendidos, muito direita. E, ao longe, por vezes ocultada pelas oscilações da turba, a face terna de Mara, solidária e tranquila...

A escrava que antes sorria começou subitamente a chorar, abafando o rosto no véu enrodilhado. Uma outra abraçou-a. Mílquion baixou a cabeça. O lictor acabou a leitura do libelo e enrolou solenemente o papiro. Depois, retomou o feixe e colocou-o de novo ao ombro. Dispersos, soaram alguns comentários.

— Tu — apontei a escrava que chorava —, ouviste a acusação. Que tens a dizer a isto?

A mulher abriu muito a boca, abanou a cabeça para um lado e para o outro e não conseguiu responder. Uma outra falou por ela:

— Somos ancilas de Iunia Cantaber. Se errámos foi por ignorância, porque não temos cabeça para decidir por nós.

— Sois cristãs?

— Não somos nada, senhor, fazemos o que nos mandam. Para onde vão os nossos amos, assim vamos nós...

Os escravos agruparam-se logo em volta daquela rapariga, que era a que sabia responder mais prontamente. Todos afirmaram a sua fragilidade de ânimo e endossaram a responsabilidade dos seus actos aos seus senhores.

— Nós não matámos, não ferimos, não fizemos mal... — acrescentou o escravo de rua, que uma vez tinha sido atirado com Mílquion para uma cisterna.

— És cristão, tu?

— Eu, senhor? Apenas fiz o que me ordenavam...

— Porque cantavas, há bocado?

— Porque a minha senhora cantava.

— Porque não estavas tu na muralha, a defender a cidade?

O homem olhou para Iunia Cantaber e baixou os olhos. Outros fizeram um sinal de concordância e igualmente encostaram os queixos ao peito.

— Respondam!

— Senhor, não fomos autorizados.

— Por quem?

— Pela nossa ama, Iunia Cantaber.

— É verdade, Iunia?

— É!

— E vós — dirigia-me eu ao outro grupo —, que sois homens livres, quem vos impediu de acorrer à muralha, em defesa da cidade?

— Eu sou um estrangeiro, duúnviro.

— Não falo agora contigo, Mílquion. Refiro-me àqueles.

Os homens aproximaram-se mais do estrado, curvados, torcendo as mãos: «Eu sou um velho, não tenho préstimo para a guerra», dizia um. «Eu sou ferreiro e, na minha oficina, reparava as pontas dos dardos. Estava a combater à minha maneira...», dizia outro.

— Sois cristãos?

— Eu não sei nada de religião, meu senhor. Mal sei ler as maiúsculas — adiantou o ferreiro, a medo.

E o velho, que não podia escusar-se com a ignorância das letras:

— Vi crescer Iunia Cantaber. Nunca poderia negar-lhe o que quer que fosse. Devia tantas mercês ao seu pai, que já viveu... Se Iunia pede...

— És cristão?

— Não, senhor, em boa verdade, não... do fundo do peito, não...

Levantei-me, rangeram os meus passos no estrado. Apontei a estátua de Júpiter junto da qual se encontrava um servidor do pretório, com uma panela de vinho e uma taça.

— Convido-vos a fazer uma libação a Júpiter Óptimo Máximo!

Todos, de roldão, correram para a estátua, numa pressa quase histérica, e por pouco não arrebatavam o vinho ao escravo. A multidão agitou-se e apertou-se para ver melhor. O olhar de

Mara descaiu, triste, compassivo. Iunia, indiferente, compunha o véu. O grupo dos acusados disputava a taça ao escravo para verter o vinho sobre o altar, à beira da estátua. Mílquion estava inquieto, não sabia onde colocar as mãos, olhava ora para mim, ora para os que adoravam Júpiter. Os meus assessores, os decênviros, Scauro, sorriam com desprezo. Calpúrnio dormitava.

Proserpino, então, levantou o braço e pediu-me que tivesse a bondade de fazer mais uma pergunta aos réus que já haviam sido inquiridos até essa altura. Queria saber se não era verdade que os servos de Máximo Cantaber tinham impedido o seu amo, em certo dia, de presenciar os sacrifícios no templo. Todos responderam, em turbamulta, que não sabiam ou que, tratando-se de uma dissensão entre pai e filha, ambos de tão alta craveira, não competia aos escravos interferir.

— Estás satisfeito, Proserpino?

— Reservo as minhas perguntas para mais tarde!

Confiante, fez um sinal desprendido, atirando a mão, pendente, para fora da toga. Rufo, quase encostado a ele, falava-lhe incessantemente ao ouvido. Era agora a vez de Mílquion:

— Então e tu, Mílquion, também não és cristão?

— Interesso-me por tudo o que respeita ao Deus único.

— Não foi isso que eu perguntei. — Levantei a voz e debrucei-me na direcção de Mílquion. — Perguntei se eras ou não cristão.

— O meu interesse nesta religião é puramente espiritual.

— Pergunto mais uma vez se és cristão. Agora não percebes latim?

Mílquion olhou para Iunia, hesitante. Ela não lhe devolveu o olhar. Depois, suspirou e decidiu-se:

— Deixei de ser cristão, duúnviro.

— Quando viste a cadeira de ferro?

— Eu tenho reflectido muito, duúnviro...

— *Episkopos,* bispo, é o que eu tenho nas minhas notas. Não eras tu quem repartia o pão, quem presidia aos mistérios, quem lia os textos, quem ministrava a água lustral, quem expulsava os espíritos?

— Sempre na convicção de que não afrontava as leis de Roma nem a vontade do divino príncipe. Em casa de Máximo Cantaber ouviam-me, agasalhavam-me, davam-me comida... Eu fazia-lhes a vontade, lia-lhes os textos, explicava os ritos...

Tive de impor silêncio. Lavrava na sala um rumor de espanto, cortado aqui e além de indignações ásperas. Da galeria retumbaram os insultos. Iunia permanecia impassível, altiva. Proserpino ria, abanando a cabeça. Mílquion, com nervosismo, continuava a justificar-se.

— Estava a traduzir Mateus para verso latino. Podes consultar, duúnviro, entre os meus documentos... Era mera curiosidade intelectual...

Passou os dedos pela barba, inspirou fortemente, estendeu as mãos abertas para mim e lamentou-se:

— Tem piedade de mim, duúnviro, eu sou um pobre homem...

Proserpino ergueu-se, lento, com compostura, e levantou a voz:

— Sacrílego! Negas que cuspias ao passar junto do templo?

— Eu não cuspia!

— Sopravas, canalha, que é a mesma coisa.

— Talvez eu tenha tossido inadvertidamente, ao pé do templo. Mas nunca cuspi ou soprei. Juro!

Pedi silêncio a Proserpino, que já se preparava para fulminar Mílquion.

— Renegas o teu Cristo? — perguntei ao bispo.

— Sim, duúnviro, em absoluto.

— Veneras o Imperador?

— Sim, duúnviro.

E, antes que eu lho mandasse, Mílquion precipitou-se para a estátua, arrebatou a taça das mãos do escravo, encheu-a ele próprio de vinho e derramou-o pelo altar já viscoso de tantas libações.

— Viste, duúnviro, viram, juízes? — perguntou Mílquion, a medo, olhando ora para um, ora para outro, dos notáveis sentados no estrado, que, desta vez, se mostravam sonolentos e indiferentes. Recrudesceram na sala as vaias. Mílquion reocupou o seu lugar, junto de Iunia, que não parecia dar por ele. Mal eu olhei para Iunia Cantaber, num momento que quereria o mais possível retardado, ela adiantou-se-me:

— Antes de perguntares, repito: sou cristã, sim. Tenho pena de todos os que o não são, condoo-me dos que acabam de renegar, e juro que rezarei por eles.

— Não te antecipes, Iunia... Viste o que se passou. Queres tempo para pensar?

— Permita Deus que eu seja digna Dele e do Seu Filho que se sacrificou para nos salvar. Não preciso de tempo, duúnviro. Estou pronta desde que aceitei o Cristo!

— Ouviste a acusação! Aceitas a acusação?

— É-me indiferente a acusação!

Os meus dois assessores fitaram os olhos indignados em mim. E, uma vez mais, apesar das circunstâncias, e por sobre a minha amargura, eu senti-me profundamente irritado com Iunia Cantaber. Ápito tomou a palavra e estendeu um dedo na direcção de Iunia.

— Se queres morrer porque vens aqui? Isto é um tribunal, não é um matadouro. Não faltam nesta cidade cordas. Há venenos, há precipícios, há águas fundas! Porque nos provocas?

Uma revoada de aplausos estalou pela basílica. Mas Iunia estava ali para defender um ponto de vista, não para se render à razoabilidade que seria de esperar de um arguido comum. Deu um passo para o estrado e levantou o braço. Ápito baixou o seu.

— Todos vós sereis condenados! Vós, não eu! Não vedes os sinais? A peste em Roma? As inundações do Tibre? As invasões dos bárbaros? Vem aí o fim dos tempos. A cidade de Deus desce sobre a Terra. Quando o momento chegar, ai de quem não reconheceu a palavra do Senhor.

Pela primeira vez, o arúspice Cósimo fez-me um comentário ao ouvido:

— Como consentes que ela te fale assim? Eles que não passam de meia dúzia de rãs, em volta dum charco...

Interpelei, de novo, o bispo, que tinha agora a cara tapada com as mãos:

— Estás de acordo com isto, Mílquion?

Mílquion encolheu-se e recomeçou a chorar. As lágrimas, escorrendo-lhe ao comprido da barba rala, davam-lhe um aspecto viscoso, lastimável:

— Eu já nem sei o que diga, duúnviro...

Iunia colocou-se na sua frente e ergueu ambos os braços ao alto:

— Deixa-me falar! Lúcio Valério, deixa-me falar!

E, virando as costas ao tribunal, Iunia dirigiu-se ao povo. Apenas distingui as palavras: «Sim, é da Salvação que se trata...» Um clamor cresceu, cada vez mais alto, e abafou-lhe o discurso. Vi caras vermelhas de ira entre os assistentes. Na galeria, punhos cerravam-se contra Iunia. Mara, apertada entre a multidão ondulante, oscilava de um lado para o outro, de cabeça baixa. Rufo sorria, triunfal. Proserpino esboçava vagos gestos indecisos, para fazer calar a multidão. No estrado, os notáveis entreolhavam--se, com um ar entre chocarreiro e inquieto. Calpúrnio, agora desperto, media Iunia com os olhitos baços.

A muito custo, com intervenção dos lictores, conseguiu-se uma relativa ordem. Iunia, transpirada do esforço, arfava de cansaço. Ninguém ouvira nada do que ela tinha dito. Voltou-se de súbito para o tribunal e bradou, já enrouquecida:

— Sim, duúnviro, escolho o martírio! Quero morrer pela minha fé, como morreu por nós o Salvador, e ofereço o meu sacrifício a estes que me apupam!

Redobrou a gritaria, que só foi abrandando quando, com um gesto, dei a palavra à acusação. Saquei a rolha da clepsidra que começou a gotejar para um vaso de barro. Todos se calaram para ouvir Proserpino que, já de pé, e em voz baixa, trocou ainda umas impressões com Rufo, enquanto traçava a toga, a preceito. Depois, adiantou-se um passo, alçou a mão, desenhou com os dedos o gesto do orador, e começou o seu discurso por um elogio do Imperador, num grande esbanjamento de figuras e de adjectivos.

Mas, ai que o generoso Príncipe, como os heróis e os deuses, não podia estar livre das traições que são a arma insidiosa dos seres inferiores. E, enquanto espalhava a sua benevolência pelos territórios do Império, desde a gelada Britânia aos secos desertos da Núbia, seres infectos maquinavam a perda da República. E como? Já pela acção directa de corrosão dos espíritos, já pelo agravo aos procedimentos aceites da piedade, já pela ofensa às divindades que, nas esferas, indignadas, congeminavam o seu desforço.

Porque tinham as hordas bárbaras irrompido, aos milhares, dos seus desertos montanhosos, atravessado as Portas de Hércules e derramado o seu furor pela Lusitânia? Como tinham poupado todas as cidades, limitando-se a arrasar os campos, para se vir concentrar frente às muralhas de Tarcisis, as únicas assediadas em todo o Sul?

Porque o génio de Tarcisis havia sido ofendido, assegurava Proserpino aos berros, fazendo esvoaçar a toga, porque a notícia da impiedade em Tarcisis havia subido aos ouvidos dos deuses agravados, que já vislumbrava a reunirem concílios, a deliberarem castigos, a exigirem expiações.

A basílica manifestava-se agora em festa. Os aplausos estralejavam, ritmados, sublinhando os arroubos de Proserpino.

Eu, como era meu costume, já arranhava o vidro fosco da clepsidra com a ponta da unha. Era um gesto bem conhecido de Proserpino que, interrompendo o tom sublime, prometeu, num parêntesis humilde, que não ia demorar.

E, surpreendentemente, não demorou. Designando os réus, menosprezou o papel dos escravos, ridicularizou os artesãos e gente de ganhar, e fez rir a assembleia. Que deu àquele, como se atreveu este, quem pensa aquela que é? Censurou a Mílquion, gravemente, o oportunismo, por ter explorado a fragilidade duma viúva e a benevolência dum velho. E, quando chegou a vez de Iunia Cantaber, suspendeu a palavra, por uns instantes teatrais, com o dedo acusador apontado para ela e o cenho endurecido.

Mas, inesperadamente, amainou a trovoada verbal. Clarificou-se-lhe a voz, amaciaram-se-lhe as sílabas, passou a reflectir em voz alta, com frases discursivas e rasas. Limitou-se a lembrar a precoce viuvez de Iunia, a morte da mãe, a natural fragilidade, exposta a todas as agressões, após os primeiros golpes dados pelo destino no coração, que abriram o caminho a outros golpes no entendimento. Aquela religião era criminosa, decerto, causara prejuízos à República, ofendera os deuses com os seus sacrilégios, mas, felizmente, a VII Legião Gémina, ali representada pela honrosa presença de Marco Agneio Scauro, havia restaurado a paz, sanado os prejuízos e removido as ameaças. O génio da cidade bem podia dar-se por apaziguado. E Proserpino, levantando os sobrolhos e dirigindo-se agora ao génio da cidade, perguntava-lhe se não se considerava ele ressarcido. Passados uns instantes sem que houvesse resposta, baixou os olhos e cruzou os braços.

Correu um murmúrio intrigado pela basílica. Cidadãos entreolharam-se. Soltaram-se tosses, falas. Mara apertou o véu contra o peito, mordeu o lábio inferior e fez-me um trejeito cúmplice, com os olhos interrogativos. Rufo, chamando-o, sacudiu com ambas as mãos a toga de Proserpino, que, nesse momento, perante o continuado silêncio das divindades, deixava descair os braços magros ao correr do corpo.

Proserpino nem se dobrou para Rufo. Estava no fim da alegação. Alçou os gestos e as palavras, num derradeiro alento.

Elogiou-me a mim, elogiou os restantes juízes, elogiou os decênviros e todos os notáveis presentes e, abrangendo o conjunto dos acusados com um gesto largo da mão esquerda, limitou-se a pedir que fosse feita justiça, apreciando-se os actos de cada um de acordo com a equidade que era de esperar da excelência do tribunal.

Ziguezagueou pela grande nave, mais alto, mais baixo, um zumbido de desconforto. Gesticulava-se. Cada qual desatou a falar apaixonadamente com o que lhe estava mais próximo. Proserpino não apresentara testemunhas. Um grupo de potenciais declarantes protestava que queria ser ouvido. Havia quem reclamasse a inquirição das testemunhas, a leitura de documentos, a exibição das provas. Rompeu um começo de tumulto, empurrões, gesticulações, berros, ao meu lado esquerdo. Mara, felizmente, estava afastada dos desordeiros.

A clepsidra ainda continha três dedos de água. Rufo, notoriamente agastado, argumentava a largos gestos, perante um Proserpino indiferente, que, sentado em grande majestade, não lhe prestava qualquer atenção. Rufo cansou-se. Num impulso, com um gesto de impaciência e voz alterada, saltou e pediu a palavra. Neguei-lha. Fui apupado. Ele bradou e gesticulou — e era desta vez Proserpino a contê-lo... Não consegui ouvir as exaltadas palavras de Rufo. E foi entre vaias cruzadas que anunciei que o tribunal ia retirar-se para decidir.

Que assomo de moderação tinha dado a Proserpino? Porque poupara tanto os acusados e reduzira o seu tempo de intervenção, quando tudo fazia prever uma arenga circunstanciada e tonitruante? Não devia especiais favores à família dos Cantaber, enquadrava-se noutras clientelas, o seu horror à nova religião parecia sincero, a sua cumplicidade com Rufo Cardílio era inegável. Porque estivera ele tão fora da sua natureza e da sua maneira? Proserpino tinha feito o mínimo. Era habitual arengar durante horas, exigindo clepsidra sobre clepsidra e rematar, interrompido e contrariado, alardeando a sua mágoa pela incompreensão do tribunal. Era um estilo, aliás, muito apreciado pelos espectadores dos litígios. Tivera na mão uma oportunidade única na sua vida, o maior público de sempre. Não me devia nada, nem eu lhe devia nada e, no entanto...

Correu-se uma cortina, ao fundo do estrado. Naquele estreito espaço, eu, Cósimo e Ápito encontrámo-nos para deliberar sobre o veredicto. Por mais que uma vez, por cortesia, mandámos chamar Calpúrnio e Scauro para participarem na decisão, mas ambos recusaram com recado de que não se sentiam dignos de comungar de tamanha honra.

— Então? — perguntei eu aos meus assessores, em voz baixa.

O tumulto de vozes e gritos na sala quase não deixava que nos ouvíssemos uns aos outros. Cósimo afastou a cortina, reclamou, aos berros, três escabelos e ali estanciámos os três, joelhos contra joelhos, como amigos em conciliábulo íntimo. Pousadas no colo, os meus conselheiros tinham tábuas com a cópia do édito de Marco Aurélio.

— Isto, afinal, era tudo passarada... — suspirou Cósimo. — Pensando bem... Que importância tem? Escravos... Gente menor, ingénua... sabem lá o que fazem...

A voz alteada de Iunia chegou-nos, para lá da cortina, num esforço para se sobrepor à turbamulta da multidão:

— Por sobre a cidade de Pepuza, na Anatólia, os céus abriram-se e a nova Jerusalém mostrou-se, irradiante de luz! De

348

todos os pontos do Império, ali se dirigem os romeiros, na esperança de ainda chegarem a horas. Em Roma, nas campas dos mártires, floriram rosas, fora de época. E vós, deixais-vos estar, indiferentes à grande mudança dos tempos...

Estalou uma gargalhada gigantesca que atroou os pontos mais altos nos recônditos do tecto. O chão pareceu tremer. Voaram pombos, que tinham o seu abrigo nas traves, junto às telhas. Quando as vozes baixaram ainda revoadas perdidas de asas cruzavam a nave.

— Os escravos, bem vês, não têm querer — continuou Cósimo, pensativo. — Deu uma fantasia a uns escravos? Vamos condenar? Disparate!

— Umas vergastadas? — perguntou Ápito, pouco convencido.

Cósimo encolheu os ombros. Para quê? A justiça de Tarcisis saía mais enaltecida por ter fustigado as costas duns desgraçados?

A voz de Rufo, bradando do outro lado da cortina, crescia agora, perfeitamente distinta, por entre os fluxos de risos e clamores:

— Iunia Cantaber! Tem respeito pelo tribunal!

— Tem tu respeito pelo que é sagrado, tu, reles liberto!

Proserpino interveio, também, mas a sua voz de baixo mal se fazia ouvir:

— Rufo, Iunia, deixemos o tribunal deliberar. Não temos o direito de perturbar o recolhimento do tribunal!

O ruído avassalador da multidão em fúria cobria-lhe as palavras e, parecia-me, quase fazia oscilar a cortina que nos ocultava.

— Aliás — prosseguiu Ápito —, todos se mostraram arrependidos e consagraram o vinho a Júpiter.

Cósimo: — Teriam sido sinceros?

Ápito: — Que é que importa? Eu vi-os correr para a estátua e derramar o vinho no altar. Todos presenciaram. É o que conta...

Cósimo atirou os braços para a frente, num sacudir brusco, peremptório:

— Libertem-se esses! Roma tem de ser clemente. Culpados são os que os arrastaram, prevalecendo-se sobre as suas vontades pusilânimes.

— Vós estais aí pasmados, no convencimento de que assistis à aplicação da justiça! Já pensastes na altura em que aparecereis face ao Juiz Supremo? Como as pernas vos tremerão e o riso se transformará em esgar? — Era a voz de Iunia, avantajando-se de novo e provocando novos apupos.

— O tribunal está a deliberar! Porque perturbas a justiça? — Voz sonora de Rufo.

— Calai-vos! Calai-vos todos! Lictores! Lictores! Ordem na sala! — Voz grave, enfadada, de Proserpino.

— Quanto ao estrangeiro... — interroguei-me eu.

— Um pobre-diabo. Podemos expulsá-lo da cidade, quando muito... — disse Cósimo.

— Para quê? Humilhou-se de tal maneira que a permanência dele no fórum é a melhor dissuasão contra a superstição cristã... — Ápito encolheu os ombros.

— Bastonadas?

— Não vale a pena...

Lá fora o sussurro ora crescia, uníssono, e tomava todo o espaço, ora se fragmentava em farrapos soltos de frases e sonoridades isoladas.

Atrás da cortina, não tirávamos os olhos uns dos outros. Ninguém ousava ser o primeiro a pronunciar-se sobre a sorte de Iunia Cantaber. Eu arrisquei:

— Não foi carreada prova bastante para incriminar Iunia Cantaber. Proserpino, sempre tão fogoso, foi comedido e não trouxe factos ao tribunal.

Cósimo, amigavelmente, tocou-me com a tabuinha de cera no joelho:

— Ah... Lúcio!

— O pobre do Proserpino vai estando velho... — condoeu--se Ápito.

Para lá da cortina havia agora um estranho sossego, como se todas as vociferações se tivessem cansado ao mesmo tempo. Fazia calor, naquele apertado espaço. Eu transpirava. Ápito rompeu a pausa incómoda declarando que, em boa consciência, considerava Iunia Cantaber culpada, e que a posição social da ré apenas agravava a situação.

Tentei argumentar. O próprio Proserpino, na sua alegação, havia enunciado as atenuantes para Iunia...

Ápito e Cósimo foram condescendentes para comigo, toma-ram-me as mãos e declararam-me quanto sentiam o meu sofrimento naqueles instantes decisivos. O que contava, porém, não era a estima que eles tinham por mim, nem a outra estima que pressentiam de mim para com alguém que estava em juízo. Eram os interesses da República. Iunia Cantaber — ambos o lamentavam — tinha feito todo o possível para que lhe fosse aplicada a pena máxima. Dado o comportamento dela, estava excluída a clemência dos juízes.

— Eu sei — segredou-me Ápito —, sei que, entre nós, votas

vencido. Mas, em público, como duúnviro e presidente do tribunal, terás de anunciar a condenação de Iunia Cantaber à morte.

— Não temos competência para proferir sentenças de morte.

— É claro que não! Iunia seguirá para Roma e a sentença será ou não confirmada pelo pretor. O sangue de Iunia nunca recairá sobre nós... Vamos?

Quando anunciei a absolvição dos escravos a sala ululou, hostil. Estalou uma ovação intensa e interminável quando pronunciei a condenação de Iunia à morte. Iunia olhou para mim, com uma expressão de felicidade triunfal. Nunca lhe tinha visto tanta alegria no rosto.

Capítulo XX

— Mulher corajosa, a Iunia...

Scauro falava-me baixo, com uma mão apoiada no rebordo da muralha. Não sabia que ele me tinha seguido até ao patamar daquela torre. Sobressaltei-me e devo ter mostrado alguma contrariedade, porque o tribuno me fez um sinal tranquilizador de quem passaria a respeitar o meu silêncio. Voltei-lhe as costas e fui acompanhando com o olhar o carro que levava Iunia, a afastar-se, mais e mais distante, no meio da poeira levantada pela escolta a cavalo.

Tinham sido rápidos a executar a sentença. Logo no dia seguinte ao julgamento, ainda cedo, fora expedido um correio para Roma, outro para o governador. Iunia partiu na outra manhã.

Entretanto, o grande acontecimento da cidade havia sido a adopção, inesperadamente anunciada, de Rufo Cardílio por Énio Calpúrnio. A cerimónia realizou-se no fórum, debaixo da minha janela, à minha vista.

Preferi não me despedir de Iunia... Soube que Arsenna tinha chorado e que ela o abençoara. Logo que ouvi o rumor dos carros no empedrado do fórum corri para a muralha pelas traseiras da basílica. Espreitei o cortejo a atravessar as portas da cidade, subi a uma torre para não perder o carro de vista, até ainda ser possível. As cortinas dos toldos estavam baixadas. Sabia que no primeiro carro viajavam algumas das escravas que quiseram acompanhar a sua ama. Iunia seguia, portanto, no segundo carro. Mas não cheguei a vê-la.

Os carros passaram perto do acampamento, que bordejava a estrada. Os soldados levantavam as estacas, enrolavam as tendas e formavam sem pressas, em pequenos grupos. Ouvia--se confusamente um toque de tuba. As coortes também se preparavam para partir. Quando deixei de ver os carros, voltei--me para Scauro, que aguardava, encostado à muralha, de bra-ços cruzados. Vestia o trajo militar.

— Chegou a hora das despedidas para todos, Lúcio Valé-rio... Peço-te desculpa por interromper a tua... meditação. Como vês, venho sozinho, sem formalidades, e é sem formali-dades que quero trocar umas palavras contigo...

— Vamos para o pretório? Para minha casa?

— Aqui estamos bem. Nem perco a minha tropa de vista... Tu tens uma villa a alguma distância de Tarcisis, não é verdade?

— Foi arrasada pelos mouros...

— Pois, há que reconstruí-la...

Num tom amigável, como se me pedisse desculpa por tudo o que dizia, e sublinhando que não queria usar as suas prerro-gativas de autoridade militar em tempo de campanha, Scauro convidava-me a abandonar a cidade.

Ele queria deixar Tarcisis pacificada e, pelas informações de que dispunha, a minha permanência no duunvirato era malvista por muita gente que não me perdoara o suicídio de

Pôncio, nem a condescendência para com os cristãos. Se o desfecho do julgamento houvesse sido outro, não faltava quem previsse uma acusação infamante de traição.

Ele, Scauro, pressentia alguma ingratidão e, mesmo, injustiça, nestes rumores. Era por isso que mos comunicava e me pedia — não ordenava — que resignasse ao duunvirato e me afastasse, pelo menos temporariamente, da cidade. Eu tinha contra mim os notáveis e o povo. A inconstância humana... eu bem sabia..., suspirava Scauro.

— Não tenho nenhum gosto pelo poder. Fui quase forçado ao duunvirato.

— Eu sei, eu sei... embora não consiga compreender. Mas, explica-me, porque nunca organizaste jogos, nem os prometeste? Ninguém te perdoa isso. E aquele Arsenna, porque o poupaste?

— Já basta de sangue na minha terra...

— Ah, Marco Aurélio, Marco Aurélio... As repulsas particulares do Príncipe comunicam-se às cidades perdidas da Lusitânia...

— E, no entanto... — Eu ia citar-lhe a última particularidade do Príncipe com o seu édito celerado, mas ele interrompeu-me:

— Deixemos isso, Lúcio Valério... Estás de acordo com a minha proposta?

— O exílio?

— Não exageremos. Apenas uma pausa, longe, enquanto as coisas se recompõem...

— Amanhã reúno a cúria e apresento contas...

— Ah, não, não te preocupes, já tratei de tudo. Era melhor para ti que saísses discretamente.

— Vou pensar...

— Claro... E podes aproveitar, se quiseres, a escolta da Legião.

E Scauro saudou-me, com um gesto elegante, proferiu umas derradeiras amabilidades e foi descendo as escadas da torre.

Mandei alugar carros e, durante todo esse dia, sentado no átrio, entre servos que procediam a arrumações, excitados pela perspectiva da viagem, esperei que alguém se viesse despedir ou dizer uma palavra. Mandei a senha a Aulo, por um escravo. De novo palavras de um verso: «*aura popular...*» Depois, recolhi-me ao tablínio.

Mara dava ordens lá dentro. De vez em quando assomava à entrada, fazia-me um trejeito animador, deixava uma carícia rápida, umas palavras amigas. O rosto, porém, sombreou-se--lhe quando viu o rolo que eu tinha estendido sobre a mesa: um diagrama das estradas do Império. Na melhor das hipóteses demoraria vinte dias a chegar a Roma, provavelmente antes de Iunia. Fui repetindo, baixinho, os nomes de terras estranhas que iam surgindo, à medida que desenrolava o itinerário. Mara entrou, puxou de um tamborete e ficou sentada, na minha frente, olhando-me fixamente. Tinha logo percebido a minha intenção. Aguardava, imóvel. Não consegui suportar aquela expectativa dorida. Voltei a enrolar o itinerário e arrumei-o entre outros livros.

Quando, no dia seguinte, saímos da cidade, ninguém nos acompanhou. Num relance, vi Mílquion, num grupo que, com baldes de água e escovas, apagava o símbolo do peixe numa parede. Virou-me a cara e escondeu-se atrás duma esquina. À porta, Aulo fingiu não dar pela nossa passagem. Afastou-se e entrou na casa da guarda.

Perto já do acampamento militar, onde a retaguarda ainda ultimava os preparativos para a partida do trem, uma voz chamou, atrás de nós. Era Proserpino que corria no nosso encalço. Chegou perto do meu carro e continuou a correr ao lado:

— Lúcio Valério! Boa viagem! Que os deuses te sejam propícios e te façam regressar em breve!

Lágrimas sinceras escorriam lhe pelas faces. Arfava de cansaço. Eu, de súbito, senti-me estranhamente comovido mas não consegui dizer nada. A alta figura de Proserpino foi ficando para trás, sozinha, no meio da charneca.

Quando chegámos, a villa encontrava-se no estado que já relatei. Cinzas e ruínas. E, durante algum tempo, os trabalhos de reconstrução ocuparam-me o espírito, como uma benesse da Providência para me poupar recordações dolorosas.

Correram os dias. Já com alguma indiferença fui sabendo, esparsamente, por viajantes ou mercadores, notícias de Tarcisis e do mundo. Morreu a imperatriz Faustina e eu não tive um gesto. Caio Maximiano varreu definitivamente os bárbaros para as suas lôbregas montanhas e desertos e a segurança das estradas restabeleceu-se no Sul da Hispânia. O jovem Scauro distinguiu-se na guerra moura, ganhou o laticlávio e pediu o Tribunato da Plebe, não sei se com êxito. Morreu Énio Calpúrnio e legou a maior parte dos seus bens ao seu filho adoptivo Rufo Cardílio, que se apressou a juntar o nome de Calpúrnio ao seu. Com Ápito, Rufo ascendeu não à edilidade, mas ao duunvirato. Oferecera uma avultada fortuna à cidade e apressara-se a ordenar jogos em que a principal atracção fora o esquartejamento de Arsenna por mastins da Caledónia. Desapareceu, por fim, Marco Aurélio Antonino e eu não verti uma lágrima. As grandes decisões sobre a República passaram a ser tomadas por Cómodo nas escolas de gladiadores. De Iunia nunca mais tive notícia. Tampouco ouvi falar — entre nós — naquela religião dos cristãos, condenada como tantas outras modas a ser engolida pelos abismos do tempo. Fumos fátuos de um lume de palha...

Inquietou-me, é verdade, o pequeno escravo que desenhava um peixe, na areia, outro dia. Hoje sinto-me tranquilo, de novo. Afinal, o rapaz não sabia que sinal era aquele. Nunca ouviu, nem ouvirá, decerto, mencionar o deus que passeava no jardim, pela brisa da tarde.

OBRAS DE MÁRIO DE CARVALHO

Contos da Sétima Esfera (contos), 1981

Casos do Beco das Sardinheiras (contos), 1982

O Livro Grande de Tebas, Navio e Mariana (romance), 1982
Prémio Cidade de Lisboa

A Inaudita Guerra da Avenida Gago Coutinho (contos), 1983

Fabulário (contos), 1984

Contos Soltos (contos), 1986

A Paixão do Conde de Fróis (romance), 1986
Prémio Dom Diniz

E se Tivesse a Bondade de Me Dizer porquê? (folhetim),
em colaboração com Clara Pinto Correia, 1986

Os Alferes (contos), 1989

Quatrocentos Mil Sestércios
seguido de O Conde Jano (novelas), 1991
Grande Prémio APE (conto)
Grande Prémio de Conto Camilo Castelo Branco

Água em Pena de Pato (teatro), 1991

Um Deus Passeando pela Brisa da Tarde (romance), 1994
Prémio de Romance e Novela da APE/IPLB
Prémio Fernando Namora, Prémio Pégaso de Literatura
Prémio Literário Giuseppe Acerbi

Era Bom que Trocássemos Umas Ideias sobre o Assunto (romance), 1995

Apuros de Um Pessimista em Fuga (novela), 1999

Se Perguntarem por Mim, não Estou
seguido de *Haja Harmonia* (teatro), 1999
Grande Prémio APE (teatro)

Contos Vagabundos (contos), 2000

Fantasia para Dois Coronéis e Uma Piscina (romance), 2003
Prémio PEN Clube Português Ficção
Grande Prémio de Literatura ITF/DST

O Homem que Engoliu a Lua (infanto-juvenil), 2003

A Sala Magenta, 2008
Prémio Fernando Namora,
Prémio Vergílio Ferreira (pelo conjunto da obra)

A Arte de Morrer Longe (romance), 2010

O Homem do Turbante Verde (contos), 2011

Quando o Diabo Reza (romance), 2011

Não Há Vozes não Há Prantos (teatro), 2012

O Varandim seguido de ***Ocaso em Carvangel*** (novelas), 2012